秘密の仕立て屋さん

The Secret Tailor

恋と野望とオネエの魔法

江葉

TOブックス

目次

The Secret Tailor

イラスト／ドルチェ　デザイン／舘山一大

第一章　フランシーヌ・ドゥ・メイ・ジョルジュの憂鬱《ゆううつ》

フランシーヌ・ドゥ・メイ・ジョルジュはこの国では知らぬ者のない、ジョルジュ家の華だ。ジョルジュ伯爵家《はくしゃくけ》の長女にして第一王子アルベールの婚約者。現在十六歳の花の盛りである。

彼女についての噂は様々だが、面白いことに男と女では評判が二つに分かれる。

男――主に彼女と同年代の男の間では、常に冷淡でこちらを見下し、王子の婚約者という身分を鼻にかけた可愛げのない女である、というもの。

女――こちらも彼女と同年代の女の間では、しっかり者で気配りのできる、王子の婚約者でありながら誰にでもやさしいお姉様、というもの。

この差がどこから来ているかは、彼女の生まれにあった。

ジョルジュ家前当主であった彼女の祖父譲りの、やや吊り目ぎみの若草色の瞳に、豊かに波打つシルバーブロンドの髪。伯爵家の出身らしく舌鋒《ぜっぽう》鋭く、相手が男であろうと非があると思えば譲らない。その姿はよくいえば凛々しく、悪くいえば傲慢《ごうまん》、となる。少女に人気があることも男からの批判の種になるだろう。

そんなフランシーヌ・ドゥ・メイ・ジョルジュに関するもっぱらの噂は、婚約者である王子は別の令嬢に夢中で、婚約破棄されるのではないか、という実に下世話なものであった。貴族というのは多かれ少なかれ下世話な生き物だが、年頃の少女に対してそのような話を聞こえよがしにするものではない。あきらかに、何者かの思惑が絡んでいた。

仕立て屋クラーラと名乗る見た目の怪しすぎる男がジョルジュ家を訪れたのは、そのような噂でフランシーヌが憂鬱になっている最中のことであった。

『仕立て屋　クラーラ』

紹介状と、たったそれだけの書かれた名刺を差し出したクラーラと名乗る仕立て屋を見たフランシーヌは、上流階級の令嬢らしくふらりと倒れそうになるのをなんとか堪えることに成功した。

「ふぅん。あなたがフランシーヌ？」

男だ。高い声を出しているが、間違いなく男だ。

だが、外見がいけない。長い黒髪を右側だけ頬にかかるように垂らし、左側から綺麗に撫でつけて後ろでまとめている。黒とはいったが毛先だけグラデーションがかかったように黒から橙《だいだい》、赤に染めていた。整った顔には女性のような化粧を施し、唇にはなぜか青いルージュをひいている。着ている物はさすがにドレスではなかったが、上着には瀟洒《しょうしゃ》な刺繍がほどこされ、華やかさを演出する裾長のコートを羽織っている。靴もこれまたヒールの高い編み上げブーツだった。

ひと言で言い表すなら、オネエである。

こういった意匠を好む男性がいることは、話のひとつとして知っていたが、実際に見ると迫力がすごい。

「ようこそおいでくださいました、クラーラ様」

礼に則《のっと》って頭を下げるフランシーヌにクラーラは目を細めた。男性にしてはやや高めの、ハスキーな声が好意を含んでやわらかくフランシーヌに言う。

「そういうしっかりしたトコ、お爺様《じい》に似ているわね」

すごい。言葉使いまで徹底しているのか。フランシーヌはちょっぴり感心した。

「お爺様をご存知ですの？」

「ええ。昔お世話になったのよ。あなたが生まれる前にね」

ぱちっとウインクをされて少しだけ笑うことができた。

椅子を勧め、メイドが持って来たお茶を飲んだところでクラーラは話を切り出した。

「今回の訪問は、頼まれてのことよ。いろんな貴族様からお話は来ていたんだけどね、エリスちゃんがどうしてもって言うものだから。そこまで言われるお姫様はどんなお方なのかしらぁ？　って興味が湧いたの」

仕立て屋クラーラは王都に店を持ち、その腕前はもちろんのこと、どこから仕入れてくるのか一級品の素材を惜しみなく使い、しかも庶民が頑張れば手の届く価格のリボンから貴族令嬢向けのドレスまで幅広く取り揃えている、国一番の仕立て屋と名高い人物だ。

しかしなぜか貴族を嫌い、専属になることを頑《かたく》なに拒否し、貴族からの依頼を引き受けないことでも有名だった。

「クラーラ様は、貴族のドレスを作らないという噂ですけど……」

だからこそ、フランシーヌはクラーラを見たことがなかった。伯爵令嬢のドレスとなれば、仕立て屋が屋敷に呼ばれて採寸から仮縫い、仕上げまでかかりきりになるからだ。

「事実よ。アタシはね、女の子がお小遣い持って幸せそうに店にやってくるのが好きなの。悪いけどジョルジュ家に来たのもフランシーヌちゃんを見極めるため。本当にエリスちゃんの言う通り、お優しくて芯のしっかりした、けど気配りも忘れないようなお姫様なのか、この目で確かめてからと思ってね」

エリス・ドッドはフランシーヌ付きのメイドであった女性だ。数か月前にめでたく縁談がまとまり、屋敷を辞して嫁いでいる。貴族とはほとんど名ばかりの下級の出であったが大変真面目な性格で、しっかりとメイドを務めあげ、フランシーヌへも時に姉のような親愛を見せていた。弟しかいないフランシーヌにとって、メイドとわきまえつつも甘やかしてくれるエリスは安心できる相手だった。彼女が結婚する時も幸福を願う気持ちと寂しさが交錯《こうさく》した、複雑な気分を味わったものである。

屋敷を辞す前、泣きながらお嬢様もお幸せにと言って抱きしめてくれたエリスをフランシーヌは思い出した。

「エリスはなんと言いまして？　ご存知とは思いますが、殿方からの評判はわたくしたいそう悪いのです」

「それよ。男はなんにもわかってない！　ってすっごい剣幕。アタシまでとばっちり食うトコだったわぁ」

ころころと楽しそうに笑うクラーラの仕草は上品な女性のそれである。緊張していたフランシーヌも、対応を男ではなく女性にするものに変えた。

「さっきも言った貴族様たちも、そう。フランシーヌちゃんは素敵な女性なのに、どうして男たちにはわからないのかしら？　って憤《いきどお》っててね。こういっちゃあなんだけど、ここまで女の評判が良い女って、そうそういないわよ」

　お友達に恵まれてるわね。フランシーヌは友人たちの顔を思い浮かべ、恥ずかしいような、照れくさいような気分になった。

　クラーラの腕前は王都、いや国一番といって差し支えない。メイドのエリスが夫を捕まえたのも、クラーラが仕立てたドレスによるところが大きかった。その女性をもっとも美しく引き立て、ひと目で人柄すらわかるように仕上げる。それが仕立て屋クラーラの評判だ。だからこそ庶民から貴族まで、女性たちは足繁《しげ》く通ってクラーラにドレスを作ってもらおうとする。

「わたくしがそのような評価をいただいているのは、みなさまが本当に良くしてくださるからですわ」

　ぽっと頬を染めたフランシーヌがごまかすようにカップを手に取った。指先まで優雅なその所作にクラーラの目が行く。

「女が女に好かれるって大変なことよ。媚《こ》びず、見下さず、比べない。これができる女性はめったにいないわ。誇っていいのよ」

「まあ……」

「それにね」

　クラーラは手を差し出した。首を傾げながらもその手に――意外なほどがっちりとした男の手に手を重ねたフランシーヌの指先をじっくりと見て、クラーラがうなずく。

「メイド、使用人というのは多少なりとも手を抜くものよ。自分の技術に自信のある者だって、嫌いな相手には心を込めて仕えたりはしない。いくらお嬢様付きのメイドだって同じこと。あなたが好かれていなければ、ここまで綺麗にお世話されなかったでしょうね」

伯爵令嬢付きのメイドとなれば、お嬢様に引けを取らないだけの美貌もさることながら、行儀作法や言葉使いはもちろんのこと、衣装の手入れから化粧、マッサージなどの美容に関することまでこなさなければならない。仕事は多いのに勉強することが山ほどあるというブラック企業さながらの激務なのだ。当然、彼女たちは仕事をさぼりたがる。執事やメイド長に怒られる部分はきっちりこなしても、見えないところでは手を抜いてしまうものだ。伯爵家で雇うからには当然それなりの家柄で、メイドであってもプライドが高いのも拍車をかける一因だった。

それがどうだ。フランシーヌの手は、爪の先まで磨き抜かれた綺麗な令嬢の手だった。彼女がお嬢様にありがちな我儘《わがまま》娘であったなら、どこかで恥をかけとばかりにメイドたちは雑に扱っていただろう。

「手、特に指はね、その人の品格が見えるとアタシは思ってるの。フランシーヌちゃんはたしかに伯爵家令嬢として貴族の生活をしているのでしょう、たいした苦労もしていない。でも、人を大切にすることができる指だわ」

「クラーラ様の手は、とてもしっかりしていますわね。逞《たくま》しくて、すべてを摑めてしまいそう。この手で魔法を紡ぎだし、多くの女性に幸福をもたらしてきたのですね」

クラーラの魔法の手。物語に出てくる魔法使いのように、女の子に魔法をかけてくれる。そう呼ばれている。

くすくすと笑い、クラーラはフランシーヌの手を握った。軽く振って握手を交わす。

「明日から生地を持ってお邪魔するわ。スケジュールを教えてくれる？」

「クラーラ様……！　では、受けてくださいますの？」

クラーラに魔法をかけてほしい少女は貴族だけではなかった。フランシーヌのドレスを仕立てるのにかかる時間を考えれば、他の少女に作るドレスはなくなってしまうだろう。

クラーラはにっこりと笑ってうなずいた。目尻にできた皺《しわ》が自信とあたたかい人柄を感じさせる。

「ええ。お友達になりましょう？　フランシーヌちゃん」

「ありがとうございます……！」

感激のあまり、フランシーヌはらしくなく椅子から立ち上がってしまった。少女の魅力を最大限に引き出すドレス。それを着て王子の前に出れば、彼の心を取り戻せるかもしれない。

涙さえ浮かべて華奢《きゃしゃ》な体を震わせるフランシーヌを、クラーラはしかし、微かに憐れみを込めたまなざしで見ていた。

＊＊＊

クラーラの店には少女たちが集まる。庶民の少女向けの、ちょっと奮発すれば買える程度のリボンなどの髪飾りから、貴族令嬢向けの宝石などをあしらった装飾品からドレスまで、女の子のあこがれを詰め込んだ宝石箱のような店。それがクラーラの店だ。

そして少女が集まれば、当然のごとくおしゃべりがはじまる。最近の話題はもちろん第一王子のアルベールと、婚約者のフランシーヌだった。

「ええ、そうなんですの。アノバーカ王子様ときたら、ユージェニー様にご執心でフランシーヌ様をほったらかしなんですのよ！」

「もう許せないって、わたくしのお姉様もおかんむりですわ」

「ええー、王子様ってそんなんなの？　なんだかがっかり」

「見た目だけなら王子様なのですが、アルベール様ならぬアノバーカ様なのですわ」

アノバーカ、というのはアルベールの名前をもじった、令嬢方による王子のあだ名だった。若い娘は容赦ない。そんな噂に参加している庶民の娘もまた、自分の抱いていた『王子様』が砕かれたというのに実に楽しそうだ。

「そのユージェニーってお嬢様、そんなに綺麗なの？」

フランシーヌ・ドゥ・メイ・ジョルジュ嬢の話は庶民の娘も知っている。彼女が思い描く伯爵令嬢そのままにして、勇敢なるお姉様。雲の上というよりあこがれのお嬢様だ。

対するユージェニー・オルコットは子爵令嬢。王子と関係が噂されるまで名前を知っている者すら少ない地方貴族の令嬢であった。今年の社交デビューで王子の目に留まったらしい。

「フランシーヌ様とは違う美人ですわね。どちらかというと可愛い系ですが、なんとなく胡散臭《うさんくさ》いものがありますわ」

「わざとらしいのですわ、ユージェニー様は。あれに騙されるだなんて、アノバーカ王子様もとんだお花畑ですわ」

「お姉様がお可哀想だわ。あれと結婚しなくてはならないなんて、不幸になる未来しか見えません」

「今でさえ女関係でご苦労されていますのに」

「浮気癖は治らないと聞きますわ」

「わたくしが男であれば、いつかお姉様にしていただいたように颯爽《さっそう》と馬から攫《さら》いますのに」

胸の前で指を組みうっとりと語る貴族令嬢は、かつて狩りに参加した際に馬が暴走し、そこをフランシーヌに助けられた過去がある。以来彼女はお姉様信者だ。

「乗馬服のフランシーヌ様、まさにお姉様でしたわね……」

「あれこそ理想の男性ですわ」

「クラーラ様がフランシーヌ様の仕立てを受けてくださって本当にようございました」

笑いを堪えながら少女たちの話を聞いていたクラーラは、店を片付けていた手を止めて振り返った。

「そう言ってもらえて安心したわ。しばらくフランシーヌちゃんのドレスにかかりきりになっちゃうし、その間お店は閉めちゃうから。お嬢様方には申し訳ないと思ってたのよ」

フランシーヌほどの令嬢のドレスとなれば完全一点物だ。デザインから縫製《ほうせい》まで、通常なら数人がかりの作業となるが、クラーラはすべて自分ひとりで行っている。仮縫いに入ればかかりきりになるだろう。当然のことながら、店など開いていられなくなる。

クラーラの言葉に少女たちは首を振った。

「フランシーヌ様のためですもの。わたくしたちのことはお気になさらないで」

「そうですわ。わたくしたちよりもお姉様に集中して下さいませ」

「アノバーカ王子様を見返すドレスをお願いしますわ」

「いいなあ。あたしもフランシーヌ様見てみたい」

「あら、それなら一度フランシーヌ様をお連れしましょうか？　侍女がいればジョルジュ家も許可してくれるでしょうし」

普通の貴族令嬢、特に身分の高い者は自分で買い物などしない。ここにいるのは親の許可があるものか、親の目を盗んでこっそり来ているかのどちらかだ。

彼女たちが連れてきたそれぞれの侍女たちが、顔を見せあって苦笑した。お忍び道中だと思っているのは当の本人たちだけである。

「あなたたち、無理強いはだめよ？」

さすがにクラーラもたしなめた。フランシーヌはおそらく現金を持ったこともないだろう。

「わたくしたちと一緒なら大丈夫だと思いますわ」

「それに、ここならアノバーカ王子様のことをどんなに言っても誰も気にしませんわ」

笑いさざめく少女たちにクラーラは苦笑するしかなかった。彼女たちを真っ向から敵に回すほどの度胸が、アルベール王子とユージェニーという令嬢にあるのかしら。わかっていながら考えた。

＊＊＊

翌日からクラーラはジョルジュ家に通い詰めた。

ドレスの見本となる生地や、デザインを描いたスケッチブック、そして装飾品。実物を並べてどれがフランシーヌを一番輝かせるのか検討するためだ。

「ま、一番はフランシーヌちゃんの好みなんだけどね」

輝くシルバーブロンドの髪、若草色の瞳を持つ少女は、美少女を見慣れたクラーラが見てもうつくしい。やや吊り目がちの目元がまだ幼い顔立ちをきつく感じさせているが、そこが魅力的だった。このような少女にやさしく叱られたらたまらないだろう。お姉様という評判も無理はないと思う。

フランシーヌがデザインこそ古いが大切に手入れされていた、懐かしいドレスを体に当てながら言った。

「わたくしの好みとしては、リボンがたっぷりついたこちらのドレスですわね」

デザインの見本として用意させたのは、フランシーヌ本人が一番気に入っているドレス。母親がフランシーヌに一番似合うと思っているドレス。メイドたちから絶賛されたドレスの三着だ。フランシーヌの言う通り、三着ともリボンが使われたドレスだった。

彼女が一番にあげたのは、三年前にあつらえたドレスだった。十三歳の少女が着るにふさわしい可愛らしさだが、今のフランシーヌから想像すると子供っぽすぎていてあまり似合っていたとは思えない。胸や袖、スカート部分にもリボンがたくさんついた、淡いピンク色のドレスは妖精のようだ。

このドレスを着て出席したお茶会で、アルベール王子との婚約が内定した、思い出のドレスだった。

「いいわねえ、リボン。可愛らしいわ」

「はい。これを着ると楽しい気分になりますの」

残念ながら何回も着ないうちにサイズアウトになったが、それでもとっておいたのは純粋に気に入っているからだ。

母親が選んだのはリボンの数こそ少ないものの、背中にボタンのように並んだ少し濃いピンクのドレスだった。母が選んだだけあってフランシーヌの雰囲気を壊さぬよう大人の演出がされている。彼女のシルバーブロンドの髪によく映えて似合っていただろう。しかし大人びていてかえってきつい女性だと思わせてしまったのではないだろうか。

メイドたちが選んだのは、フランシーヌの瞳にあわせたのだろう若草色のドレスだった。リボンは控えめだが、色は夏の盛りの花を思わせる濃いピンク色。少女の儚さと大人びてゆく過程を想像させる、フランシーヌにもっとも似合うドレスである。さすがメイドの磨かれた目から選ばれたドレスだとクラーラも感心した。

「リボン、リボンね。花束かしら？　いえ、プレゼントが良いかしら。フランシーヌちゃんこそとびっきりの宝石、リボンは包装ですものね」

ぶつぶつ言いながらラフデザインに手を加えていく。フランシーヌの母やメイドがそのたびにきゃあきゃあと歓声をあげていた。フランシーヌ本人はそわそわしながら見守るだけだ。クラーラが言うには複数を見て迷うより、最終選考で意見が欲しいとのことだった。

「色はどうしましょう？　婚約披露のパーティですもの、大人の女性を演出してみましょうか」

頬を染めたフランシーヌは、そっと手元に視線を落とした。

婚約が内定したのは三年前だが、外国からの賓客《ひんきゃく》を招いてのお披露目はこれがはじめてだ。三年間、フランシーヌは王子の婚約者、未来の王妃として認められるべく、礼儀作法だけではなく外国語や歴史、経済に至るまで様々な分野の勉強をこなし、社交界に出て貴族たちの信頼を集め、国の一端を担う女性となるべく励んできた。

今回のパーティはその努力が認められ、王妃のもっとも重要な役目となる外交の一環として開催される。次期王妃の顔を覚えてもらい、良い印象を広めてもらうためだ。

つまり、ここで王子の婚約者として紹介された女性が王太子妃となる。

だからこそ王子が暴走して婚約破棄をしてしまうのではないか。そこでユージェニーを正式な婚約者としてしまう腹づもりではないかと貴族たちは注視している。

フランシーヌの母、ジョルジュ伯爵夫人はすがるようにクラーラを見つめた。貴賓の集まる場で娘が辱めを受けたらと思うと、いてもたってもいられなくなる。娘を心配する母の顔であった。

「クラーラ殿、どうか最高のドレスを。フランシーヌはわたくしたちの宝。傷がつくなどあってはならないことです」

クラーラは深い同情を込めた瞳で夫人を見つめた。未婚で子もいないクラーラに親心はわからないが、衆人環視の中で辱められる惨めさは知っていた。屈辱と、憎悪の深さも。

「……挽回できるとお約束はできません。アルベール王子の心はアタクシにもわからないですからね。ですが、辱めを受けるのはフランシーヌ嬢ではないことだけは確かですわ」

幸いなことにフランシーヌは少女たちの支持をすでに得ている。その親たちも好意的に見ているだろう。ならば、あとは男性陣の誤解を解き、フランシーヌの味方にしてしまえばいいのだ。

ただ、問題があるとすれば。

「……アルベール殿下は高潔なお方です。外交の場で無体なことなどなさらないはずですわ」

フランシーヌの気持ちである。フランシーヌは、アルベール王子に恋をしている。思い詰めた若草の瞳からは、ほとばしるような彼女の恋が伝わってきた。

婚約こそ三年前だが、ふたりの出会いはもっと前だ。今は引退し悠々自適の隠居生活を送っている彼女の祖父、フランソワ・ドゥ・オットー・ジョルジュを国王エドゥアールはたいそう頼りにしていて、折りにつけ遊びに来るようにと王宮に招いていた。そこにある思惑を正確に読み取ったフランソワは溺愛する孫娘を連れて王家の団欒《だんらん》に参加した。国の重鎮であるフランソワの大切な孫娘を王家に入れることで、底辺にまで落ちている貴族からの信頼を復興させようというのだ。

大人たちの策略など知らないフランシーヌは、素直にアルベール王子と仲良くなった。アルベールはフランシーヌより三歳年上で、幼い娘の目にはその三歳の差が彼を大人に見せていた。アルベールもまたフランソワの孫娘に好意を抱き、なにくれとなく気遣い、優しく声をかけてくれていたのだ。幼女が淡い初恋を抱くのには十分な御膳《おぜん》立《だ》てだったであろう。

だからこそ、内定とはいえ婚約者になった時の喜びをフランシーヌは忘れられない。今まで妹を見るような親愛しかなかった瞳が驚愕に見開かれ、フランシーヌをひとりの女性として見て輝いた。フランシーヌの恋に気づいていてもそれは身近な男だからだと余裕を見せていたアルベール。彼はあの時たしかにフランシーヌの想いを受け入れ、彼女との恋に落ちたのだ。やがてその瞳が甘やかに微笑むのを、フランシーヌは感激しながら見つめた。

ユージェニー・オルコット子爵令嬢との噂はフランシーヌの耳にも届いている。だがアルベールが浮気などするはずがないと、フランシーヌは頑なに彼を信じようとした。

これは手強そうだ。荒療治が必要だろう。クラーラはため息まじりに彼女を見つめ、当日には最高に輝く女性に仕上げる算段をはじめた。

＊＊＊

ドレスを作るには、正確なサイズが必要だ。クラーラは見た目女性とはいえれっきとした成人男性、採寸をメイドに任せて指示だけを出した。

「コルセットは外して測ってね。細い腰が好まれるといっても限度があるわ。男にしてみれば腰だけ異様に細いのは見ていて恐怖よ。フランシーヌの目標はアノバー……アルベール王子を落とすことなんだから」

さすがにアルベールに恋をしている少女に面と向かってアノバーカと言うのは避けた。それでも落とす、というあからさまな表現にフランシーヌは頬を染めた。

「女の子の魅力はなんといっても曲線よ！　さあ、どう料理してやろうかしらね」

下着姿でコルセットを外し、メイドたちが体のあちこちを採寸していく。バストやウエストだけではなく、腕の長さ、肩幅、二の腕から肘、肘から手首、足首の細さまで、それこそくまなくメジャーが踊った。

クラーラがフランシーヌのために用意したのは最高級の絹地だった。かつてこの国では一大産業としてどこの領地でも養蚕《ようさん》が行われていたが、現国王になってからはクラストロ公爵家が独占している。職人たちをクラストロ公爵領で雇い入れ、価格が下がらないように調整しているのだ。しかも最高級品ともなれば主に外国への輸出品であり、国内には滅多に出回らない。高価すぎて王家でも手に入れられないとまで言われている。クラストロ公爵家の研究によって、近隣諸国随一の品質を誇るものだ。

「まあ、絹……！　しかもこんなに美しい絹ははじめて見ましたわ。いったいどうなさったの？」

「クラストロ公爵家にはツテがあってね。ちょっとお勉強してもらったの。フランシーヌちゃんの晴れ舞台ですもの！　このクラーラも本気出していくわよ！」

高価な絹地をはじめてみるメイドたちは歓声をあげ、涙ぐむものさえいた。ドレスは大切なお嬢様を輝かせる盾であると同時に、ジョルジュ家の財力を王家や貴族たちに知らしめる矛となるだろう。クラストロ公爵家との繋がりも匂わせられればなお良しだ。

さすがに王子といえど、これと同レベルのドレスをユージェニーに用意することはできまい。絹は王家に直接卸《おろ》していないし、どこの商家も王家相手ならふっかけてくる。王子の予算で買える値段ではないのだ。

「これで会場の目はフランシーヌちゃんが独り占めよぉ。ふふふ、今までとは違う印象を与えて男どもの思い込みを木っ端微塵にしてやるわ」

腕まくりをして張り切るクラーラにメイドたちがきらきらと目を輝かせる。

「頼もしいですわクラーラ様！」

「お嬢様、わたくしたちも全力で当日に備えます。ご安心くださいまし」

「そうですわお嬢様！　ドレスはクラーラ様にお任せして、まずは御髪《おぐし》のケアからはじめましょう」

エリスからフランシーヌの世話を任されたメイドたちは、大切なお嬢様に対する心意気を叩きこまれている。その日から、フランシーヌはメイドたちによる全力のエステで磨かれることになった。デザインが決定し、仮縫いに入る。この段階まで行くとたいていの少女は嬉しさを堪えきれない様子を見せるものだが、フランシーヌの憂鬱は晴れなかった。いや、ますます深くなっている。

理由はもちろん、アルベール王子とユージェニー嬢だ。どうやらアルベールは国一番の仕立て屋クラーラの噂を聞き付け、ユージェニーのためのドレスを作らせろと命令したらしい。しかしクラーラはフランシーヌのドレスにかかりきりで、店も閉めている。召喚に応じずけんもほろろに使者を追い返され、何様のつもりだとわめきちらしたという。クラーラはジョルジュ家の依頼であることを説明しなかったため、余計に怒りを買ったのだろう。

「あらら。フランシーヌちゃんの耳にまで届いてるの？」

クラーラはあっさりと事実だと認めた。

「はい。……父が、その噂を聞いたようです」

ジョルジュ伯爵は苦虫を噛み潰したような顔だったが、伯爵夫人はざまあみろといわんばかりの顔をしていた。

政務に忙しいジョルジュ伯爵もクラーラと面会している。大事な娘のドレスが気になったのだろう。彼はクラーラを見て固まり、上から下まで眺めて蒼《あお》ざめ、どうにか挨拶をしたもののふらりとその場を離れてしまった。あの厳格な父に女装の男性はきつかったのだろうとフランシーヌはおかしくなった。クラーラは肩をすくめただけだった。

「王子様の我儘にも困ったものよねえ。でも、クローズの看板出してるのに押しかけてくるなんて、馬鹿なんじゃないの」

「よろしかったのですか？　このまま放っておいては王子の不興を買います」

「もう買ってるわよ。もともとアタシ、王家嫌いなのよねぇ。フランシーヌちゃんのお家は親王家だから言い辛いけど、国王も王妃もどうにも危機感がないっていうか、国を背負うってことをわかってないっていうか、まああの王子を育てただけのことはあるわ」

言い辛いと前置きしてもきっぱりはっきり言ってしまっている。フランシーヌは肯定することもできず、さりとて否定もできず、あいまいに微笑んだ。

「……宰相様のご病気は良くないのでしょうか」

「あー、クラストロ公爵ね」

クラストロ公爵家はもともと王家から分かれた家であった。かつてこの国が国として独立する際に尽力し、自ら宰相として臣下に降った。代々優秀で、影の王家とまで呼ばれている。現クラストロ公爵本人も王がまだ王子時代には傍仕《そばづか》えとして出仕していたが、病に倒れ、以来療養の日々を送っているのだ。

彼はこれでは宰相になれぬと宰相位を返上し、領地経営は弟に任せていると聞く。王はクラストロ公爵が快復して戻ってくると信じ、宰相位を空けたまま待っているほど優秀な男であった。

クラストロ公爵がいてくれたらこの国はもっと繁栄していただろう。外国からどこか敬遠され、国交が希薄になっている今こそ宰相の力が必要だった。

「……ひょっとして、フランシーヌちゃん知らないの？」

「なにをでしょう？」

「宰相がいない理由よ」

しかし、病気が嘘だという事は貴族の間では有名な話だった。フランシーヌははじめて聞く話に目を見開く。

あの親バカめ、とクラーラが口の中でぼやいた。

「病気療養なんて嘘よ。クラストロ公爵はね、王様と絶交してるの」

「絶交って、そんな」

子供じゃあるまいし。呆れるフランシーヌにクラーラは苦笑した。

「……ジョルジュ伯爵はフランシーヌちゃんに言えなかったのね。婚約も反対したんじゃない？」

フランシーヌはうなずいた。両親、特に父は絶対に許さんと息巻いていたのだ。祖父が頭を下げ、フランシーヌ本人も強く望んでいたから婚約が成立したが、アルベールに瑕疵《かし》があればすぐにでも婚約破棄に動くだろう。いや、すでに水面下では破棄に向けて準備が進んでいるに違いなかった。

「フランシーヌちゃんは、おかしいと思わなかった？　今の国を見れば国内の貴族じゃなくて、外国の、できれば王女とアルベール王子は結婚するべきだわ。外交に力を入れたほうが貴族にも圧力がかけられるし、信頼回復にも繋がる。今さら親王家派のジョルジュを取りこんでもしょうがない」

恋愛感情を抜きにして今の国を考えれば、フランシーヌにもその疑問は浮かぶ。

「ええ。ですがまずはジョルジュ家の発言権を確固たるものにすべきと考えたのでは？　親王家派の勢力は古い家ばかりですが、クラストロがいません」

「たしかにね。フランシーヌちゃんとの結婚によってジョルジュ家を外戚として迎え入れることもひとつの策だわ。でもねぇ、そもそものはじまりがクラストロ公爵家との確執なんだから、そっちを先に解決しなくちゃ信頼回復なんてほど遠いのよ。国内だけじゃない、外国もよ」

はじまりは、フランシーヌが生まれる前。もう二十年も昔のことだ。

「現国王であるエドゥアール王太子が、親友にして次期宰相であるマクラウド・アストライア・クラストロの婚約者を奪い取ったの」

フランシーヌは息を呑んだ。

「もちろんエドゥアールにも婚約者がいたわ。あなたも知っている国の王女様よ。外国の姫だから直接お会いすることはなかったけれど、絵姿や書簡のやりとりで交流していたの。王女様は嫁ぐ日を指折り数えて待っていたという話よ」

略奪は、よりにもよってマクラウド・アストライア・クラストロ公爵とその婚約者、現王妃であるフローラ・フォン・ヴァルツシュタイン侯爵令嬢との結婚式で行われた。

クラストロ公爵はエドゥアールを信じ、フローラを愛していた。親友だからこそ婚約者が未来の王と仲良くしていることを誇りに思っていたし、次期王妃を支えていけるだろうと信じていた。

「エドゥアール王とフローラ王妃は、クラストロ公爵が贈ったウエディングドレスを着て裏切りを暴露したのよ。前王や前王妃、外国からの賓客、居並ぶ貴族たちの前でよ？　とんだ赤っ恥をかかされたってわけ」

「そんな……っ！」

激怒するのは当然だろう。前王と前王妃は頭を下げて詫びたが、エドゥアールとフローラは自分たちの真実の愛を認めてくれと懇願するだけで謝罪しなかった。

「当然、結婚は破談。王家は莫大な慰謝料を支払ってクラストロ公爵家に許しを請うたけど、マクラウドは突っぱねたわ。『神と法と王の名において』断罪するよう要求した」

「当然ですわね」

愛する婚約者と信じていた親友の裏切りは、クラストロ公爵にどれほどの絶望を与えただろう。フランシーヌが自分の身に置き換えるのは容易《たやす》かった。まさに彼女はその危機にあるからだ。

巨額の慰謝料はかえってクラストロ公爵家を侮辱することになる。『神と法と王の名において』の断罪でなければ雪《すす》げないだろう。

『神と法と王の名において』とは、この三つの名によって私刑を許す特別な法のことである。貴族にはそれぞれ家法があり、家内でもめごとがあればそれに則った裁きが行われるが、あくまでも家内。家の外、他家との争いや刑事事件、外国との私的な戦争は禁止されている。それを認めるための法律だった。神と法の後に王があるのは、王家も例外なく裁かれることを示している。

「でも、王家は認めなかった……」

「エドゥアール王子はすでに立太子していたし、内外に発表済み。私刑になんかかけられないわ」

クラストロ公爵家でなくとも不義密通は死罪である。だが、身分は考慮される。王族なら毒杯。貴族ならナイフによる自死。庶民であれば縛り首となる。クラストロ公爵家の家法で裁かれれば、男女とも鞭《むち》で百叩きの上、全裸で戸板に四肢《しし》を縛りつけられ川に流されるのだ。私刑であることを示す旗も立つため、助ける者は現れない。死ぬまで全裸で流れ、恥を晒《さら》す。男も女も衆人環視の元で秘部を披露し嗤《わら》われるのだ。王家が認めるはずがなかった。残酷だろうが私刑とはそうしたものである。

「認められないことはクラストロ公爵もわかっていたのでは？　別の方法はなかったのではないでしょうか」

「そうよ。わかっていたから宰相位につかなかったのよ。自分がいなくなった後のエドゥアールとフローラがどれほど苦労するのか、想像がつくもの」

他国の王女との婚約破棄、それも不義密通という王族にあるまじき行為による一方的なそれは、国に大打撃を与えた。面と向かって泥を塗られた形の王女は衝撃のあまり倒れ、自殺未遂してしまう。自殺となると教会に罰せられるため、表向きは婚約破棄による心身の病気となった。あながち嘘でもない。

次の国王がそこまで人の心を踏みにじって恥じないというのは、他国の信頼が離れるには充分だった。外交では常に見下され、不本意な交渉しか結べない。エドゥアールが王となった今でも回復はならず、じわじわと国力は削られ、このままではどこかの国に降るしかないというのが現状だ。

「そんなふたりの間にできたアルベール王子とは、どこの国も婚約は敬遠するわ。同じことを繰り返さない保証はどこにもないもの」

「それでお爺様がわたくしと王子の婚約を強く推したのですね」

「そうよ。フランソワ将軍のために言っておくけど、強行はしなかったと思うの。でもあの方、王家を護るのは自分だっていう意識が強いじゃなぁい？　エドゥアール王の王子時代は守役《もりやく》でもあったし、なんとか貴族たちからの信頼だけでも自分が生きているうちに回復させたかったのでしょうね」

「……お爺様からのお話がなくとも、いずれわたくしが王子との婚約を願っていたでしょう。お爺様は悪くありませんわ。むしろ、感謝しております」

「良い子ねぇ、フランシーヌちゃんは。でも、これで王子が婚約破棄なんて言い出したら、今度こそフランソワ将軍は王家を見限るでしょうね」

「父と母は、とうに見限っておりましょう……。わたくしのことがあるから耐えてくださっていたのです」

今だから、わかる。仮にも王子との婚約がかかっているというのに、恐縮するでもなくむしろやり返さんとばかりに意気込んでいた父と母。フランシーヌは愛されていることを実感した。

「フランシーヌちゃんは、どうしても王子と結婚したい?」

「はい。……いいえ、今は、どうでしょう。よくわかりませんわ」

即答したものの、フランシーヌはすぐに否定した。アルベールを好きであったのは確かだが、今でもそうかと言われると返答に困る。王子としてのふるまいと、素顔は別だったのだと知って落胆したのが大きかった。

王と王妃へのほのかな憧れ――本当に愛し合って結ばれたと思っていたふたりも、裏側を知ってしまえば嫌悪しか湧いてこない。自殺未遂をした他国の王女もさることながら、自国でそのような辱めを受け、雪ぐ機会すら王家によって取り上げられ、今もなお領内に閉じこもって外界を拒否しているであろうクラストロ公爵を思うと胸が締め付けられる気持ちになった。

身勝手な同情かもしれないし、同じ屈辱を味わう者としての共感かもしれない。ただひとついえるのは、もうアルベールを思いやることはできないという白けた感情があることだった。

「王子をお慕いしていたのは事実ですわ……。捨てられたらもう生きていけないと思ったほど。でも、事実を知った今、なぜそこまで執着していたのか自分でもわからないのです。他の女性に盗られるのが屈辱だったのかしら？」

婚約を破棄して困るのは自分ではない、王子のほうだ。それがフランシーヌの目を醒ました。家族への罪悪感と家名に傷をつけてしまう不名誉、そして、周囲の好奇の目。それらはフランシーヌではなくアルベールとユージェニーに向けられるのだ。想像がつくだけについ憐れみさえ覚えてしまう。

「……失恋は、つらいわ。無理をしなくていいのよ。こればかりは貴族だからとか考える必要なんてないわ。泣き喚いたっていいのよ」

「クラーラ様。クラーラ様にも失恋の経験がおありなのですか？」

「ええ。この人しかいないと信じていたのに、別の人と結婚するなんて言われてごらんなさい。みじめでしかたないわ。手袋を投げたのに逃げ出されて、気持ちのやり場さえ失った。……もう、昔のことだけど、今でも許せないでいるくらいよ」

そう言うクラーラは笑うけれど、瞳の奥に憎悪が燃えている。決闘さえも拒否された憤りは察するに余りある。そんな腑抜《ふぬ》けに恋人を盗られたとなればなおさらだ。

「あの、だから、そのような格好をなさっているのですか？」

ずっと気になっていたことを思い切って聞いてみる。男性が女物の衣装をまとうのはだれが見ても非常識だ。

クラーラはあっさり肯定した。

「そうよぉ。こうしてるとね、別人になったようで気が晴れるのよ」

どこへ行っても腫物《はれもの》を扱うように接せられ、耐え切れなくなったのだと言う。別人になりたいと願い、今までの自分を捨てた。

「フランシーヌちゃん。それでも未練があるのなら、特効薬をあげるわ」

「特効薬？」

「ええ。これをやれば百年の恋も冷める鉄板よ」

先程とは違う笑みでクラーラはフランシーヌに特効薬を教えた。

フランシーヌは目を丸くした。

そして。

「お、お嬢様、しっかり！」

「うう……。わたくし、わたくしもうだめですわ……」

クラーラの特効薬、フランシーヌの恋の日記を朗読していた彼女は真っ赤になって崩れ落ちた。

アルベールと仲が良かった頃の日記はまだ懐かしさに目も潤んだが、アルベールとユージェニーの噂を聞いた頃になるとそれはもう恥ずかしいくらいにポエミーな文章が綴《つづ》られていた。

「わたくしどんな顔をしてこれを書いていたのかしら……。『ああ、アルベール。あなたがわたくしから逃げると言うのなら、わたくしはオーディットとなって攫いに行きましょう』あんな少年趣味の女神に自分をたとえるなんて、わたくし、もう」

「お嬢様——!!」

オーディットとは美少年ガルムに一目惚れしたあげく遠くからこっそりつけまわし、怯えたガルムが逃げようとしたことに怒り、大蛇に化けて攫ったショタコンストーカー女神のことである。神話にありがちな話だが、自己に投影するとは。これはひどい。

過去の自分を客観的に見つめることほど手っ取り早く現実を直視させる方法はないだろう。クラーラはそう思い、フランシーヌに特効薬を与えたのだ。たしかにこれ以上ないほど効いた。むしろ毒になるほど効果があった。すでにフランシーヌは重傷だ、心が。

「きゃあああああ！　こっちのページには『アルベール様』しか書いてない!!」

「怖いほど思い詰めてらした頃ですわ！　無理もありませんわ！」

日記をめくるたびに悲鳴が上がり、メイドが懸命に慰めた。かさぶたを剥がすようにフランシーヌは過去の自分を切り捨て、決別した。

＊＊＊

披露目会当日。完成したドレスに身を包み、クラーラ自らの手による化粧を施されたフランシーヌは、彼女を見慣れた両親やメイド、弟が見てもハッとするほど可憐で綺麗だった。うつくしいと評するより綺麗というほうがふさわしいだろう。祖父譲りの吊り目は気の強さではなく気品となり、彼女に合わせて揺れるドレスは所作を優雅に見せている。

「姉さま、なんてかわいらしいのでしょう。まるでミューテルのようです」

微笑みの妖精ミューテルはすべての人を笑顔にする、幸福の使者だ。幼い弟の素直な感嘆にフランシーヌはにっこりと笑った。

「まあ、ありがとう」

蒼のドレスはフランシーヌが動くたびにきらめき、深い海を連想させた。シルバーブロンドの髪がドレスの色を反射して泡のように光を映し、彼女の動きに合わせて揺れていた。

一口に絹といっても最高級のそれは蚕《かいこ》からして特殊で、通常の糸が白であるのに対し様々な色を付けた繭《まゆ》を紡ぎ出すのだ。それをクラストロ公爵家が編み出した技術で織り、クラーラが自分のすべてでもって仕立てた。

「さあ、仕上げよ」

言ってクラーラが取り出したのは、大粒の真珠のネックレスだった。

「まあ、真珠……！」

「悪いんだけど、これは商品じゃないのよね。特別に貸すだけ。フランシーヌちゃんだから、これを使ってもいいわ」

商品ではないと言うのは残念だが、無理もないと納得する。内陸にあるこの国では真珠はめったに流通しないのだ。しかもこれほど大粒でほぼ真円の真珠を、ネックレスにできるほど揃えるのは並大抵の財力ではできない。いくらフランシーヌが伯爵令嬢でも手に入れることはできないだろう。

「よろしいのですか？　万が一のことがあっては……」

「いいのよ。フランシーヌちゃんはお友達だもの」

さあ、魔法をかけてあげる。クラーラの指がフランシーヌの細い首にネックレスを巻き付けた。

「真珠は純潔の象徴よ。固い貝の中で守られ、歳月をかけて育まれた少女にこれ以上ふさわしいものはないわ」

「クラーラ様……」

「綺麗よ、フランシーヌちゃん。胸を張っていってらっしゃい」

クラーラに見送られ、フランシーヌは馬車に乗った。

＊＊＊

今夜のパーティの趣旨はアルベール王子とフランシーヌ・ドゥ・メイ・ジョルジュ伯爵令嬢の婚約披露である。本日の主役はアルベールとフランシーヌであり、彼がどんなに我儘を叫んでもユージェニーをエスコートするのは許されなかった。

アルベールは今日まで王と王妃、つまり両親にさんざん諭《さと》されていた。ユージェニーではなくフランシーヌを見ろ、と。平気な顔で不貞《ふてい》を行うような娘では王子の妃が務まるはずがない。時にやんわりと、時に強く、ユージェニーとの結婚を反対された。

反対されればされるほど燃え上がるのが恋というもので、ユージェニーの身分が低いからというのなら上げればいいと、アルベールは彼女が遠慮しても援助を続けた。できればジョルジュ家と同等の伯爵位をオルコット家に与えようとしたが、さすがに王だけではなく大臣たちにも大反対され叶わなかった。

今まで順風満帆《じゅんぷうまんぱん》な人生を歩んできたアルベールにとって、ユージェニーとの恋ははじめての試練であった。フランシーヌには悪いが彼女に向ける感情はどこか家族への親愛めいたもので、ユージェニーのように肉欲を含んだ情動を抱いたことはなかった。

アルベールは会場でひとり佇《たたず》むユージェニーを想像し歯噛みする。ユージェニーはここへ来る資格のない貴族であるが、アルベールはこれで最後と約束して招待状を用意させた。もちろん口約束である。貴族だけではなく外賓も揃った場でユージェニーを選び、なし崩しに認めさせるつもりだった。

フランシーヌを納得させるためなら、ユージェニーとふたり、フランシーヌに頭を下げても良いとすら思っている。もっともアルベールの知るフランシーヌは彼の友人たちの評判とは裏腹に優しい少女で、恋に夢見ているところもあるが礼儀正しい伯爵令嬢だ。幼い頃からアルベールのために尽くしてきた彼女なら、真実の愛を見つけた自分たちを祝福してくれるだろう。婚約者を純粋に慕い恋していた少女に対し、手酷い裏切りをしたなどとアルベールは思っていなかった。

そんなアルベールにフランシーヌの訪れが告げられる。憂鬱な気分をなんとか振り払い、今はまだ婚約者である彼女を出迎えた。

「ごきげんよう、アルベール様」

すっと淑女《しゅくじょ》の礼をとったフランシーヌにアルベールは息を呑んだ。

見たこともない美しい絹のドレスに身を包んだフランシーヌは、可憐としか言いようがない佇まいだ。こんなに綺麗な女だったのか。アルベールはこの一瞬たしかにユージェニーを忘れた。

「あ、ああ。フランシーヌ、今夜は……とても綺麗だな」

「ありがとうございます」

ふわりと微笑んだフランシーヌは、潤んだ瞳でアルベールの腕に手を絡めた。

なんとか取り繕い、エスコートして会場に入る。すでに列席の方々は入場し主役を待っているところだ。護衛の騎士がふたりに続く。彼らもアルベールの側近としてフランシーヌを知っているが、やはり嫌悪感を持っていた。だが今夜のフランシーヌはそんな思い込みによる勘違いを払拭するだけの魅力を放っていた。

会場に入ると、好奇の視線がフランシーヌを見て驚きに変わった。

クラーラのドレスは完璧だった。大胆に胸元を開け、鎖骨が見えるデコルテにはまだ少女であることを証明するかのように大きなリボンがひとつついている。蒼い絹の生地はフランシーヌが歩くたびに色彩を変え、シャンデリアからの灯りが当たって白く光った。バッスルの膨らみから続いたロングドレーンのラインは人魚姫を連想させ、可憐さと健気さ、そして気品を感じる。首を飾る真珠のネックレスがその連想を肯定していた。

フランシーヌは知っているのだ。今夜、なにが行われるのか。それでも伯爵令嬢として、王子の婚約者としてやってきた。悲痛な恋心を訴えかけるその様子に思わず涙ぐむ少女までいる。言わずと知れた、お姉様信者である。

フランシーヌは会場中が自分に呑まれたのを肌で感じていた。好奇と嘲りの視線が一気に好意的なものに変わる。

フランシーヌは微笑んだ。

いつもであればあれほど傲慢な笑い方はないと嘲笑っていた男たちが吸い寄せられるように魅せられている。滑稽《こっけい》であり、残念でもあった。こんなに簡単に好悪が逆転するなんて、単純な方々。

彼女はゆったりと微笑みを振りまいた。

王が合図をして、楽団が音楽を奏でる。ホール中央に出たアルベールとフランシーヌがファーストダンスを踊り始めた。

フランシーヌと踊りながら、アルベールはユージェニーを探していた。会場の隅、壁に身を寄せるようにしてぽつんとひとり立っている。顔色は紙のように白く、手を胸の前で組みあわせていた。

可愛いユージェニー。アルベールが贈ったドレスを身に纏《まと》う、花のようなその姿。護衛を指示しておいた騎士からも離れたところで、壁の一部であるかのように身の置き所をなくしている。誰もが彼女に気づいているだろうに、誰も彼女を気づかうことなくまるでいないもののように避けている。自分がそうしたのだ。アルベールは唇を噛んだ。

アルベールの目が自分から逸れたことに気づいているだろうにフランシーヌは何も言わない。目を戻すとにっこりと微笑まれた。最後のダンスとわかっているかのような、やわらかな笑みだった。

ひどいことをしている。

アルベールは唐突に自覚した。自分の為に咲いた花を見なかっただけではなく、泥まみれの足で無残に踏みにじろうとしていることに今更ながらに気づき、狼狽《うろた》える。だが、もう引き返せないところまで彼は来てしまっていた。

ユージェニーは今年社交デビューしたばかりで王子に見初められた可憐な花だった。地方貴族の子爵家といえばたいていが食い詰めて零落《れいらく》している貴族で、王都まで出向いてくる見た目にそぐわぬその度胸がアルベールは気に入った。事実彼女は実家を立て直すことを夢見てやってきた。フランシーヌが薔薇《ばら》ならユージェニーは菫《すみれ》だ。甘く香り周囲を惹きつけ棘《とげ》で身を守るフランシーヌであればアルベールでなくとも良いだろうが、ユージェニーはアルベールが見つけて保護しなければ野心を逆手にとられて身も心も持ち崩してしまうような娘だった。

ユージェニー本人は、王都の金持ち商人の息子あたりと結婚できれば良いと思っていたようで、王子が庇護を申し出ると震えて恐縮しながら一度辞退した。王家を畏《おそ》れ敬う姿勢もアルベールの気に入る要因だった。フランシーヌや祖父である前将軍はともかくジョルジュ伯爵夫妻の忠誠は表面のみで、他の貴族たちもさりげなくではあるが親しみを見せない。フランシーヌ以外の令嬢と婚約話が挙がらなかっただけで察することができた。

もちろんアルベールも警戒した。もしもユージェニーが子爵の忠実な手先で、王家を牛耳《ぎゅうじ》ろうとしているのなら、適度にあしらうだけのつもりだった。だがユージェニーは王都に借りた屋敷の家賃と、社交界デビューのために使った借金返済の一部をアルベールから無利子無期限無催促の約束で借りただけで、それ以上の援助を申し出てくることはなかったのだ。アルベールがドレスや宝石を贈るたびに恐縮し、何度も礼を言い、フランシーヌを気にしてか彼女が出席する夜会に付けることもできずにいた。

こんな女性ははじめてだった。田舎臭い少女を自分好みに変身させていく新鮮さにアルベールはのめり込み、やがてユージェニーに恋をした。両親がそれぞれ婚約者を捨ててまで結ばれたことを知っているアルベールは、真実愛し合う者同士が結婚するべきだという信仰にも似た思い込みがある。何年たっても両親の仲は良く、互いを慈しみ愛し合う姿は理想そのものだった。

周囲の説得に耳を傾けないのも無理はないだろう。国王夫妻は息子から軽蔑されることを懼《おそ》れて真実の裏側を話さなかったし、側近たちも心が離れているせいかアルベールに教えようともしなかった。王家の醜聞など声高に噂できるはずもなく、フランシーヌたちの年代は裏を知らぬ者が多い。

ユージェニーへの警戒をすっかり解いたアルベールは、自身の才覚でもって彼女の実家を援助した。世間知らずの王子の提案など実際に行えるものはなく、かといって無碍にすることもできず、オルコット子爵家はそれなら資金も出してくれと援助を請うた。いくらなんでも地方貴族の配下にすぎない子爵家の身分で娘を王子に嫁がせたらどんなことになるか、想像できないほど馬鹿ではなかった。しょせんは金か、とアルベールが怒り失望してくれると願ってのことであった。

ところがアルベールはオルコット子爵に認められたと解釈し、本当に援助を施してきた。子爵家だけではなくユージェニーも驚き、王子の本気を感じて真っ青になる。

ジョルジュ家を敵に回したら、オルコット家などあっという間に潰されるだろう。ユージェニーに泣きながら訴えられたアルベールはむきになった。はじめて自分から好きになった少女を守ろうと、彼女を抱きしめて慰めた。

領地を持たぬ子爵であるから駄目だというのなら、与えてしまえばいいだけだ。王家の直轄地を与え、伯爵位なら買えば済む。あまり褒められたことではないが、爵位の売買は認められた正当な権利である。伯爵位を得るには決められた広さの領地とそれに見合った金額を国に支払う。当然だが、国王だけではなく大臣たちにも話が伝わり、大反対にあった。フランシーヌとの成婚後、第一子として正式に立太子する予定のアルベール王子が、よりにもよってこの時期に恋人を作るなど認められるはずがないのだ。

そもそも国王と王妃の時とはわけが違う。アルベールには下に弟が三人と妹が一人いる。議会が揃って立太子に反対すれば、最悪王家追放の憂き目に遭うだろう。特にすぐ下の第二王子はフランシーヌと同い歳、婚約が繰り下がるだけでいい。

反対されればされるだけ、アルベールは燃え上がった。フランシーヌとは違い何の後ろ盾もないユージェニーは自分が守らなくてはならないと思い、戦う決意をした。アルベールの側近、特に歳の近い友人たちも賛成してくれた。彼らにしてみてもあんな傲慢で鼻持ちならないフランシーヌが王妃になるより、か弱く庇護欲をくすぐるユージェニーのほうが仕え甲斐がある。

アルベールはユージェニーのために最高のドレスを仕立てようとクラーラの店に使いを出した。だが店は臨時休業の看板が出ていてクラーラは使用人すら不在であった。何度も使いを出し、ようやくクラーラに会うことができたものの、今は立て込んでいると断られてしまう。王子の召喚に応じないとは何事だとアルベール自ら押しかけるが、クラーラの怒りを買うだけに終わった。

『悪いけどアタシ、人を選ぶのよねぇ。王子様じゃぁその気にならないわぁ』

薄笑いに含まれる軽蔑と侮り。誰が相手であろうとこれほど露骨な態度をとられたことなどなかったアルベールはわめきちらした。

『わたしを誰だと思っている⁉　こんな店など王都から叩きだしてやるぞ‼』

『あらぁ、じゃ、そうすればぁ？　ま、その時は王子様の受注は金輪際受けないけどね』

『………っ！　この、男女めがっ！』

『男にもなれないボウヤが粋がってんじゃないわよ。出て行ってちょうだい』

ぎりぎりと歯噛みするアルベールを見もせずに、クラーラは犬でも追い払うように手を振った。

アルベールは懐から財布と、いくつか用意した宝石を見せつける。

『クラーラとやら、なにが目当てだ？　金なら出す。この宝石も好きに使うがいい。なんなら王家御用達として召し上げてやってもいいぞ？』

クラーラの挑発に乗ったアルベールはいつもの彼ならばしない、強権を使って脅しにかかった。

彼の脳裏にはユージェニーの憂い顔がちらついている。妃となれば憂いなど晴れ、笑顔でそばにいてくれるだろう。それしか頭になかった。

だがクラーラは屈しなかった。すっと真顔になったクラーラは、先程とは打って変わった低い声でアルベールにこう言った。

『……帰んな、ボウヤ。二度と来ないでくれ』

『なっ？』

『ここは俺の店で、あんたは客だ。俺にも客を選ぶ権利があるんでな。あんたみたいな客はお断りなんだよ』

ほのかな怒りが黒い瞳から透けて見えた。クラーラはテーブルに転がった宝石を財布の中に強引に詰め、アルベールの懐にしまいこんだ。そして、思いがけない怪力でアルベールの胴に腕を撒《ま》き付け、ひょいと持ち上げると足で店のドアを開けて放り投げてしまった。護衛が引き剥がす間もなかった。

慌ててアルベールを囲んだ護衛と側近に、クラーラは醒めた目を向けた。

『これだから王家はイヤよ。我儘言っても最後は許してくれると思ってるんだもの』

あーヤダヤダと首を振り、王子を摑んでいた腕をハンカチで拭う仕草までしてのけた。ドアが閉まり、鍵をかけられる。ここまでの嫌悪を向けられたことのないアルベールも側近たちも、怒るよりただ呆けるのみだった。

結局ユージェニーにはいつもの仕立て屋のドレスを贈ることになった。王子からであることを主張するように、宝石や刺繍がふんだんについたドレスだ。正直いって、フランシーヌにこれ以上のものは用意できないと思っていた。

だが今夜のフランシーヌはどうだ。彼女は現れただけで会場を支配してしまった。いつもなら批判的な目を向ける側近たちでさえ彼女に見惚れている。アルベールはひたと見つめてくる若草から逃げるようにユージェニーを探した。それが本当はユージェニーを見つめていたいからなのか、フランシーヌを見つめていられないからなのか、アルベールにもわからなかった。

手袋越しに握った指は細く、アルベールに身を任せている。

装飾は真珠のネックレスのみで、それがかえってフランシーヌの真心を訴えてくるようだった。ユージェニーに贈ったダイヤモンドとサファイヤのネックレス、同じ意匠のイヤリングは見事なものだが、ユージェニーがかすんでしまっている。ドレスもユージェニーも引き立て役にしかなっていなかった。

ダンスが終わり双方礼をするとフランシーヌは友人たちへの挨拶に行ってしまった。思わず引き留めようと手を伸ばしかけ、止める。アルベールはユージェニーのところへ向かった。

＊＊＊

その頃、クラーラはジョルジュ前伯爵の隠居館に招かれていた。

「お久しぶりねぇ、老将軍。お元気そうでなによりだわ」

くすくすと笑うクラーラに老将軍と呼ばれた男は渋い顔をする。

フランソワ・ドゥ・オットー・ジョルジュは引退こそしたが、老いたと言われるほどではないと自負している。今も体を鍛えることは怠らないし、必要とあらば軍を率いて立つ覚悟もあった。

「その口調はやめんか」

「あらぁ、お気にさわったかしら？」

「気色悪くてしょうがない。……変わったな、マクラウド」

マクラウドと呼ばれたクラーラは一度目を閉じた。

「クラーラと名乗っているので、そちらで」

もうマクラウドではないと言外に告げる。フランソワはますます渋い顔になった。

「宮廷に戻る気にはならんか」

「法の執行がなされないかぎりは」

「王と王妃を裁くことはできん。おぬしにもわかるだろう」

「おかしいですね、我が国は法治国家だ。罪人にはしかるべき裁きを与えねばなりません。そのような国に仕えることなどできませんよ」

マクラウド・アストライア・クラストロ――クラーラとなった男は冷徹なまなざしで国に尽くしてきた将軍を見つめた。

結婚式に花嫁を攫われた男。満座で屈辱を受けた男。国によって断罪すら叶わなかった男である。

「フランシーヌのことは、感謝する」

「あの娘に罪はありませんから」

あの時、エドゥアール王とフローラ妃をもっとも擁護《ようご》したのがフランソワだった。国に忠誠を誓う将軍は、こんな愛憎劇で国家がめちゃくちゃになることはないだろうと、マクラウドを説得したのだ。なめてかかっていたといってもいい。

『神と法と王の名において』の断罪の代わりになるものを、と前王はマクラウドの望みを訊ねた。前王にしても王太子でありたったひとりの子供であるエドゥアールを庇う気持ちが大きかった。これからエドゥアールと婚約していた王女への賠償とその国への謝罪をしなければならないのだ、マクラウドについては早めに片付けたかったのだろう。エドゥアールとマクラウドが親友だと、甘く見ていたところもある。

マクラウド・アストライア・クラストロは家督《かとく》の放棄を求めた。前王は許さなかった。

マクラウドが家督を放棄したとなれば、次期宰相は彼の弟になる。だが、彼の弟も一筋縄ではいかない男だった。軍に入っている弟は、敬愛する兄を侮辱された報復だと軍部の不満分子をまとめあげ、クーデターでもやりかねないほど危険であった。それに、家督を放棄したマクラウドに亡命された大事だ。他国がこれだけ優秀な人材を放っておくわけがない。必ず取り込んでしかるべき地位を与え、そうなれば彼は雪辱《せつじょく》の機会を作り上げてしまうだろう。

家督の放棄も認められなかったマクラウドは、次に出仕拒否と養蚕業の独占、そして完全なる自由行動の許可を求めた。今度は認められた。ただし、国を出ないという条件をつけて。

マクラウドは数年間で養蚕の職人を領内に集め、研究機関を作り、領内の産業を活性化させた。クラストロ公爵領の絹は評判を呼び、国内のみならず外国からも商人たちが買い付けに来た。もちろん王家も専売させようとしたが、マクラウドは自由を認める免状を盾にそれを拒否した。クラストロ公爵家と王家の確執を知っている商人たちは、ここぞとばかりに王家へ売り出す絹の価格を吊り上げた。

商売が軌道に乗れば自然と人がやってくる。養蚕だけではなく農業、畜産も活性化し、材料が揃えば料理が研究され、わざわざ食べに訪れる者が後を絶たなくなった。食事ができれば観光にも力が入る。宿泊施設に温泉、温泉があれば美容関係と次々に事業が興った。クラストロ公爵領は近年稀に見る繁栄の時を迎えた。

領内が盛えたのを見届けたマクラウドは弟に全権委任し、家を出奔した。クラストロ公爵領の繁栄を見たエドゥアール——この時すでに王位に着いていたかつての親友から、出仕の要請、ようは救助要請がひっきりなしに来ていたからだ。代官として弟を据え、家督はそのままに家出をかましたのである。

「未だ、赦《ゆる》せぬか」

「はい」

クラーラがきっぱりうなずくと、フランソワは長く重いため息を吐いた。

「おぬしが宮廷から消えて以降、この国は緩やかに衰退している。し続けている。貴族の信頼は離れ、外国との交渉も見下され、民の国への忠誠も信頼も薄れている。このままでは各貴族が独立を宣言しかねん。国家分裂の危機だ」

「そうですか。大変ですね」

他人事のようにクラーラが言った。

「フランシーヌ嬢とアルベール王子が結婚すれば、少なくとも国内は保つんじゃないですか？　ジョルジュ伯爵だって親王家派に傾くしかないでしょう。一度失墜した信頼を戻すには並大抵の努力じゃできませんって」

フランソワは膝に置いた手を握りしめた。

フランシーヌ。可愛い孫娘。ジョルジュ家の至宝の花。フランソワはそんな彼女を政争の道具に使ってしまった悔恨《かいこん》がある。なにより幸せになってほしいフランシーヌに、背負わなくても良い苦労を背負わせてしまった。

「王、ではなく、フランシーヌを支えてやってはくれぬか……。わしはもう長くはない。頼む」

「そうやって命を盾にとるの二回目ですよ。一生のお願いは一度だけって教わりませんでしたか」

エドゥアールの代わりにどんな咎も受けると言ったフランソワだったが、当事者でもない彼の首では代わりにはならなかった。

「フランシーヌ嬢には十分なことをしたと思っています。代金は受け取りました。これで契約終了です」

テーブルに額がぶつかるほど頭を下げたフランソワにもクラーラは動じなかった。出された紅茶に手をつけないまま立ち上がる。もてなしを受けるということは相手を信頼している証だ。クラーラは拒否した。

立ち上がり、厚い絨毯《じゅうたん》にヒールの音はかき消される。しばらく頭を下げ続けていたフランソワは、腰に下げていた剣を抜いた。

「……どうしても、か？」

「くどい。しつこい男は嫌われるわよぉ」

クラーラの首に剣先を据える。

「どうぞ」

実に軽くうながすクラーラにフランソワは狼狽えた。剣が震える。

このままクラーラを殺せばもうこの国を立て直す者はいなくなる。クラストロ公爵領は完全に敵に回り、軍部を掌握している彼の弟がクーデターを起こすだろう。

振り返ることなくクラーラは歩を進めた。

老いた将軍の震えは手から全身に伝わり、剣が零《こぼ》れ落ちる。

潤んだ視界の向こう、去って行ったのは、かつて光の中にあった少年が闇に飲まれた背中だった。

＊＊＊

「お待ちください!!」

声を張り上げたのは、アルベール王子だった。

彼は隣にいるフランシーヌを見つめると、一度頭を下げ、ユージェニーの元へ走った。

アルベールとフランシーヌが並んで膝を付き、今まさに国王による婚約の宣言がなされようとしたその時だった。ひとり残されたフランシーヌは、人々の注目を集めながら静かに王に一礼すると、父であるジョルジュ伯爵の隣へと下がった。

アルベールは真っ白な顔のユージェニーを引っ張ってくると、膝をついて請うた。

「どうか、国王陛下。わたしにも愛する人を妻にする権利を下さい」

「王子、王子いけません」

ユージェニーが必死になってアルベールを止めるも、感情が爆発した男には無駄であった。

「アルベール、お前の愛で国民を不幸にする気か」

「いいえ。……臣籍降下の覚悟はできております。王太子にはどうか第二王子を」

「ならぬ。王族の結婚は義務だ。臣籍降下など甘いことでは許されぬ」

王妃フローラは今にも気を失いそうなほど震えている。

「お前と結婚してもユージェニーは幸福にはなれまい。お前はユージェニーを不幸にしたいのか」

「なぜですか！　わたしは必ずやユージェニーを幸せにしてみせます！」

「たとえ平民となって結ばれても、オルコット家は取り潰しだ。ユージェニーの家族は離散し、どこにも雇われることはないだろう。お前が、そうするのだ」

「そんな……」

第一王子を平民にまで落とし、国の信頼を失墜させた罪はユージェニーに負わされる。なぜそこまで放っておいたのだとオルコット子爵家が追求されるのは目に見えていた。

だが、それなら目の前のふたりはどうなのだ。アルベールは強い目で王を批判した。

「今の国をこのようにしたのは陛下と王妃ではありませんか。なぜ、わたしだけは認められないのでしょう」

エドゥアールの肩が揺れた。自分と同じ過ちを繰り返す息子が憐れであり、それ以上に憎くもあった。真正面から挑んでくる息子のまなざしには軽蔑と怒りが含まれている。

「ユージェニー、そなたはアルベールと結婚したいか」

ユージェニーは震える声で答えた。

「わたくしは……、わたくしは、陛下の御心に従います」

「ユージェニー！　何を言う！」

「王子。わたくしたちは国に仕えるものなのですわ。国のため、私心は捨てねばなりません」

「ならば国を捨てよう。わたしたちを認めない国などこちらから捨てればいい」

アルベールはユージェニーを抱きしめた。少女の体の震えが激しくなり、嗚咽《おえつ》が漏れる。だらりと下がっていた手が持ち上がり、アルベールの背を掴み締めた。

とうとう王妃が気絶し、侍女が慌てて体を支えた。国王がますます顔を歪ませる。

フランシーヌは、それを醒めた目で見ていた。

茶番。まるっきりの茶番である。今どきこんな愁嘆場《しゅうたんば》など、舞台演劇でもやらないだろう。現に会場は白けた雰囲気が広がっている。外賓《がいひん》はひそひそとアルベールとユージェニーを見て嘲笑し、この国の貴族たちですらまたかと言わんばかりだ。

「……フランシーヌ、よく頑張ったな」

「父様」

「つらい役目を押し付けて済まなかった」

「フランシーヌ、あなたの貴重な三年間を無駄にして本当にごめんなさいね」

「母様」

ジョルジュ伯爵夫妻はそっと娘を抱きしめた。妻にうなずいた伯爵は、強く同意したのを見て、未だ続く愁嘆場に足を踏み入れた。

「国王陛下、発言をお許し願いたい」

「ジョルジュ伯爵……」

エドゥアールは助けが来たとほっとした表情を浮かべた。

「うむ。許す」

「ありがとうございます」

臣下の礼をとったジョルジュ伯爵が厳かに述べた。

「アルベール第一王子と我が娘フランシーヌとの婚約を白紙に戻していただきたい」

「な……っ!?」

まさか場を鎮めるのではなく、渦中《かちゅう》にさらに火を投げ入れる真似をされると思わなかったエドゥアールは絶句した。反対にアルベールは喜色を浮かべる。

「ジョルジュ伯爵、許してくれるのか！」

「その前にひとつお答え願いたい」

「なんだ？」

アルベールはすっかり許されると思っている。彼の腕の中のユージェニーはまだ不安そうだが、それでも離れようとはしなかった。

「お二人は、すでに愛を交わされたのですか？」

アルベールとユージェニーはその質問の意味を悟るとさっと頬を染めた。愛を交わしたというのはつまり、性行為の有無である。

「う、うむ。それはまあ、なんだ。人並みには……な」

「アルベール様は何度もわたくしを愛してくださいました」

こういう時、度胸があるのは女のほうだ。まっすぐ目を見て答えたユージェニーに微笑みかけ、ジョルジュ伯爵は一礼すると、国王に向き直った。

「陛下。このような貞操《ていそう》観念の緩い者に、娘はやれませんな」

笑みは浮かべたままだった。一瞬何を言われたのかわからず呆けるアルベールとユージェニーに
ジョルジュ伯爵が続ける。

「結婚前とはいえ婚約者のいる身。不貞に変わりはありません。よってこのふたりにはしかるべき処置をするべきであると進言します」

「ジョルジュ伯爵……」

「娘を持つ父の気持ち、わかっていただけると信じております」

ジョルジュ伯爵は王に向かって綺麗に一礼すると、家族の元に歩き出した。

フランシーヌが一歩、前に出た。

口を開け、しかし言葉が見つからないのかうつむき、やがて顔をあげる。

涙を堪えきれぬ表情で人々を見回すと、優雅に礼をして背を向けた。

去って行くジョルジュ伯爵家に誰も声をかけられなかった。

「フランシーヌ様……っ」

静まり返った会場に、フランシーヌの友人たちの泣き声が響いた。少女たちはひと塊《かたまり》になり、お互いに手を取り合って泣いている。

それを皮切りにざわめきが戻ってきた。誰もがフランシーヌの健気さと、気高さを失わない姿に感動している。

「あれこそレディというものですな。彼女の婚約が白紙になるのなら、我が国の社交界に迎え入れても良いのでは」

「愛を失った人魚姫のように儚くなってしまうのではありませんか」

「フランシーヌ嬢ほどの女性であれば引く手あまたでしょう」

「フランシーヌ嬢は十六歳だとか。我が国の第二王子とお似合いですわ」

「フランシーヌ嬢の慰めに、花を贈りましょう」

「夜会に招待してみては」

「フランシーヌ」

「フランシーヌ」

もはや誰もアルベールとユージェニーなど気にしていなかった。エドゥアールはすばやく衛兵を呼び、ふたりを下がらせる。一番頼りになるはずだったジョルジュ伯爵がいない今、場を収めるのは国王しかいない。

杖を振り上げようとして、気づく。誰も彼もが王を横目で見ていた。

ああ、またか。あの王の子なだけある。親が親なら子も子だな。冷たく白け切った視線がエドゥアールに突き刺さった。

あの時。

世界で一番祝福されるべきだった男から、妻を略奪した報《むく》いがこれか。

エドゥアールとフローラの告白に白から赤、赤から黒へと顔色を変えた親友を思い出す。絶望と憤怒と憎悪。彼なら許してくれると思い、簡単に裏切った。親友はエドゥアールを許すことなく去って行った。

今、ここに彼がいてくれたなら。

こんなことにはならなかっただろう。

「……これにて解散とする。皆の者、残念であるがまた改めてお目にかかることにしよう」

一度目を閉じ苦い感情を殺したエドゥアールは、それでも笑って解散を宣言した。王の言葉に一応の礼は払ったが、惜しむ声はどこからも聞こえず、着飾った人々は帰って行った。

間章　フランシーヌ・ドゥ・メイ・ジョルジュの気晴らし

散々だった披露目会から、フランシーヌの元には訪問客と贈り物がひっきりなしにやってくるようになった。

客はすべて断っている。心配しているだろう友人たちには申し訳なかったが、まだ数日しか経っていないのにすっかり気を取り直しているフランシーヌを見て、いらぬ憶測を招かぬためだ。

代わりに贈り物は受け取り、礼状をしたためている。正直客を断って正解だった。送り主を確認し、いちいち手書きで礼文を書くのは非常に時間がかかるのだ。

「少し休むわ」

「お疲れ様です、お嬢様」

「お茶をお持ちしますね」

ずっとペンを持っているのですっかり手が疲れている。メイドがやってきてフランシーヌの手にマッサージをはじめた。

「お嬢様、また贈り物です」

こうも数が多いと、さすがにメイドも気の毒になってくる。傷心していると思っているのなら、もう少し気づかってもらえないだろうか。

「腕がぱんぱんに張ってますよ。お嬢様、今夜は湿布をしましょう」

「ありがとう……」

贈り物に添えられた手紙はフランシーヌを心配するものがほとんどなのだが、貴族の中には息子とお見合いしてみないかと早々と婚約を匂わせるものまである。いくらなんでも早すぎるだろう。フランシーヌはすべて遠回しに断っている。

あれからクラーラには一度も会っていない。真珠のネックレスは使いの者が受け取りに来た。その際クラーラからの手紙を受け取っている。

内容はあの夜のフランシーヌの痛快さについてだった。店に来た友人たちから聞いたらしい。よくやった！　と褒め言葉が並んでいた。

まさかあれを褒められるとは思わず、フランシーヌは手紙を読んで吹き出してしまった。クラーラらしい快活さで、憂鬱な気分が吹き飛んだ。

「ひと段落したらクラーラ様のお店に行ってみましょうか」

「まあ、お嬢様本当ですか？」

「ええ。わたくしもお会いしたいし、どんなものがあるのか興味があるもの」

今までのフランシーヌなら、王都とはいえ店に行くなんてはしたないとためらっていただろう。だが今は違う。フランシーヌは、自由だった。貴族であることに変わりはないが、王子の婚約者という責務から解き放たれた今、心はとても自由だ。

あれからアルベールは他国で謹慎。ユージェニーは別の男との結婚が決まった。留学という名目での謹慎だが、ようは人質である。だが、不義密通の罰としては非常識なほど軽い処分であった。

エドゥアールとフローラの苦肉の策だ。法に則ってアルベールとユージェニーを処刑したら、今度は王と王妃に裁きをと声があがるのは目に見えている。なにしろ王家にはまだ王子と王女がいて、王と王妃がいなくても困らないのだ。むしろ今からでもクラストロ公爵の望む罰を与え、宰相に返り咲き国政を担ってもらったほうが良いとまで言い出すだろう。ならば甘すぎると批判を浴びるのは覚悟の上で、子に甘い親になったほうがましだった。

フランソワ前将軍はこの一件でぐっと老け込み、領地へと帰って行った。

フランシーヌはクラーラの正体を知らない。薄々感づいてはいるが、知らないままでいいと思っている。クラーラから教えられない限り、それで良いのだ。

フランシーヌが手紙祭りから解放されたのは数か月経ってからだった。貴賓として訪れていた他国の使者はとうに帰り、貴族たちも常の生活に戻っている。

クラーラの店は王都の装飾品街の隅にあった。趣向を凝らした木彫りの彫刻で飾られたドアの中央には、リボンが円を描く大理石のレリーフがかけられ『クラーラの店』と書かれている。小さなガラス窓の向こうにはレースの手袋が飾られ、まるでかけがえのない宝物であるかのように魅せていた。

「ここが……」

フランシーヌは一度息を飲み、ドアノブを掴んだ。供として付いてきたメイドが励ます。

ちりりん。

軽やかなベルが鳴り、店が開く。

「いらっしゃーい！」

懐かしいクラーラの声が彼女を歓迎した。フランシーヌはつんと鼻の奥が痛くなるのを感じた。

「クラーラ様、わたくしやってやりましたわ！」

店内には彼女の友人たちと、見知らぬ庶民らしき少女。フランシーヌの第一声に彼女たちは何事かと振り返り、いっせいに笑顔になった。

フランシーヌは鮮やかに笑った。

第二章　ラファエル・ロッドの思惑

子爵令嬢ラファエル・ロッドには妹がいる。金髪碧眼《へきがん》のラファエルとは違い、妹はピンクブロンドの髪、瞳は紫。十八歳にして豊満なラファエルとは正反対の華奢な体形。妖精のよう、とは妹を形容するためにある。

そんな妹、アンジェリークをラファエルは溺愛《できあい》している。

「お姉様！」

ばたん！　と淑女らしからぬ乱暴さで扉を開けて部屋に踏み入ってきたのは、アンジェリークだった。

「アンジェ、お客様の前ですよ。レディたるものもう少しお淑《しと》やかになさい」

姉のお小言にアンジェリークはぷくっと頬を膨らませるが、結局許してくれることを知っている。すぐに花の咲くような笑みを浮かべると、いつものようにおねだりをはじめた。

「ねえ、お姉様。この間見せてくれたネックレス、私にくださらない？　クレアおばさまのお茶会につけて行きたいの！」

譲られることを疑っていないアンジェリークは、早くも「きゃっ」と声をあげて笑い、くるくると回った。子供じみたその様子に、ラファエルの友人がわずかに眉をひそめる。

「ネックレス……。ああ、ピンクサファイヤの？」

「そう！　あんな色のサファイヤがあるなんて！　ねえ、お姉様、いいでしょう？」

ラファエルは仕方がなさそうにくすりと笑い、少しだけ考え込む。しかしやはりいつものように、緩慢にうなずいた。

「そうね、いいわ。ただし、私に一番に見せに来ること。いいわね？」

「はい！　お姉様、ありがとう！」

アンジェリークは来た時と同じようにばたばたと去って行った。

「……ラファエル、いいの？」

「いいのよ。あの子はいつもああなんだから」

幼い頃から、アンジェリークはラファエルの物を欲しがった。

絵本、人形、ドレス、アクセサリー。なにもかも。はじめのうちは戸惑ったラファエルだったが、両親は姉なのだから譲ってやれと言い、そういうものかと思うようになった。以来、ラファエルはアンジェリークに譲ること前提で物を持つようになった。

「でも、もうじきに社交界デビューを迎える令嬢が、ああも不作法ではいけないわね。お母様にもう少し厳しくするように言っておきましょう」

「ラエルが許してしまうのが原因でしょうに。あなたが厳しくするべきではなくて？」

友人は遠慮がない。ラファエルは「そうね」と言って紅茶を一口飲み、ため息まじりに言った。

「仕方がないわ。あの子は妹なんですもの」

「せっかくクラーラの店に行くのに妹に譲ること前提なんてやめてね。作ってくれなくなっちゃう」

「それはないわよ。私とあの子じゃ似合うものが違うもの」

そう、クラーラの店の最大の売りは『一番似合うもの』だ。リボンひとつをとってもクラーラが少女にあわせてレースを編んだり刺繍を入れたりする。同じものはひとつとしてなく、だからこそクラーラの店で買うことが少女たちのステータスになっているのだ。

「だったらいいけど……」

「この日のためにお小遣い三カ月分も貯めたのよ。さあ、いざ行かん、クラーラの店！」

ロッド家は子爵とはいえ本当に小さな分家にすぎない。西の国境沿いの辺境にある侯爵が本家だ。とはいえ分家なりの矜持《きょうじ》を持っているので貴族として王城のある王都に屋敷を構え、商売をしている。

ラファエルは長女で、男子のいないロッド家を継ぐのは彼女になる。騎士爵の三男であるゴードン・ヘイゼルと婚約中だ。ラファエルとは二つ年上の二十歳、なかなかの美男子と評判の騎士である。

結婚は、ラファエルがもう少し商売の勉強をしたいと先延ばしにしているが、アンジェリークの社交界デビューを目途《めど》に本格的に進める予定だ。ラファエルが家を継ぐため、彼は婿《むこ》養子である。

「こんにちは、クラーラ様」

「いらっしゃーい。久しぶりねぇラファエルちゃんとアリスちゃん」

「お久しぶりです」

クラーラの「久しぶり」には商売人にありがちな嫌味がない。ラファエルはクラーラを見習おうと所作の一挙手一投足を見逃すまいと目を見開いた。クラーラがくすくすと笑う。

「ラファエルちゃんはあいかわらず商売熱心なのねぇ。そんなに見つめられたら溶けちゃうわ、お茶にしましょ」

クラーラの出す茶は、各国からさまざまな伝手《つて》で入手したものだ。紅茶はもちろん、ハーブティーや東洋の緑茶まである。お茶うけに出される菓子もラファエルが家やお茶会などで出されるものと比べると一段上だった。

これらに料金はかからない。クラーラ流のおもてなしであり、サービスだという。リラックスさせることで口の滑りを良くし、相手の好みや事情、仕草まで考慮に入れて完璧なものを作りだすのだ。

「聞いてくださいなクラーラ様。ラエルったら、またアンジェリークにネックレスを譲ってしまったんですのよ」

「あらぁ、また？　ラファエルちゃんのシスコンは筋金入りねぇ」

「だって、アンジェったら可愛いんですもの！」

そう、アンジェリークは可愛いのだ。貴族らしからぬ振る舞いが社交デビュー前だから許されているとわかっているのだろう。最近はその傾向が強く、ラファエルを困らせている。

「気まぐれな妖精のおねだりを断れないわ！」

「それで大事にするなら諦めもつくけど、あの子は貰ったら満足してポイでしょ？　見てるこっちが腹立つわ」

「そうですねえ、大切にしていただけるのを譲渡の条件にしてみてはいかがです？」

突然割り込んできた低い声にラファエルとアリスがハッと見ると、穏やかな顔の青年がちゃっかり同じテーブルに陣取り、にこにこと笑いながらお茶を飲んでいた。

「マージェス様……！　いつからこちらに？」

「ついさっきですよ。あなたへの贈り物をどれにしようか、クラーラさんへ相談をしに」

この穏やかな青年はデュラン・マージェス。新興成金《ブルジョア》で知られるマージェス家の長男だ。同じく長女であるラファエルにずっと求婚していたが、彼女は婿取りをしなければならないため婚約は成立しなかった。

だがデュランは諦めが悪かった。ラファエルを本気で愛していると、彼女がゴードンと婚約してもなお求婚を続けている。

「残念ですが、マージェス様。わたくしそろそろゴードン様との結婚の話を進めますの」

ゴードンとの婚約が決まってから一度も贈り物を受け取っていない。せめてもの誠実さをラファエルは示していた。

「そうですか。おめでとうございます」

「ありがとうございます」

ラファエルは困ったように微笑んだ。姉気質だからだろうか、そういう微笑みはラファエルを慈悲深い女神のように見せる。デュランはうっとりとした顔で彼女を見つめた。

「デュランちゃん、ラファエルちゃんったら今度はネックレスをあげちゃったんですって」

「なるほど。では、僕から最高のネックレスを贈りましょう」

「受け取れませんわよ？」

「いいんじゃない？　ゴードン様はあなたに贈り物なんかしないんでしょう？」

「ゴードン様には事情があるもの」

ゴードンの事情とは、ずばりヘイゼル家の財政難だ。しがない騎士爵の三男は家を出て自分の財産を自分で稼ぐのが普通だった。

一方のラファエルは、子爵家の後継ぎとしてそれなりに金をかけて育てられている。アンジェリークに渡ってしまうことも考えて、長持ちするように良い品ばかりだ。

しかしそうはいってもラファエルが自由に使えるのは自分の小遣いくらいである。アリスをはじめとする友人と連れ立ってクラーラの店に行くのは彼女にとって最高の娯楽であった。

「デュランちゃんは宝石を見ていて。さ、まずはラファエルちゃんからはじめましょう。お客様、何をご所望ですか？」

お道化《どけ》た口調でクラーラが宝石の入った小箱をデュランに渡し、ラファエルとアリスには彼女たちの小遣いでも買える布のサンプルを出す。

「予算にもよるけど、今なら良い布地が入ってるから帽子か手袋……。レース用の糸も新色が入ってるわ」

「まあ、素敵！」

「こちらの糸でレースを編んで、髪飾りなんか良さそうね」

「レースだけじゃ地味だから、ビーズを入れませんか」

宝石を見定めていたデュランが口を出す。

「そうねぇ。ラファエルちゃんは素材もいいし、ゴージャス系が似合うわね。リボンで花を作って、レースに宝石ビーズを使って。こんなのはどうかしら」

クラーラがささっとデザインをスケッチし、色鉛筆で色彩を加えていく。ローズレッドの薔薇とレースのついた豪奢な髪飾りだ。

「いいですね」

なぜか一番に絶賛したのはデュランだ。ラファエルはデュランに賛同するのもと思いつつうなずく。

「ええ。今度の夜会に使おうかしら」

「おや、どこのですか?」

「うちのよ。ラファエルは親友ですもの、来てもらわなくっちゃ」

夜会に招く客は、ホスト側の人脈を周囲に知らしめる示威行動でもある。ラファエル・ロッドは次期当主であり、この国では珍しい女当主となる立場だ。またロッド家は子爵とはいえ商売をやっており、国境に近い本家から他国の品々が入ってくるだろう打算もある。

「ああ、アリスさんのところのですか。それなら僕にも招待状が来ていますね」

もちろん友人として、アリスにはアリスの考えがあった。ラファエルの婚約者、ゴードン・ヘイゼルについては彼女も紹介されて何度か会っている。そのたびに感じるのは違和感だ。

ゴードンは騎士なだけあって体格は良いし評判通りの美形なのだが、ラファエルに対する態度がどうにも傲慢なのだ。あからさまではないものの、婿に行ってやるのだと考えているのが透けて見える。たしかに子爵家といえども婿探しは難しいが、騎士爵の三男ではいかに実力があっても出世するのは妻の後ろ盾いかんだということを理解していないように思えた。ラファエルは口ではゴードンを庇うが、では愛があるのかと問えば首をかしげるだろう。

だったらデュランのほうが良いとアリスは思う。そもそもラファエルはデュランと恋人だったのだ。どちらも長子であり、家を継がなくてはならない事情があったため破局に至ってしまったが、デュランはラファエルを愛しているしラファエルだって今も気持ちは同じだろう。

アリスは友人として、天然でお人好しなラファエルの幸福を願っていた。

「アリスちゃんはどうする？」

「えっ？」

「もう、ラファエルちゃんのことは本人たちに任せておきなさいな。何か作っていくんじゃないの？」

クラーラの手には真白いページのスケッチブックがある。

「え、ええ。私も夜会用にドレスを新調したんですけど、どうも大人っぽすぎて。襟だけでも変えようかと」

「襟ね。なるほど」

アリスがドレスの説明をすると、クラーラは考えてはスケッチしていく。ラファエルとデュランは以前の頃のように軽口を言い合い笑っていた。

「たしかにこれじゃ地味ねぇ。アリスちゃんは見た目が大人っぽいんだから、もうちょっと冒険してみる？」

クラーラのデザインは地味で控えめなドレスのデコルテに生花とレース、肩には大きなリボンを付け、袖からも大きくレースが見えるものだった。

「これだけでもずいぶん違いますのね……」

「そうよぉ。同じドレスでも印象が違えば何度も着られるわ。お得でしょ」

夜会用のドレスは様々なパーツからなる、まさしく淑女の鎧だ。生地やレースもそうだが、宝石やビーズが縫い付けてあると値段がぐんと高くなる。あまり余裕のない家だと一着新調するだけで家計を圧迫してしまう。アリスの家はそこまで困窮していないが、それでも年頃の娘の夜会用ドレスとなれば毎回同じものというわけにはいかなかった。

感心するアリスにクラーラがそっと囁《ささや》いた。

「あの二人なら心配いらないと思うわ」

「え……」

「二人とも商売人だし、駆け引きはお手の物でしょ。なるようになるわよ」

ちらりと目で示された先にはまるで夫婦のようにやりとりをして笑いあうラファエルとデュランがいた。

こうして眺めていると、クラーラの言う通り、なるようになるのではと楽観的な気持ちになる。だが、家の事情はそう簡単ではない。ラファエルの婚約は決まっているし、デュランも優秀な次期当主として知られている。デュランにはひっきりなしに縁談が舞い込んでいるという噂だ。

「人の恋路に嘴《くちばし》を突っ込んだって良いことないわよ。アリスちゃんこそお相手とどうなの？」

「クラーラ様ったら！」

夜会当日、ゴードンが正装をしてラファエルを迎えに来た。

「こんばんは、ゴードン様」

「ああ」

ゴードンはラファエルを不躾《ぶしつけ》に眺めると、ラファエルの両親に挨拶へ向かった。友人家の夜会とはいえ未婚の娘を連れだすのだ、やはり礼儀は通さねばならない。

「ゴードン様！」

そこにアンジェリークがやってきた。ラファエルとは違い、室内用のドレスだ。先日ラファエルから譲られたネックレスをつけている。

勢いのままゴードンに飛びついたアンジェリークを、さすがにラファエルも見咎めた。

「アンジェ、殿方にそう飛びつくものではなくてよ」

アンジェリークに飛びつかれたゴードンは打って変わって笑顔で彼女を受け止め、すかさず抱き上げて一回転した。ふわりとドレスが揺れ、アンジェリークの愛らしさを増幅させる。

「いいじゃない！　もうすぐお義兄さまになるんだし。ね？　ゴードン様」

「まあ、そうだな」

「ゴードン様まで……」

婚約者まで妹に寛容になられては、ラファエルが出る幕はない。はしたないまねはおやめなさい、と軽くお小言だけに留め、ラファエルはゴードンと馬車に乗った。この馬車は婿殿の移動にとロッド家が贈ったもので、御者の賃金もロッド家が支払っている。ゴードンは当然といった態度で乗り込んだ。

夜会には紳士淑女が揃っていた。貴族とはいえそれほど高位の者はおらず、親しい者たちの集まりといった雰囲気だ。ゴードンと連れ立って現れたラファエルも安心して溶け込んだ。デュランはおせっかい焼きの女性陣に囲まれている。

仕事が男の戦場なら、社交場は女の戦場だ。少しでも有利になるように情報を集め、まとめ、考え、家を運営する。女は家で守られていればいいという男は女のなんたるかをわかっていない。裏側の支援がなければどれだけ有能であっても出世できないのはどの世界でも同じである。

ゴードンはラファエルと二曲踊った後、早々に男ばかりが集うゲームルームに引っ込んでいった。

「あいかわらずですわね、ゴードン様は」

そっとやってきたアリスが言った。本人がいなくなったからか、嫌悪を隠そうともしていない。

ラファエルは自分のために怒ってくれる友人に申し訳なさそうに微笑む。

「そう言わないで。あれで良い所もあるのよ」

「どこが？」

「たくましくて、頼りになるわ」

傲慢で乱暴の間違いじゃなくて？　と言おうとして、アリスは口を噤《つぐ》んだ。自分の感情と彼女の感情は違う。人の良い所を見つけられるのはラファエルの美点だ。

「それよりアリス、今夜はとっても素敵ね」

「ありがとう。クラーラ様のおかげですわ」

「あなたが磨けば光る素材だからでしょう」

「ラエルも今夜の髪飾りはクラーラ様のよね。よく似合ってるわ」

ラファエルはうつむいた。

今夜のラファエルはドレスこそ新調しなかったが、クラーラの店であつらえた髪飾りを付け、それに合わせたドレスにアクセサリーをつけている。会う人会う人に褒められた。だが、ゴードンはひと言も感想を言ってはくれなかった。せめてお世辞でも綺麗と言ってくれるのではと期待したぶん落胆も大きかった。

アリスはうつむいたラファエルに察するところがあったのか、母たち大人の女性陣が集まっているところに彼女を案内した。さりげなくデュランを探すと、彼はラファエルが常に見える位置に陣取っていた。アリスの視線に気づき、軽く会釈をしてきた。

夜会が終わり、帰る間際まで酒を飲んでいたのか、ゴードンは明らかに酔漢の足取りで馬車に乗った。

彼はこういう社交の場が苦手な男だった。いつだってすまし顔の貴族共が表面だけを取り繕って腹の探り合いをしているとしか思えず、ひたすら酒を飲んでやり過ごすしかできなかった。

「ゴードン様、飲み過ぎですわ」

ゴードンは馬車の背もたれに寄りかかり酒臭い息を吐くと、たしなめるラファエルをうるさげに見てふんと顔を背けた。ラファエルは良い女だが、どうにも舵《かじ》を取られているようで気に食わなかった。冷たい態度をとり、そのたびにラファエルが悲しそうな顔をするとわずかな歓喜が湧きおこり、ゴードンの胸を軽くする。

今も、そうだった。馬車で寝てしまわないようにとラファエルがあれこれ話しかけてくるが、返事は一度もしない。不機嫌を隠すことなくむっつりと黙り込んでいれば、とうとう諦めたのかラファエルは口を閉じた。そっと手を撫でられる。ゴードンは乱暴に払いのけた。

「お帰りなさいませ」

ロッド家に着くとラファエルはゴードンの部屋を用意させた。万事ぬかりないロッド家の使用人たちはゴードンの酒癖の悪さも知っており、客室はいつ彼が来ても泊まれるように準備されている。

執事二人が両脇からゴードンを支えて馬車から降ろすと客室に連れて行った。

「私も疲れたからお風呂に入って休むわ」

「はい。準備できております」

ドレスをメイドに任せ、ラファエルは入浴に向かった。風呂には薔薇の香りのオイルが入っていた。酒好きのゴードンと一緒にいて、酒精の匂いが鼻についているだろうという気遣いが嬉しかった。

風呂は一種の贅沢だ。湯を大量に沸かす石炭の用意から清潔な水、体を拭く布など、支度が大変なことも風呂が贅沢になった一因だろう。

昔は一般にも普及しており公衆浴場などもあったが、一時期流行した病が風呂で感染すると風評被害が広がったため、今はあまり見かけない。貴族の屋敷でも毎日というわけにはいかず、週に何度かあれば良い程度である。メイドをはじめとする使用人たちは残り湯をいただくのがせいぜいで、主人の入浴日を待ちわびている。

だからこそ、そのぶん張り切って支度を整える。明日には屋敷中が薔薇の香りに包まれるだろう。

それを思い、ラファエルは笑った。クラーラの店で買った石鹸をメイドたちにも使わせてあげよう。

外国からの輸入品で香りも泡立ちも良く、肌の潤いを守る成分も入っているという一品である。

「これ、良かったら使ってみて」

「いいんですかお嬢様⁉」

「クラーラのマークがついてる！」

クラーラの店は女の子の憧れだ。ラファエル付きメイドたちも当然のように店に行くことを夢見ている。ロッド家程度の給金で賄えるメイドは貴族出身の子女ではなく、紹介状を持っている身元のしっかりした市井の少女だ。家族への仕送りも含めると手元にたいした額は残らない。

「あなたたちはいつも頑張っているものね。私のお古で申し訳ないけれど、使ってちょうだい」

「ありがとうございます！」

「お嬢様、ありがとうございます」

ラファエルは自分付きのメイドをけして蔑ろにしなかった。いずれ家を継ぐ者として、家内で働くメイドや執事はラファエルの手足だ。身なりをきちんと清潔にするのも主人の役目だと思っている。

「夜会はいかがでしたか？」

「楽しかったわ。アリスはすごいわね、今夜の夜会はアリスが段取りを受け持ったらしいの。それにあのドレスをあんなに素敵に着こなして！　あれはアリスじゃないと難しいんじゃないかしら」

アリスが地味と評していたドレスだが、彼女の落ち着いた雰囲気に良く似合っていた。それを損なわず、むしろ引き立てていたクラーラ特製の襟飾りはもちろんだが、やはりアリスあってのことだ。

「わたくしも、もうちょっとアリスみたいに淑やかさを出せればいいのに」

「まあ、お嬢様。それは贅沢というものですわ」

「そうですわ。お嬢様はわたくしたちの憧れですのに」

たっぷりと泡立てた石鹸でラファエルの体を洗いながらメイドたちが苦笑する。お世辞ではない。

金髪碧眼の正統な外見といい、豊満でありながらバランスの良い体つきといい、ラファエルは物語に出てくる令嬢そのままだ。子爵家という貴族の中では位が低いことと商売を営んでいることから気安く、メイドにとって仕えやすいのは間違いない。なによりラファエルは我儘を言わず、やさしかった。ラファエル付きメイドたちがアンジェリーク付きメイドから羨ましがられていることを、この主人は知らないのだろう。

「お肌も白くて滑らかで、御髪も艶やか。ヘイゼル様も幸せですわね」

「………」

ゴードンの名が出てもラファエルは微笑んだだけだ。そういえばゴードンの話はなかったことに気づき、メイドは自分の失言を悟る。慌ててもうひとりが取り繕った。

「こ、今夜の髪飾りもそれは御髪に映えてお綺麗でしたわ」

「ありがとう。……下がっていいわ」

「はい」

「はい。では、上がる際にはお呼びください」

「ええ」

体を洗い終えたメイドが風呂場から下がり、ひとりになるのを待ってラファエルは湯船に浸かった。

「……ふぅ」

ついついため息が漏れる。こうして風呂に入る時くらいしかリラックスできないのは正直きつかった。

屋敷の使用人たちは全部とまではいかないが掌握できている。忠誠とまではいかずとも好意は抱いてくれているだろう。少なくとも、アンジェリークよりは。

ラファエルにとって、アンジェリークは可愛い妹だ。それは今も変わらない。

だが、幼い頃から自分の物を欲しがり妹特権をこれでもかと利用して、あるいは泣き真似までして奪われるのには納得していなかった。

両親がどちらかというとラファエルに重きを置いているのは、ラファエルが跡取りの自覚をもって行動していることと、妹の所業が大きいのだろう。絵本も人形もドレスも、最終的にはアンジェリークの物になる。代わりの物を買い与えてはくれるが、たとえば人形と一緒に眠った思い出や、絵本を母に読んでもらった思い出は取り戻せない。アンジェリークは姉から奪えれば満足するのかよほど高価なものでもない限り大切にしようとしなかった。それがまた腹立たしく、悔しいのだ。

奪われて恨まない人間などいないだろう。たとえ妹であってもだ。を可愛いと心底思っているが、同時にどうすれば排除できるのかずっと考え続けていた。表立って動かないのはいつ何時アンジェリークにばれて泣かれるかわからないからだ。妹に泣かれるのは本意ではない。

ゴードンとの婚約もアンジェリーク対策のひとつだった。子爵家に婿入りしてくれる男を探すのは難しいことを逆手にとった。家柄こそ騎士爵という低い身分の三男だが、ゴードンはいかにも騎士然とした男だ。女受けする顔といい、どこか俺様な態度といい、恋に憧れる少女ならコロッといきそうだ。

このところのゴードンもどうやらラファエルよりアンジェリークに惹かれているようで、態度があからさまになってきた。姉のものならなんでも欲しがるアンジェリークなら男にも手を出しそうだと予想していたが、どうやら当たりらしい。あの二人がくっついてくれないと、家の中でも気が抜けない。それに一応婚約者なのだからゴードンを悪く言うこともできなかった。

長女って大変だわ。倦怠感を振り払い、ラファエルは湯船から上がった。

「ゴードン様はもうお休みになられたかしら？」

「いえ、先程寝酒のワインをお持ちいたしました」

ヘイゼル家に比べて裕福なロッド家は置いてある酒も豊富で良いものばかりだ。ここに来るたびに酒を飲むゴードンにさもありなんと苦笑して、ラファエルは彼のいる客室に向かった。

「では、ご挨拶してから休みます」

寝間着姿に羽織を着ただけのラファエルは湯上がりもあいまって色っぽい。メイドは少し戸惑ったがラファエルなりのアピールと思ってくれたのか、黙って付き添った。

「ゴードン様、お休みですか？」

控えめにノックをする。まだ眠ってはいなかったのか、がたがたっと音がした。メイドと顔を見合わせる。

「ゴードン様？」

まさか、という思いを隠さず、ラファエルはドアを開けた。

＊＊＊

クラーラの店で、アリスは憤懣《ふんまん》やるかたないといった顔をしていた。

「あの男！　よりによって婚約者の妹に手を出すなんて!!」

「アリスちゃん、お顔がすごいことになってるわよ」

さすがにクラーラも引き気味だが、アリスはおかまいなしだ。

「顔なんて！　クラーラ様は何とも思いませんの!?　私、もう、悔しくって……！」

感極まったのかアリスは泣き出してしまった。テーブルに突っ伏した黒髪を撫でてやりながら、クラーラはやれやれとため息をつく。

あの夜会の日にふたりが密会——といえるのか、ロッド家の客室でのあられもない姿を、よりにもよってラファエルに発見されたのはまずかった。ラファエルのそばにメイドがいたことも更に悪かった。

ラファエルはさすがに淑女なだけあって叫ばなかったが、メイドの金切り声に目の前の光景が現実だと理解するや失神してしまったのだ。主人が気絶したのを見たメイドがさらにパニックに陥り、あっという間に家人が集まった。言い逃れできない現場を、当の婚約者とその両親にばっちり見られてしまったのだ。

当然ラファエルの両親は激怒した。夜中に突然呼びつけられたヘイゼル家当主はラファエルの父の学生時代からの友人で、息子のしでかしたことに平身低頭で謝った。

アンジェリークは自分のしたことの大きさを理解していないのか泣くばかりだったが、未婚の娘、しかも社交界に出る前の娘の醜聞は本人だけではなく家名に傷をつける行為である。不義密通が知れ渡れば死罪は免れない。両親にこんこんと説教され、ようやく罪を自覚したらしい。青くなって震えていた。

両親はアンジェリークを社交界に出さないと言ったが、それは可哀想だと庇ったのはやはりラファエルであった。今後のことも考えて、せめて社交界デビューだけは済ませるべきだと訴えた。デビューを終えたらすぐさまアンジェリークとゴードンが結婚することで話がついた。

「ラエルは甘すぎるわ！　いくら妹だからって、あ、あんなこと……っ」

ラファエルはむしろ話が大きくなりすぎないよう火消しに走り回っていた。ラファエルにとっても今回のことは痛手であり、なるべく早く収束させたいのはわかる。だが、罰が軽すぎてはあの妹のことだ、またしでかすだろう。

「アリスちゃん？　あなたはもう少し裏を考えてみるべきだわねぇ」

泣くに泣けないラファエルの代わりとばかりに怒り泣くアリスに、クラーラは言った。

落ち着きなさいなと紅茶を淹れるクラーラに涙を拭いたアリスはなんのことだと問いかける。

「クラーラ様、裏とは……？」

紅茶の香りが泣きすぎて痛む目頭をやわらかく包み込み、また涙が滲む。ぼんやりとした視界にクラーラが映った。

「ラファエルちゃんよ。あの子はたいしたものよ。本当に大切なものはなにひとつ妹に渡していないもの」

「え……でも」

「いつまでも子供じゃないってことよ。気づいてる？　ラファエルちゃん、デュランちゃんからの贈り物は受け取れないとは言ったけど、いらないとは言っていないのよ」

ぽかんとするアリスにクラーラはくすくすと笑った。

ラファエルは妹に甘い。だがそれ以上にしたたかだった。現にクラーラの店で買ったものを譲ったという話は聞いたことがないし、デュランが彼女に贈った物は一度も受け取っていない。

「そういえば……？」

「あの子の根っこは商売人なのね。本当に大切なもの、価値のあるものをどうすれば守れるのか考える頭があるわ。ラファエルちゃんは、物は譲ってもプライドは譲らなかった」

ラファエルとデュランが恋人であったのはほんの半年程度だ。互いに両親の反対にあって別れている。だがその半年でこれ以上の相手はいないと互いに理解したのだろう。だからこそ、ラファエルはアンジェリークに奪われることを危惧《きぐ》し、デュランと別れたのだ。

「商人は一度大失敗したほうが成功すると言われているわ。どん底を味わうとどんなことにも耐えられる根性がつくわけ。意に染まぬ婚約は二人にとって苦渋の決断だったでしょうけど、そのぶん愛は深まったんじゃないかしら」

「そ、それじゃ、ラエルはこうなることを予想して……？」

「ここまで大事になるとまでは思わなかったでしょうけど、妹に奪われることは予想したでしょうね。計算していたかどうかは、ちょっとわからないわ。ラファエルちゃんって、本当にシスコンだから……」

むしろ妹のためにゴードンを見定めていたとも考えられる。

ちょっと行き過ぎた妹への溺愛ぶりを見ていたアリスは、なんだか納得してしまった。

「ああ、クラーラ様、それはたぶん素でやっていたと思いますわ。ラエル、アンジェに譲ること前提でいたから」

とはいえラファエルに似合うものがアンジェリークにも似合うとは限らない。好みだってまったく同じではないだろう。ましてや伴侶だ。

ラファエルならゴードンをコントロールできても、姉ありきで生きてきたアンジェリークにできるとは思えない。クラーラの聞く噂話でもゴードンという男は卑屈で、それをごまかすように傲慢だった。我儘少女のアンジェリークとでは、互いに失望し疲れる結婚生活になるだろう。

「でも、良かったんじゃなぁい？　デュランちゃんが未だに浮いた噂のひとつもないのは、ラファエルちゃんのためでしょ」

「そうですわね。デュラン様は誠実ですから、今度こそご両親を説得してくれますわ」

婚約者を寝取られたラファエルの結婚は、さらに難しくなる。デュラン以上の男は見つからないだろう。ひっきりなしの縁談を片っ端から断っているのだから、ラファエル以外とは結婚しないと宣言しているようなものだ。

「ふふふ。まだ打診だけれどね、マージェス家からウエディングドレスの注文が来てるのよ」

「まあ！」

「お似合いの二人を引き裂くことはできないってことよね。ああ、来たみたい」

ちりりん、とドアベルが鳴り、来客を告げる。

幸福そうなラファエルと、彼女をエスコートしたデュランが入ってきた。

第三章　アンジェリーク・ロッドの困惑

アンジェリーク・ロッドには、姉がいる。ラファエル・ロッド、御年十八歳の花の盛りのうつくしい娘だ。アンジェリークはずっと、姉として生まれなくて良かった、と思っていた。

一番古い記憶は人形だった。母から姉への誕生日プレゼントとして贈られ、ベッドにまで持ち込んでいたお気に入り。金髪に碧い瞳は姉とそっくりだった。そのうつくしい顔立ちも。

欲しいと口に出した時、もちろん姉は拒絶した。今までアンジェリークの我儘をなんでも聞いてくれていた姉の、はじめての明確な拒否に、アンジェリークは驚き、ショックを受けて泣き出した。

本当に、驚いただけだったのだ。なのに両親はアンジェリークではなくラファエルを叱りつけた。お人形ならまた買ってあげるから、それは譲ってあげなさいと言った。人形を大切そうに胸に抱いていたラファエルは、両親の言葉に傷ついた顔をした。

人形はアンジェリークのものになった。

けれどアンジェリークは貰って満足してしまった。思えば幼い嫉妬《しっと》だったのだろう。自分でさえたまにしか入れてもらえない姉のベッドで共寝をしていた人形。アンジェリークは人形を貰ってもろくに遊びもせず放置し、いつしか見かけなくなった。

姉は新しい人形を買ってもらっていた。

母の友人たちが子供を連れて参加するお茶会にアンジェリークを伴うようになると、ドレスが欲しくなった。サイズアウトして着なくなってはいたが、花柄のドレスを着ていた姉の姿はアンジェリークの脳裏に焼き付いている。それをねだった。

大切に着てね、と言い、姉はアンジェリークにドレスを譲った。その後ラファエルは新しいドレスを仕立ててもらっていた。

ピンクサファイヤのネックレスもそうだった。姉はあっさりとアンジェリークに譲ってくれた。金髪の姉にピンクサファイヤはきらめく小花のように映えていた。

姉の物を奪うたびに、アンジェリークの胸に暗い喜びが広がった。

ラファエルの大切なもの、似合うもの、彼女を輝かせるそれらを剥ぎ取ってアンジェリークを飾り立てる。うつくしい姉がみすぼらしくなっていくような愉悦《ゆえつ》が幼心から罪悪感を消していった。

「お姉様には本当に感謝していますの」

アンジェリークはそっと首を飾るピンクサファイヤを撫でた。

姉だから、というただそれだけでラファエルは何もかもをアンジェリークに差し出さなくてはならない。なんて惨めなのだろう。こっそり笑っていることに気づかず可愛い妹とアンジェリークを大切にする姉の滑稽さは彼女を満足させた。幼い嫉妬心はいつしか優越感にすり替わり、アンジェリークの生きがいになった。

「ラエルは姉なのだから当然だな」

姉の婚約者でさえアンジェリークがうっとりと見上げれば頬を染めて視線をそらす。

ゴードン・ヘイゼルはアンジェリークにとって、はじめて接する身内ではない大人の男性だった。騎士としての態度を崩さず常に礼儀正しく、しかしアンジェリークへの恋心を抱いていることを隠しきれていない可愛らしさを持っていた。跡取りとして両親に大切にされているラファエルより自分を見てくれるゴードンに、アンジェリークはしだいに惹かれていった。

「しかしアンジェはお転婆だな。こっそりおでかけしたい、なんて」

「うふふ。お姉様が言っていたクラーラの店に行ってみたいの！」

姉から奪ったピンクサファイヤのネックレスにあわせたピンクのドレスを着た、ピンクブロンドの髪のアンジェリークは、王都の大通りでも浮いていた。華やかな容姿は人目を惹くものの、どこかぱっとしない。ネックレスもドレスも日傘もすべてがラファエルから奪ったもので、ひとつひとつはアンジェリークにも似合うが全体的にぼやけた雰囲気だ。

女性の装いに詳しくないゴードンはそんな違和感に気づかずアンジェリークを褒め称えた。花盗人にでもなったような気分を味わっている。

「あ、ここね！」

クラーラの店を見つけたアンジェリークが駆け寄った。わくわくしながらドアを見上げるアンジェリークをよそに、ゴードンは小窓に飾られているネックレスの値札を確認して頬を引きつらせる。ラファエルにすら贈り物をしたことのないゴードンは、女性用アクセサリーの相場を知らなかった。

プライドにかけても今度にしようなどとは言い出せず、ゴードンはアンジェリークを伴ってクラーラの店に入った。

「いらっしゃーい」

ちりりん、と来客を告げるベルが鳴り、クラーラが振り返った。

成人男性よりやや高い身長とがっちりした体形にもかかわらず女性的な装いのクラーラに、アンジェリークとゴードンはぎょっとして下がってしまう。初見の客はたいていそんな反応だが、クラーラの店と知って来ているのだから本人の評判くらいは押さえておくべきだとクラーラはいつも思う。

「一見《いちげん》様ね？　ようこそクラーラの店へ」

まずは店のシステムの案内からはじめようとしたクラーラをさえぎって、アンジェリークが歓声をあげてマネキンに着せられたドレスに触れた。

「きゃあ！　素敵なドレス！　ねえゴードン様、私こんなドレスが欲しいわ！」

すかさずクラーラが扇でアンジェリークの手を払いのけた。痛くないように手加減はしたが、こんな扱いは初めてのアンジェリークは手を押さえて呆然としている。

「アンジェリーク！」

ゴードンが駆け寄り、アンジェリークの背を支える。きっとクラーラを睨みつけた。

「レディになんてことをするんだ、乱暴な店主だな」

「こっちの話も聞かずにいきなり商品べたべた触られて怒られないと思ったの？」

文句をつけるも呆れたように論破されてゴードンは黙り込んだ。

クラーラはブラシをとると、アンジェリークが不躾《ぶしつけ》に触れたドレスを丁寧に撫でる。

「このドレスは見本だけど、クラストロ領のシルクよ。爪で引っかいたり皮脂で染みがついたら買い取ってくれるわけ？」

「客にその態度はなんだ！」

「こっちにも客を選ぶ権利はあるのよ。気に入らないなら他に行ってちょうだい」

むすっとしたアンジェリークだがしぶしぶ謝ることにした。せっかく憧れのクラーラの店に来たのに何も買えずに帰るのは嫌だ。

「……ごめんなさい」

「はい。では、店について説明するわね」

子供相手に大人げないと思ったのか、クラーラも鷹揚《おうよう》に謝罪を受け取った。

「クラーラの店ではお客様に合わせて最高の品を提供します。ドレスはもちろんのこと、帽子、手袋、髪飾り、靴。ネックレスなどのアクセサリー類もすべてデザインからお作りしています。その方の好みから容姿、仕草にいたるまですべてを完璧に整える。これがクラーラの店です」

クラーラはそれを誇りにしている。少女たちを完璧にドレスアップし、恋愛だけではなく人生までコーディネートしたい。うつくしい飾りはうつくしい心の持ち主にこそふさわしいと信じている。

アンジェリークはクラーラの説明にほうとため息を吐いた。すべてを完璧に。いかにも女心をくすぐる謳《うた》い文句だ。

ゴードンはというと顔には出さないようにしていたが盛大に焦っていた。これほどこだわりのある店ならさぞかしお高くつくのだろう。見本品からしてクラストロ公爵領のシルクなのだ、レベルが違いすぎる。飾られていたネックレスも宝石の部分は好みで付け替えられるようになっていた。

「まあひとまずお座りなさいな。お茶を淹れるから楽にしてて」

クラーラは二人に椅子を勧めると奥に引っ込んだ。

「素敵ね……。ここにあるもの全部欲しくなっちゃうわ」

「むやみに触るなよアンジェ。見本品の買い取りなんか嫌だろう」

「そうね。気を付けるわ」

店内はアンジェリークが見たこともないほどのドレスや装飾、小物雑貨がバランスよく配置されていた。メインであるドレスは一番目に止まりやすい中央に。棚には帽子やリボン、宝石のついたアクセサリーがあり、裸石《ルース》はガラス板の填《は》められた机の中に並べられている。どこかの令嬢の部屋か、理想の宝石箱といった印象だ。

「お待たせ。まずはこちらの名簿に署名してもらえるかしら」

顧客名簿とペンを渡し、クラーラはカップに紅茶を注いだ。子供の好みそうな、苺の入ったフルーツティーである。ゴードンには苺なしだ。

「おいしい……！　こんな飲み方があるんですね」

一口飲んだアンジェリークがパッと笑った。すっかり機嫌が直ったようだ。

「それで、さっきドレスと言っていたけど……」

「今日はひとまず何を買おうか見に来ただけだ」

アンジェリークが口を開く前にすかさずゴードンが割り込んだ。こんな店でドレスをねだられたらたまらない。クラーラは緩くうなずいた。

「まあ、うちの店は一見さんにはお売りしていないのよ。基本的に相談してから作るから、さすがに今日中には無理」

「ええ～」

「そうか……」

あからさまに不満を顔に出したのはアンジェリーク。顔には出さないもののほっとしたのはゴードンだ。

「それに……あら？　アンジェリーク・ロッドとゴードン・ヘイゼルって、ラファエルちゃんのお家の方じゃない。それならラファエルちゃんへの贈り物なのかしら？」

「え……」

「あ、いや……」

気まずそうに口籠《くちごも》った二人にかまわず、クラーラは続けた。

「内緒でプレゼントって依頼も何度かあったけど、本人を連れてきてもらわないと困るのよねぇ。今度一緒に来てくれる？」

「………」

「偉いわねぇ。ラファエルちゃんは妹大好きだから喜ぶと思うわ」

「………」

にっこり笑うクラーラは百パーセントトイヤミ営業だ。ちらちらと互いに目線を交わしている二人を見れば、そうではないことくらいわかっている。

しかし気に入らない。姉の婚約者とその妹が、おそらく本人の了承なしにこうしてデートまがいのことをしているなんてありえないことだ。アンジェリークには子爵令嬢としての自覚もなければ、ゴードンは婿入りという意味も理解していないのだろう。

気に入らないが、似合いの二人だ。クラーラはさっさと追い出すことにした。

「ひょっとして、ウエディングドレスの相談なのかしら？　さすがにそれはロッド家のご当主と本人に来てもらわないと」

ここで二人がしつこくすれば、すぐにラファエルだけではなくロッド家の当主にまで話が行くと匂わせた。これくらいは察してもらわなければ困る。

思った通り、二人はすごすごと帰って行った。

家に帰ると、アンジェリークは早速とばかりに姉を突撃した。もちろんクラーラの店で買ったものを奪うためだ。

「お姉様！」

ラファエルは机に陣取り、書類に目を通していた。

「アンジェ、ノックくらいしなさい」

書類から目を離さずに言う。真剣な顔をしていることから家の仕事の手伝いをしているのだろう。アンジェリークはぽすんとソファに座り、むくれてみせた。机に向かっているラファエルには当然見えない。

「お姉様、クラーラの店で何を買ったの？」

「アンジェ、今忙しいの。後にしてくれる？」

「お姉様ったら！」

こうなるとラファエルは駄目だ。集中していてアンジェリークをかまってくれない。振り向きもしないラファエルを睨んでみるが、その横顔に何の変化も起こせなかった。

アンジェリークは苛立ちのまま部屋から出た。自分の部屋に戻ると姉から奪い取った扇を床にたたきつける。次に靴で踏みつけられて瀟洒な扇はバキバキと嫌な音を立てた。

「お、お嬢様？」

着替えの手伝いに来ていたアンジェリークのメイドがおろおろと主人の狼藉《ろうぜき》を止めようとするが、癇癪《かんしゃく》を起こしたアンジェリークはその波が引くまで手を付けられない。一度押さえつけようとしたメイドがいたが、悲鳴をあげて泣き叫ばれ、まるで危害を加えられたかのように言いふらされたのだ。嫌気がさしたそのメイドは辞めている。

顔を見合わせたメイドたちは、そっと部屋のドアを開けた。押さえつけようが放置していようが、結局のところメイドのミスということにされるのだ。少しぐらい嫌がらせしたって自業自得だろう。

通りがかったハウスメイドが気の毒そうにアンジェリークのメイドを見つめ、手を振った。

＊＊＊

「クラーラの店の？　買えるわけないじゃない」

「えっ⁉」

「あそこは素材からして他とは違うもの。クラーラの店で帽子ひとつ作るのにいくらかかるか……」

「じゃあ、何をしに行ってるの？」

「気合いの補充かしらね。いつかうちを盛り立てて、ドレスを買うのが夢よ」

あっさりと言った姉にアンジェリークは拍子抜けした。同時にそんな店で買ってやると言ってくれたのがゴードンであることに優越感が浮かぶ。なんにも知らないお人よしの姉は、彼に何か贈られたこともないのだ。

「いいわよね、クラーラの店。行くのなら誘ってくれれば良かったのに。目の保養よね」

「そうね」

「ところでアンジェ、誰と行ったの？　まさかひとりじゃないわよね？」

「え……っ」

アンジェリークの心臓がどきりと跳ね上がった。いくらなんでもゴードンに連れて行ってもらったとは言えない。秘密だからこその優越感であり、楽しみなのだ。

「そ、それは、その……お友達と」

「そう。でも、お母様に言ってから外出しなさい。社交デビュー前の娘がふらふらしているものではないわ。万が一のことがあったらどうするの」

ラファエルはどこまでも妹を心配する姉の顔だ。アンジェリークとゴードンが裏では通じているなど想像もしていないのだろう。欠片《かけら》も疑わない。

「ごめんなさい、お姉様」

「いいのよ。今度は一緒に行きましょうね」

微笑む姉がこうも簡単に嘘を吐くなど、アンジェリークは思いもしなかった。妹の考えなどとうの昔に気づいており、回避する計画を秘かに企てていたなど、ラファエルを軽んじているアンジェリークには気づきようもなかった。


だからゴードンとの密会が見つかってしまっても、傷つくのはラファエルであり、アンジェリークは周囲に祝福されて幸福になるのだと信じて疑っていなかった。

「社交界に出さないって、どうして⁉　お父様！」

昔からの友人であったヘイゼル騎士爵当主との話し合い後、怒りの冷めやらぬ父はアンジェリークに冷たく宣告した。

「社交界デビューも済ませていない娘が男と密通して、社交界に出す親などいるはずないだろう！」

未婚の娘が男と通じていただけでも醜聞だというのに、社交デビュー前、しかも相手は姉の婚約者だ。世間に知られたらアンジェリークだけではなくロッド家そのものの信用が失墜する。

「そ、そんな……。ゴードン様と結婚するのがお姉様から私に代わるだけじゃない……」

「だけ、だと？　それですむと思っているのか⁉」

「お父様、落ち着いて」

激昂《げっこう》する父を諫《いさ》めたのはやはりラファエルだった。

本来ならもっとも傷つき悲しいはずの娘の取り成しに、父も大きく息を吸い込んで気を落ち着けようとする。

「アンジェリーク、事はあなたとヘイゼル様だけの問題ではないのよ。そんな躾をしていたと、我がロッド家の品位が疑われる事態なの」

「で、でも、私は本気でゴードン様と……」

「本気か浮気かというのは関係ないわ。話をすり替えるのはおやめなさい」

耐え切れなくなったのか、母も口を挟んできた。

「アンジェリーク、いったいどういうつもりでヘイゼル様のいる客室に行ったの？　酔いつぶれていたヘイゼル様を介抱でもするつもりだったのかしら？　それはメイドの仕事であって、ロッド家の娘がすることではないわ。それはわかっているわね？」

あの夜の密会はゴードンが泊まっていた客室で行われていた。あんな夜更けに令嬢を呼びつけられてすんなり通すメイドではないし、誰も伴わずに行くものでもない。アンジェリークが忍んで行かなければ成立しないのだ。

男女の関係はどちらか一方が悪いと必ずしもいえることではない。ましてアンジェリークとゴードンは、婚約者であったラファエルを差し置いて親密にしていた。そのつもりで客室に行った、というのが正解であろう。

「だって、ゴードン様がお姉様と夜会に行ったから……お話だけでもしたくて」

「話だけですむとでも？　本当にそう思っていたの？」

男の寝室に行くことがどういう事態に繋がるか、本当にわからないほど愚かなのか。母の厳しい眼差しはアンジェリークに嘘を許さなかった。アンジェリークはうつむいて黙り込んだ。それが答えだった。

父が重々しいため息を吐いた。

「事ここに至っても、お前は謝罪もできないのだな」

びくりとアンジェリークの肩が震えた。幼い顔を歪め、ぽろぽろと泣きだす。アンジェリークが泣きだせばいつだって許してくれた両親は、自分の罪を理解しようとしない娘を許さなかった。

「アンジェリーク、ほとぼりが冷めるまで謹慎を命じる。ゴードン・ヘイゼルとの結婚はその後だ」

「こうなると社交界に出す前で良かったわね」

アンジェリークは顔を上げたが、両親の考えが変わらないと知って蒼ざめた。貴族として生まれ育ったというのに、いまさら庶民と変わらない生活などできるわけがない。

「お父様、せめて社交界デビューには出すべきだと思います」

「ラファエル、お前は甘すぎる」

「考えてみてください。ヘイゼル様に嫁いでも、今のままのアンジェリークでは困窮するのは目に見えています。むしろ社交に出し、貴族の在り方を学ばせるべきです」

「む……」

ラファエルの言葉に両親は考え込んだ。

「幸い現場は我が家。緘口令《かんこうれい》を敷けば醜聞は最低限で抑えられるでしょう。……もちろん姉の婚約者との結婚は外聞が悪いですが、こちらからの婚約破棄ならそこまで広がることはないのではありませんか？」

ヘイゼル家にしてみても醜聞なのだ、広めることはしないだろう。

「ラファエル、あなたはそれでいいの？」

母が涙を浮かべながら問いかけた。ラファエルはしっかりとうなずいた。

「私のことなら心配いりませんわ。きっと良い結婚相手を見つけてみせます」

「ラファエル……」

「ラエル」

晴れ晴れとした表情のラファエルを見て、彼女の決意が固いことを知った両親はその意見を受け入れることにした。思えば恋人との仲を無理に引き裂いたのが原因なのだ。きっと、こうなる運命だったのだろう。

社交界デビューの舞踏会は少女にとって一生に一度の晴れ舞台だ。真白いドレスを着て、頭にはティアラを被り、貴族の一員として正式に認められる。結婚式とはまた別の、一人前の大人になる儀式であった。

ラファエルの時はロッド家が一丸となってその時できる最高のドレスとティアラを用意した。ここでケチると娘の将来にまで影響する。どの家も張り切って精一杯の支度を整えるものだ。

アンジェリークも自分の時はどんなドレスにしようかと胸ときめかせていた。だがこの一件で、アンジェリークの支度のすべてはラファエルのお下がりになることが決まった。

「どうして!?　お姉様のお古なんて嫌!!」

泣いて抗議するも、母はつれない態度だった。

「ならへイゼル様におっしゃいな。妻のドレス代くらい稼いでくるものです」

姉に泣きついてもどうしようもなかった。決定権はラファエルにはないのだ。

「アンジェ、せめて手直ししなさい。私のお下がりといってもサイズが合わないでしょう」

ラファエルとアンジェリークでは体形が違いすぎる。社交デビュー当時からラファエルは豊満な体つきで、華奢なアンジェリークでは胸が緩く裾も長すぎ、お下がりなのが目に見えてわかってしまう。姉の慰めにもならない慰めにアンジェリークは泣き喚くが、当主の父が許さないと言っている限りできることはなかった。

「なんでもお下がりだからね」

「男も姉のお古とか」

メイドたちも蔑みを隠すことなくアンジェリークを嗤《わら》っている。とぼとぼと部屋に戻ったアンジェリークは、癇癪で散らかった床に座り込んだ。どうしてこんなことになったのか、泣いても誰も助けてはくれなかった。

暗い気持ちのまま出た社交界デビューの舞踏会では、誰もアンジェリークに話しかけなかった。面と向かっては批難されなかったが、醜聞というのはどこからか漏れるものだ。噂好きな貴族ならなおさらである。王家の一件が起きて以来、こういった話には特に厳しい。家では威厳溢れる父が苦渋を飲み込み、言われるがままなのを見て、アンジェリークははじめて罪の重さを思い知った。

ゴードンの態度も一変した。彼がロッド家に婿入りする条件はラファエルとの結婚なのだ。それが一転してアンジェリークを娶《めと》ることになった。玉の輿《こし》がパアになり、ゴードンは荒れた。

「このままゴードン様と結婚して、本当に幸せになれるのかしら……」

アンジェリークが相談できるのは、もう姉しかいなかった。友人たち、特に婚約者のいる友人は去って行き、メイドも今までの鬱憤《うっぷん》を晴らすかのようにこそこそと避けている。選ばれた自分への妬みだと思っていたが、それが間違いだと気づくには遅すぎた。

姉の婚約者を奪った女と、社交界デビュー前の少女に手をつけたロリコン男。どこへ行ってもそういう目で見られるのだ。

「堂々としていなさい。人の噂話なんてみんなすぐに忘れるわ」

「でも、ゴードン様まで冷たくするなんて。ひどいわ」

「男の人にもマリッジブルーがあるのかしらね。デートにでも行ってきたら？」

「……デート？」

「二人で出かけたことってないでしょう？　いい機会だわ」

二人で出かけたことはある。クラーラの店に行ったこともそうだし、こっそり王都を散策したこともあった。だがそれはあくまで姉の婚約者とであり、その時ゴードンはアンジェリークの婚約者ではなかった。

何か違うだろうか。期待を込めて、アンジェリークはゴードンをクラーラの店に誘った。

「いらっしゃい。……あら」

笑顔で迎えたクラーラだが、来客がアンジェリークとゴードンだとわかると一瞬表情を消した。

すぐに笑顔を浮かべたが、先程とは違い、親しみのまったくない営業スマイルだった。

店には先客がいた。デュラン・マージェスだ。カウンターには贈り物用の包装がされた箱が山と積まれている。

「デュランちゃん、これ本当に持ち帰れる？　良ければ配送するわよ？」

「いえ、自分で持ちたいんです。やっと、ラファエルが受け取ってくれるっていうんですから」

箱の中身は、今までデュランがラファエルのために仕立てた贈り物だった。受け取らないと言いつつもラファエルはデュランがクラーラに依頼するのを止めず、わかっているデュランはクラーラに預かってもらっていたのだ。

男の口から出てきた名前に、アンジェリークとゴードンは息を飲んだ。

「お姉様に……？」

震える声で問いかけたアンジェリークに、さも今気づいたという顔でデュランが振り返る。

「おや。あなたがアンジェリークさんですか。はじめまして、デュラン・マージェスと申します」

アンジェリークは呆然としただけだったが、ゴードンは彼の名前にさっと顔をこわばらせた。短期間ではあったがラファエルの恋人であった男だ。

外見は誰が見てもゴードンが上だ。美男子ですらりとした体形のゴードンに比べ、デュランは小太りで、笑みを浮かべた顔は頼りなさそうに見える。眼鏡をかけた冴えない男だった。

だが自信に満ちたその態度に隙は見られなかった。マージェス家は成金呼ばわりされているが実力は本物で、とりわけ後継ぎはやり手と評判だった。

「諦めなくて良かったですよ。本当にお二人には感謝しています。おかげで僕がラファエルと結婚できる可能性ができました」

「どういうことだ……？」

ゴードンは怒りからか混乱からか、顔色が黒くなっている。気づいているだろうにデュランは快活に笑った。

「ラファエルがヘイゼル様と婚約してしまったでしょう？　でも僕は彼女と結婚したくてずっと縁談を断り続けていたんです。今回のことでロッド家もずいぶん消沈しているようですし、ラファエルとでなければ結婚しないと宣言したらさすがに父も折れてくれました。ロッド家に婚約を打診しているところです」

恥ずかしそうに、幸せそうに、デュランは「ラファエル」と彼女を呼ぶ。笑いながら語るデュランにアンジェリークは言葉もない。忘れかけていたはずの姉への妬みと見下しが首をもたげた。

だが、細められたデュランの目がアンジェリークに発言を許さなかった。人好きのする笑顔の裏にある、まぎれもない憎悪の欠片を見せられ、アンジェリークは立ち竦《すく》む。

「はっ。俺のお古に手を出すとはあんたも物好きだな」

代わりに毒を吐いたのはゴードンだった。隠しきれない嫉妬と羨望まみれの言葉では、デュランになんら痛痒《つうよう》を与えることはできなかった。

「お古、ですか？」

「そうだろう！　あんなつまらない女が良いとはな。あれはこちらの顔色を窺《うかが》うことしかできない女だ」

「なるほど」

デュランはうなずいた。切れ味も鋭く言い返す。

「彼女は磨けば光る宝石ですよ。あなたはラファエルを輝かせることができなかったのですね。安心しました。……誰にでも拾える石ころで、さぞや満足でしょう」

そして、返す刀でゴードンを切りつけた。ついでに愛するラファエルを傷つけ続けたアンジェリークを巻き込むことも忘れない。

デュランはアンジェリークに微笑んだ。姉に似ている、とアンジェリークは気づく。人の好さそうな、慈愛に満ちた、安心させる笑みだ。

「あなたには本当に感謝しているんですよ？　ラファエルのお古を欲しがるあなたなら、きっと彼も奪ってくれると思っていました」

だが、中身は悪意に満ちていた。デュランの笑みとラファエルの笑みが重なり、アンジェリークに真実を悟らせた。

ラファエルとデュランの結婚式は春に行われた。デュランが婿入りしてしまったためマージェス家はデュランの弟が継ぎ、ロッド家とは共同経営していくことになった。

盛大に開かれた結婚式にアンジェリークとゴードンの姿はなく、家族と親しい友人、本家からも何人か招かれ祝福された。花と笑顔に満ちた良い式であった、と誰もが二人の未来の明るさを想像した。

一方のアンジェリークとゴードンの結婚式は、家族だけのひっそりとしたものになった。ウエデイングドレスはさすがにラファエルのお下がりではなかったが、ゴードンが贈った生地はラファエルのそれとは比べ物にならなかった。アンジェリークは終始不満ばかりで、ゴードンも彼女と目を合わせようとせず、しらけた結婚式になった。

そして。

「ねえ、お姉様。これ譲ってくださらない?」

「それは駄目よ。こっちなら良いわ。私はもう使わないから」

アンジェリークは姉の物をねだり、妹を愛するラファエルは快く譲っている。幼い頃と変わらない、しかし姉妹の明暗は逆転していた。

第四章　ロッテ・マイヤーの遅い春・前

家庭教師、というのは、あまりイメージのよくない職業だ。

結婚できなかった、あるいは夫に先立たれた未亡人。そういった、頼るあてのない妙齢《みょうれい》を過ぎた女性が就く職業。一般的にはそう思われているし、一部事実でもある。

ロッテ・マイヤーもまた、家庭教師のひとりであった。だが彼女は世間のそんな評判は女性に対する蔑視であり、ひどく屈辱だと常々思っていた。確かに女性の就ける職業が限りなく少ないこの国で、家庭教師は行き場のない女性の救済措置ではある。だが、そんな女に自分の大切な子供の教育を任せているのは誰だと問いたい。ロッテ・マイヤーは生粋の家庭教師、天職だとすら思っていた。

ロッテの実家、マイヤー家は知識階級だ。弁護士の父と、育児についての本を何冊も出している教育研究家の母との間に生まれた。兄二人もそれぞれ弁護士の職についており、ロッテは幼い頃から教育の大切さを叩きこまれて育った。

特に母はロッテの教育に熱心だった。貧しい村の教会でひととおりの読み書きを教わった母は、頭の良さを領主に認められて学校に入学まで許可された。貧民出の母は貴族たちに馬鹿にされ散々な目にあったが、両親、つまりロッテの祖父母の期待もあって退学せず、根性で頑張った。踏まれれば踏まれるだけ強くなる、麦のようなしぶとさは貧しさゆえだろう。そこで出会った弁護士一家の父にその能力と根性を見初められて結婚。女だからこそ知識は力になる、というのが母の口癖だった。

「よろしいですか、何事も勉強です。遊びたい、それは素晴らしいことです。けれどそこに発見がなければ楽しいだけで終わってしまいます」

ロッテは自分で希望して家庭教師になった。十代の頃はメイドだけではなく生徒である子供にまで侮られていたが、二十代の半ばを過ぎた今ではもうそんなことはない。ロッテが黙って一睨みするだけで、メイドも子供もしゅんとなる。

午前の授業をすっぽかし、街に遊びに行っていたと白状した家庭教師先の子供、マルクス・ヨークシャーとアナベル・ヨークシャー兄妹もすっかり肩を落としていた。

「反省文と感想文を書いてもらいます。できなかったら旦那様にお尻を叩くようお願いしますからね」

ロッテの授業は特別厳しいわけではない。だが遊びたい盛りの子供だ、悪友に誘われて断れなかったのだろう。気持ちはわかる。しかし、かといってただ許してしまえば勉強しなくても良いのだと勘違いされてしまう。ここはきっちり叱る必要があった。

「…………」

「返事は?」

「はい」

「はい。……先生、ごめんなさい」

こういう時、女の子は素直だ。妹のアナベルは今にも泣きそうになるのを堪えながら謝った。ロッテはにっこり笑う。

「はい。よくできましたアナベル。謝るべき時に謝るのはとても大切なのですよ」

そう言って、マルクスを見やる。マルクスはしばらくむっつりとロッテを睨んでいたが、彼女の態度が変わらないのを見て不承不承謝った。

「……ごめんなさい」

「はい。よくできました。執事もメイドも、あなたたちがいなくなって心配して探し回ったのですよ。みんなにもちゃんと謝りなさいね」

「はい……」

今まで三人、ヨークシャー家に家庭教師がやってきた。そして三人とも辞めていた。この兄妹に手を焼き、匙《さじ》を投げた結果だ。

四人目となるロッテは、マルクスとアナベルに、なぜ勉強が必要なのかを最初に教えた。

「ヨークシャー家は貿易商です。我が国だけではなく、他国の情勢によって経営状況が変わってきます。もしも我が国で戦争が起これば他国は好機と見て、国を乗っ取ろうと画策してくるでしょう。そうなればヨークシャー家はどうなるか。貿易商の生命といえる交通が遮断され、あっという間に破産してしまいます。お屋敷も財産も差し押さえられ、旦那様、奥様、使用人、もちろんあなたたちも路頭に迷うことになるのです。そうなった時、何が残るか。知識です。知識だけは誰にも奪うことのできない最良の財産なのです。知識があれば再興することも可能でしょう。私がこれから教えることは、人生で役に立つ立たない、必要か不必要か、そんなことは関係なく知っておくべきことなのです。良いですか、豊かな人生を歩むも、他者に搾取《さくしゅ》される人生を歩むも、あなたたち次第という事を覚えておいてください」

はっきりいって、ロッテの言うことはマルクスにもアナベルにもちんぷんかんぷんだった。

だがその時のロッテの表情や口調は真剣そのもので、今までの家庭教師の、子供だからと馬鹿にした態度とはまったく違っていた。なにもわからない子供だからこそ、基礎となる教育の大切さを彼女は語った。熱い語り口にはマルクスとアナベルへの期待と愛情がたしかに感じられた。

「……はい。とても丁寧に書かれています。良い文章です」

反省文と感想文を読んでいたロッテに及第点を与えられ、マルクスとアナベルはほっとした。

「ただ二人とも、終わりのほうでは文字が雑になっています。手紙にしろ書類にしろ、最後こそ丁寧に書かねばなりません。添削《てんさく》しておきますから、後で自習するように」

「はい」

「はいっ」

これで尻叩きという名目の父の説教を免れた。ロッテはたびたびこの手を使うが、父が本当に尻を叩いたことはない。代わりに本気で叱ってくる。これもロッテの指導方針だった。

『体罰や食事抜きは躾ではありません。虐待です。健康な心身を育てるために食事は大切です。体罰を簡単に行えば、大人になった時、簡単に暴力を揮《ふる》うようになるでしょう』

今までの家庭教師は罰として拳骨を落としたり、食事抜きにされたりした。マルクスとアナベルは仕方なく従ったが、育ったのは反発心だけだ。

ロッテは違う。厳しくもやさしい、信頼できる家庭教師だ。ロッテが来てから両親は二人と話す時間が増えた。

とはいえ父の説教は恐ろしい。ロッテの進言なのだろうが、説教の時の父はマルクスを子供ではなく一人前として扱うので容赦がないのだ。一個人として認められる時、マルクスは萎縮する心とは別に誇らしい気持ちになる。

赤インクで感想文に花丸を貰ったアナベルは嬉しそうに笑った。どこが良かったのか具体的に褒められ顔が真っ赤になっている。

アナベルは消極的な性格で、人見知りが激しく、いつもマルクスの後ろに隠れている少女だった。それがロッテが来て以来良く笑い、マルクスの友人——悪餓鬼にも付いて遊び回るようになった。時には口喧嘩でやりこめたこともある。

ロッテのおかげだと感謝する一方で、妹が離れていくような寂しさをマルクスは抱いていた。

「……先生」

「はい。どうしたの？　マルクス」

アナベルが刺繍《ししゅう》を習っている時、マルクスは読書の時間だ。どこかわからないところがあったかとロッテは顔をあげた。

「先生は結婚しないの？」

本から目を離さずにマルクスが訊いた。

すぐに返ってくると思っていた返事がなく、マルクスは目だけを動かしてロッテを見た。

ロッテはどこか困ったような顔をして、マルクスを見ていた。

「……そうね、結婚は、したいとは思うけれど、相手のあることですもの、そう簡単ではないわね」

「す、好きな人とか、いる？」

「昔は、それなりに」

ぽっとロッテの頬が染まった。

「でも、やっぱり私は家庭教師が天職だと思っているの。理解のない男性と結婚はできないわ」

嘘ではない。ロッテは家庭教師という職に誇りを抱いている。親の中には自分の子供を育てたこともないくせにと言う者もいるが、自分の子と他人の子ではまったく別の話だ。彼らにしたって我が子以外を育てたことはなく、教育さえ家庭教師任せにしているのだから人のことを言えた義理ではない。

「それと、マルクス。話題によっては相手を不快にさせることもあります。特に私のように適齢期を過ぎた女性に向かって結婚の話をするのは、一種の侮辱と受け取られかねません。先生は不愉快です」

「……はい。ごめんなさい」

どんなに職を愛していても、傷つかないわけではない。行き遅れと言われるのは覚悟していたが、実際に陰でこそこそ噂されるのはロッテだって悲しく、辛いものがあった。

これからいろんな女性と会うだろうマルクスには、迂闊《うかつ》に繊細な話をしないよう教えておかなければなるまい。なにしろ買い物客というのは大半が女性なのだ、嫌われたらやっていけない。

ロッテにとって、結婚は悩ましい問題だ。十代の頃の恋人とは、家庭教師を辞めて家に入ってほしいという彼と対立して別れている。何度か紹介されて会った男性は皆そんな人ばかりで、ロッテは半ば諦めていた。

別に、男と張り合うつもりはないわ。結婚話が消えるたびにロッテは思う。職業婦人に理解のないこの国では、妻を働きに出すのは恥だという考えが強固に残っている。理解しろというのは難しいだろう。

だが、家庭教師というだけで見下してくる男のなんと多いことだろう。マイヤー家は貴族ではないが裕福で、だからといってドレスやお茶会のことだけ考えていろというのはいかにも女性を馬鹿にしている。そういう男と一生を伴《とも》にする気にはなれなかった。

「――お見合い？」

両親に呼ばれて久しぶりに実家に帰ってみれば、にこにこ顔の母にいきなり言われた。

見合い話なんて二十代に入ってから途絶えて久しい。来るのも妻に先立たれた寡夫《かふ》か、調べてみれば借金か犯罪歴のある訳あり男ばかりで、すっかり嫌気がさしていた。

「それで、今度はどんな方？　騎士爵の四男か、それとも駆け落ちしたはいいけど資金が尽きて帰ってきた歌手？」

「あの時は悪かったわ。でも今度こそ大丈夫よ！」

駆け落ち男は最後の見合いの時の話だ。劇団の男性歌手と歌姫が恋に落ち、思い余って駆け落ちした。途中で逃亡資金が尽き、ついでに愛想も尽かして別れたという。劇団というのはパトロンが付きもので、彼らの機嫌をとるのも歌手の大事な営業のひとつだ。パトロンのほうも自分の気に入った歌手に盛大な贈り物をする。張り合い合戦で贅沢に慣れた歌手が、貧しい逃亡暮らしに耐えられるはずがなかったのだ。

「顔は良いし性格も良かったし、誠実に見えたんだけどね……」

「歌手なんだから素人を騙すのなんてお手の物でしょ。ごめんなさい、言いすぎたわ。お母様」

母の心配がわかるだけに、ロッテは素直に謝罪した。こんなことが言えるのは家族くらいなのだ。

家を継ぐ長男はとうに結婚し、子供もいる。次兄も子供はまだだが夫婦仲は非常に良好らしい。だからこそ最後に残った娘が気にかかるのだ。いつまでも独り身では、老後がみじめになるだろう。親というのはありがたいものだ。いつまでも子供でいさせてくれる。

「それで、どんな方？」

「ロッテも知ってる方よ。オスカル・ウィルザーさん。お父様のお弟子さんの」

「お弟子さんといってもいっぱいいたから……。オスカルさん、オスカルねぇ」

マイヤー家には書生として見習い弁護士がたくさんいた。ロッテも勉強を見てもらった記憶がある。だが彼らは弁護士になると家を出て行ったし、たいてい数年で入れ替わるのでいちいち覚えていない。

「会えば思い出すかしら？」

「そうね。オスカルさんは二十八歳なのだけれど、まだ誰とも婚約してないんですって。それでお父様が、あなたはどうかと持ちかけたそうよ」

「お父様のお弟子さんなら余計な心配いらないとは思うけど、二十八歳まで独身だった理由は？　弁護士って人気あるのに」

「帝国に留学していたのよ」

「帝国に……？」

　ロッテは息を呑んだ。

　帝国はこの国から遠く離れた、大陸一の先進国だ。歴史も伝統も芸術も文化も、当然ながら教育も比べ物にならない。国力が違いすぎるのだ。絶大な権力と軍事力を背景に、帝国は広大な領土を支配している。

「結婚相手の条件がね、安らげる家庭を築けて、料理も美味しく、話の合う女性ってことでね、他のお見合い相手にことごとく駄目出ししたらしいの」

「その条件に私は当てはまらないんじゃないの？」

「そんなことはないわ。ロッテは私が育てた自慢の娘ですもの。家政については教えこんだし、難しい話にもついていけるでしょう」

　そう言われると悪い気はしない。母に言われずとも、ロッテにはロッテなりの矜持がある。人に教える者は教わる者の三倍の知識がいるという格言のとおり、人の三倍勉強してきた。外国語も教えられるくらいにはなっており、その中には帝国語も入っている。

「帝国のお話が聞けるかしら」

「あそこの国は何もかもが新鮮でしょうね」

ロッテが言えば、母も憧れるように呟《つぶや》いた。

話をするだけのつもりだったお見合いで、ロッテはオスカルとの会話を楽しんでいた。

「ええ、そうですの。最初は反発もありましたが、マルクスはとても素直な子なんですよ。大人への不信感があったのでしょうけれど、貿易商の家がどれだけ大変なのか理解していくうちに、後継ぎとしての自覚が芽生えたようなんです」

「むしろアナベル嬢のほうが手強かったのでは？　女性は子供とはいえ感情的になりやすい。メイドの噂話など、聞かずとも耳に入ってくるでしょうし」

「まあ、おわかりになります？　アナベルは不信感というより、思い込みに近かったですわ。他人は怖いという一種の刷り込みですね。ご両親はお忙しいし、致し方ないところもあったのだと思います。でも、忙しいからといってないがしろにされ続けたら子供の心は傷つきます」

「その通りです。家内が収まっていない家は何かと揉め事が多い。子供の非行の原因は家庭内不和がほとんどですよ」

「やはりそうですか……」

弁護士なだけあってオスカルは聞き上手だった。ここまで否定せずわかってくれる相手との会話はしたことのなかったロッテはつい熱が入る。ぜひ、弁護士としての意見を聞いておきたいところだ。

「ウィルザー様は」

「オスカルと呼んでください」

「えっ」

突然の申し出にロッテは目を丸くした。

オスカルの薄灰色の瞳にはやわらかな感情が浮かんでいる。思わず頬が熱くなった。

栗色の髪を後ろに流し秀でた額を見せる髪形。やや頬のこけた精悍《せいかん》な顔つき。目元に知性を感じさせるオスカル・ウィルザーは先程まであった大人の余裕を消して、ロッテの瞳を覗き込んでいた。

「失礼。ですが、あなたには名前で呼んでほしい。ロッテ」

「あ、あの……」

そういえばお見合いだったことを思い出し、ロッテは焦った。お見合いということはつまり、結婚を前提として、だ。友情を感じ始めていたオスカルが男であったことを今更ながら意識してしまい、彼女はうつむいた。

「実は、留学で世話になった弁護士会で仕事をしないかと誘われています」

「え……」

帝国。オスカルの言葉にロッテは驚いた。帝国に留学するだけでもすごいというのに、仕事の誘いまであるとは、オスカル・ウィルザーという男はロッテが考えているよりも遥かにできるのではないか。

「私は受けるつもりです。だが、妻はやはり自国の女性が良い。ロッテ、あなたには探求心も向上心もあり、なによりも強い信念がある。ぜひ私と帝国に行っていただけませんか」

「ウ、ウィルザー様」

「オスカルです」

「オスカル様、私はたんなる家庭教師です。とても帝国になど……」

「たんなる、ではありません。健全な精神を養うのはやはり幼児からの教育です。正直、帝国に行っても苦労をかけるでしょう。あなたとならば、きっと乗り越えられる。どうか私と共に戦ってください」

ロッテはオスカルの結婚条件を思い出していた。安らげる家庭。美味しい料理。話の合う女性。それらすべては帝国でやっていけるかどうかの基準だったのだ。

「今すぐ答えを出す必要はありません。ゆっくり考えてみてください」

そう言って微笑むオスカルは挑戦者の瞳だった。彼に認められたと知り、ロッテの胸が高鳴る。真摯で誠実な理解者。パッと視界が開けたような気分だった。

はたしてどうすればいいのか。ロッテははじめての気持ちに狼狽えた。母にはとても相談できない。母は諸手を上げて賛成するだろう。父は帝国行きに渋るかもしれないが、結婚したとなれば連れ添うのが妻というものだ。認めなければ結婚はなしになる。結局は認めてくれるだろう。

では友人に相談すればと思うが、彼女たちは全員が既婚者だ。独身のロッテを常々心配していた友人たちなら迷わず嫁に行けと言うに違いない。

お屋敷のメイドはもってのほかだ。家庭教師のロッテを見下しているメイドに弁護士との結婚に悩んでいると相談しても、妬まれてからかわれるに決まっている。

オスカルと再会する日が近づき、思い余ったロッテはクラーラの店に行くことにした。

「し、失礼します……」

「はーい。いらっしゃい」

とはいえクラーラの店といえば少女の憧れと評判だ。二十五歳のロッテには敷居が高く、小窓に飾られた綺麗なアクセサリーのあまりの自分とかけ離れた世界にめまいがした。店の前でうろうろと迷っているロッテを見かねたクラーラが店に招き入れたというのが正しい。

店内には貴族の令嬢と思わしきドレスを着た少女と、どうやら庶民らしい服の少女がお茶をしながらのおしゃべりに興じていた。店のルールがあるらしく、彼女たちはロッテを見て、おそらく薹《とう》の立った女性を見て驚いた顔をしたものの、目礼をしてまたおしゃべりに戻った。ロッテはほっと息を吐く。

「ロッテ・マイヤーさんね。もしかしたら『マイヤー夫人の育児書』のマイヤーさんかしら？」

クラーラについてはメイドたちの噂話で知っていたが、実物を見ると迫力がすごい。男の顔立ちに化粧を施し、服装も女性的なレースや刺繍がそこここについている。こまめに手入れをしているのか、髭剃《ひげそ》り痕《あと》なども見られなかった。

「あ、はい。母ですわ」

クラーラを不躾に見ていたことに気づいたロッテは慌てて返事をした。慣れているのかクラーラは気にした様子もなくにこやかに微笑む。

「母の本をご存知ですの？」

「ええ。特に『男女別育児指導法』は面白かったわ。十代の頃を「春をわずらう」なんて、素敵な表現よね」

育児書を読んで面白かったという感想を貰ったことのないロッテは面食らった。このどう見ても未婚の男性？　がどういった動機で読もうと思ったのだろう。

考えが伝わったのか、クラーラは苦笑した。

「アタシはこんなんでしょう？　男と女のなにがどう違うのか、知りたかったのよ」

「そ、そうですか」

しかしいくら育児書でも、女になりたい男の心理など書いてあるはずがない。なにをどうすればこうなるのか、ロッテのほうこそ知りたくなった。

「ごめんなさい、話が脱線したわね。ひとまずクラーラの店について説明するわ」

一見の客には必ずしているクラーラの店についてひととおりの説明を受け、もてなしのお茶を飲み、ロッテは重い口を開いた。

「なるほどねぇ。マイヤーさんはそれでどうしたらいいのか悩んでる、というわけか」

「そうなのです。お相手の方が嫌なわけではないのですが、その、なんと言ったらいいか……」

二十五歳にしてこのような感情を抱くようになるとは思ってもみなかったロッテは戸惑うばかりだ。

「そうねぇ」

クラーラは椅子の背もたれに寄りかかり、目を細めてロッテを見つめた。

第一印象はいかにも家庭教師、といった地味な娘だ。濃い茶髪に同じ茶色の瞳。しっかりしていそうな気の強そうな顔立ちと、それに合ったかっちりとした服。襟と裾に申し訳程度につけられたレースくらいしかないそれは女性らしさが薄かった。化粧も最低限といったところだ。

クラーラは立ち上がった。

「アタシを見てどう思う？」

「え……」

いきなりのことに面食らったロッテはクラーラを見上げ、目が合ってしまい一度うつむく。クラーラが待っているのを感じ取り今度は思い切って観察をはじめた。

パッと見では男か女か判別しにくかった。背の高さや肩幅から男だとわかりそうなものだが、体格の良い女性などいくらでもいる。声を聞かない限り見分けるのは難しいだろう。

男の部分を隠すように、首にはレースが重ねられ、肩の部分を膨らませたジゴ袖だ。袖口とスカートにはあえて膨らみを入れず、すっと伸びている。スカートに切り込みを入れたスリットからズボンが覗き見えていた。

色は黒だが両肩から中央、スリットまで一直線に刺繍が施されている。縁取りは赤で内側は白、全体的に落ち着いた華やかさがあった。

ロッテは次にクラーラの顔を見た。

濃くもなく薄すぎもせず、実に見事に化粧をしている。つい顎に目が行ってしまうが髭はやはり見当たらない。青い髭剃り痕も見えなかった。

目元を特に念入りにしているのか、黒で縁取られた目は大きく、睫毛《まつげ》が長く見える。衣装と合わせてあるのだろう、目元にほんの少しだけ赤が乗せられていた。口紅も同じ赤だ。薄い唇は微笑んでいる。

なによりクラーラからは自信が溢れていた。これだけ迫力のある美形をロッテは見たことがない。そんな人に見つめられて微笑まれて、赤くならずにいられるだろうか。ロッテは再び手元に目を落とした。

「あの、こんなこと言って良いのかどうか」

「良いのよ。言ってみて？」

「とても色気のある方だなぁ、と」

まあ、とクラーラは大げさに驚くと、ころころと笑った。ロッテはますます赤くなった。

「つまり、そういうことなのよ。マイヤーさん、あなたに足りないのは色気、女性らしさね」

「必要ありませんわ」

ロッテは咄嗟《とっさ》に否定した。家庭教師として、男に媚《こ》びるような真似はできない。

座り直したクラーラはゆっくりと首を振った。

「マイヤーさん、何も男に媚びろと言っているんじゃないの。ドレスや化粧なんかはっきり言って見栄と張りよ。大切なのは、誰のためにそうしているか、なのよ」

わかるかしら？　と小首をかしげるクラーラは年齢を感じさせない可愛らしさだ。

「あなたの戸惑いは、男によって変わっていく自分を認めるのが怖いから。必要なのは勇気だわ。化粧や衣装は一番手っ取り早くてわかりやすい表現なのよ」

「変わっていく、勇気？」

「そうよ。お相手の方に恋してるんでしょう？　素敵ね」

お茶が切れたのを見て、クラーラが店の裏に入って行くと、ロッテは呆然と椅子に深く座った。

恋。ロッテはその単語のあまりのインパクトに頭を抱えた。今更、この歳になって、恋なんて。どんな顔をしていいかわからず、クラーラが戻ってくる前に店を出ようと席を立った。

「恋って頑張ってするものじゃないのよね。うっかり落ちちゃうものなの」

クラーラだった。後ろでは別席の少女たちも心配そうにロッテを見ている。

「そして、溺れるものでもない。恋に落ちたのなら、最後まで泳ぎ切りなさい。それが誠意ってものでしょ」

叶うにせよ破れるにせよ、自分の心に嘘をついて見てみぬふりをするのが一番悪いことだ。閉じ込めた想いはいつか必ず決壊する。

「誠意……？」

「そうよ。あなたの心を裏切るの？　自分で自分に嘘をつく人を、誰が信用できて？」

後ろの少女たちが全力でうなずいている。ロッテは反論しようと口を開き、言葉が出てこずに閉ざした。唇を噛む。

「年齢や階級、親。いろいろしがらみがあるわよね。でもきっちり決着をつけないと、周囲を巻き込んでとんでもないことになるわよ」

クラーラの言葉には実感がこもっていた。彼がこのような姿になるまでに、きっといろいろあったのだろう。

　恋をしたのは遠い過去のことで、思い出すのも難しかった。もっと楽しかったような気がする。大人の恋とはこうも悩ましいものなのだろうか。

　うながされて席に戻ったロッテは考える。はじめて会った人に、いくら気が合ったとはいえ恋に落ちるのだろうか。

　出されたお茶は先程のものとは違うハーブティーだった。爽やかな香りが気持ちを落ち着かせる。

「まあね、まだよくわからないって気持ちもあるのでしょうし、いきなり相手を落とせというのは無理よね」

「落とせって……。クラーラ様、下品ですわよ」

「あら失礼。ロッテさん、次に彼と会うのはいつ？」

「五日後です」

「五日ね。それなら間に合うかしら」

　ふむ、と少し考えて、クラーラが持って来たのは余計な飾りのないシンプルな小瓶だった。

「こっちが洗顔後の化粧水、こっちが化粧水の後の美容液。これは寝る前につける美容液。とりあえず試供品で試してみて。あとは、お化粧ね」

「三つもあるんですか？」

「序の口よぉ、こんなのは。ご婦人方はもっとたくさん使い分けしてるわよ」

　次にクラーラが出したのは化粧箱だった。がばっと開けられたそこにはロッテが見たこともないほどの化粧品が入っていた。

「こ、こんなに、何に使うんですか?」

「お化粧に決まってるじゃない」

やあねえ、と笑うクラーラは意外なほど丁寧な手つきで次々に取り出した。肌色を整えるファンデーション。頬の色を出すチーク。目に力を入れるアイシャドー。そして口紅。ロッテの目には同じ色にしか見えない口紅が何本もあった。

「発色が違うのよ。肌の色も人それぞれだし、季節によっては日焼けするでしょ。それになにより」

「なにより?」

わざわざ区切ってまで言うのにはどんな理由が。息を飲むロッテに、クラーラは真剣な顔で言った。

「可愛いのよ! 化粧品って! 見て、この入れ物の細工! 最近流行の螺鈿《らでん》をイメージしているらしいの!」

チーク用のコンパクトを前にはしゃぎまくるクラーラに、ロッテは脱力した。

購買層が女性なだけあって、化粧品はどれも可愛らしい装飾が施されている。購買意欲を上げるために各社も必死だ。そしてそういう化粧品というのはたいてい値が張る。こだわりのないロッテは手の届く範囲のものしか使ったことがなかった。

「冗談はさておき」

いや、どう見ても本気だった。こほんとわざとらしく咳払いしたクラーラにじとっと目を向ける。

「ロッテさんのお化粧はファンデーション、チーク、口紅といったところかしら」

「はい」

「アタシと同じだけ揃えろとは言わないけど、もう少しあったほうがいいわね。特にアイメイクひとつで印象が変わるから、覚えておいたほうがいいわ」

「お屋敷で教えている時は化粧をしないんです」

「ああ、なら余計にしなくなるわね」

普段化粧をしないのには理由がある。どうせ無駄になるからだ。外でスケッチの時など、どんなに注意しても子供は走り回り泥だらけになる。怪我をしないか、無茶をしないか、ロッテはいつも子供の後を追いかけていた。アナベルは女の子だからまだいいが、男の子のマルクスは体力と好奇心が半端ない。外の授業はハラハラし通しだ。

「しないでいるうちに、なんだか面倒になってしまって」

「それならなおさら良い機会だわ。こんな面倒なこと、見せたい男でもいなきゃできないでしょ」

たしかに。

基礎化粧品だけでも最低三つ、下地やファンデーション、チーク、アイメイク、口紅と使い分け、時と場所によって変化させる化粧はもう女性のマジックだ。すっぴん見た男が騙された！　となる話は古今東西転がっている。

ロッテは深く深くうなずいた。

第五章　ロッテ・マイヤーの遅い春・後

住み込み家庭教師というのは通わなくていい分苦労もある。使用人たちの噂話などその最たるものだ。

クラーラの店に行ったロッテは教わった通り化粧水と美容液を付けて肌を整え、時間があれば化粧の研究をした。もともと勉強が好きなのに加え、目に見えてわかる化粧というものは思いの外《ほか》楽しかったのだ。

堅物家庭教師の変化に噂好きのおしゃべり雀《すずめ》が黙っているはずがない。ロッテに恋人ができたという話は屋敷中に広がった。

「オスカル様、お待たせしました」

喫茶店で待ち合わせ。ありふれたことだがロッテには新鮮に感じられた。

今日はきちんと化粧をしている。とはいえ服と顔のつり合いがとれるように薄化粧だ。申し訳程度ではあるがアイメイクも施した。

オスカルは気づいてくれるだろうか。ドキドキしながら彼の反応を待つ。

「ロッテさん、……」

振り返ったオスカルはロッテを見ると言葉を失った。やった、と思うと同時に彼がどう思うかが気になってくる。

「今日は良い天気で良かったです」

「あ、ああ。そうですね」

オスカルはコーヒーを飲んでいた。コーヒーはかつて薬として扱われ、一般的な飲み物となった今でも精力剤として知られており、一部、特に潔癖な婦人方の間では不評だ。ロッテがコーヒーを見ていることに気づいたオスカルが言い訳のように苦笑する。

「帝国ではコーヒーが飲めないんですよ。帝妃が嫌悪していて」

「そのお話は聞いたことがあります。本当でしたのね」

コーヒー忌憚《きたん》の発端となった話である。なんでも帝妃が毛嫌いしている相手が大のコーヒー党で、しかも女好きで有名だった。一夫一婦制の帝国において女好きを公言してはばからないだけで皇帝を軽視している。夫を心から愛する帝妃は怒り心頭で、しかし相手が高位貴族なことから取り潰しにするわけにもいかず、コーヒー禁止令を布《し》くことで鬱憤を晴らしたという。とんだとばっちりである。

あまりにもくだらない理由での法の発布に、嘘だろうと思われている。無理もない。

「コーヒーがお好きですの？」

「はい。飲むと頭がすっきりするんです。はじめて飲んだ時は苦いだけだと思いましたが、慣れると香りやほのかな甘みが癖になりますよ」

飲んでみますかと勧められ、ロッテは慌てて首を振った。コーヒーなど男の人の飲み物だ。

「いいえ！　私は紅茶をいただきます」

慌てた様子がおかしかったのか、オスカルが笑った。

ひとまず喫茶店でお茶をして、ロッテとオスカルは今日のメインである植物園へと向かった。王都では定番のデートコースである。

植物園はその名の通り、植物が植えられた国立公園だ。一番の目玉である奥庭の温室は別料金で値も張るが、外公園を一周するだけなら子供の小遣い程度で入園できる。気楽さもあってカップルだけではなく家族連れも多い。採集は禁止だが観察やスケッチは自由なので学者がやってくることもあった。

「懐かしいな。子供の頃はよく来ていました」

「オスカル様も？　私もここにはよく遊びに来ましたわ」

ただ植物を見るだけなら子供には退屈だが、空から鳥が飛んで来たり、小動物が顔をのぞかせたりもする。夏になれば浅く作られた噴水で子供が遊ぶ。子供向けの娯楽施設など少ない王都では植物園でも立派なレジャーなのだ。

「噴水がどうなっているのか知りたくて、外してみようとしませんでしたか」

「しました！　水がどうやって上に行くのか不思議でしたわ」

変な形をした壺《つぼ》から水が噴き出しているのが不思議で、覗き込もうとして父に怒られたこともある。似たようなことをオスカルもしていたと知り、ロッテは嬉しくなった。

「冬には鳥が渡って来て、春になると去って行く。いったいどこへ行くのか、一日にどれくらい飛べるのか知りたくて、本を読み漁ったものです」

「『コルベイル博士の鳥類学』ですか?」

「はい。先生にお借りして。楽しかったな。好きなだけ本が読めて、わからなければ教えてくれる師がいて、励ましてくれる人がいた」

「オスカル様が弁護士を目指そうと思ったのはなぜですの?」

「私のような子供にも機会を与えたいと思ったのです。先生にいただいた恩を、形にして返したいと思っています」

オスカルならば弁護士ではなく学者にもなれそうだ。ロッテの疑問にオスカルは答える。

「私は孤児なのです。教会付属の孤児院で育ちました。先生に出会えたのは本当に幸運です」

「………」

この国は孤児が一定数いる。望まない妊娠や育てられなかった子供が教会に預けられ、孤児院や子供のいない家庭に行く。貴族や裕福な商家などからの寄付金で成り立つそこでは教育はほとんどされず、生きていくだけの必要最低限しか与えられない。運よくどこかに引き取られていく子はまだ良いが、ほとんどの子供は成人したら孤児院を出て、日銭を稼ぐような職にしか就けないのが現状だった。彼らが貧しさから抜け出す日は一生来ないだろう。

弁護士のマイヤー家に引き取られたオスカルは間違いなくその幸運を掴んだひとりだ。何と言っていいかわからず、ロッテはただ彼を見つめた。

「知識は財産です。知識だけは誰かに左右されない。私は先生にいただいたこの力で弱い人々を救いたいのです」

「オスカル様……」

「すみません。こんな話をして。ここは辛かった時の逃げ場だったので、つい思い出してしまいました」

「いいえ……いいえ。お話しくださってありがとうございます」

ロッテはためらった後、そっとオスカルの腕に触れた。それで精一杯だった。

オスカルはその微かな触れ合いにロッテを見て、目元をうっすらと染めて微笑んだ。

＊＊＊

このところのお屋敷は妙な空気だ。植物園でのデートを誰かに見られていたらしく、恋人の話が現実味を帯びたせいである。

そして、マルクスとアナベルも妙に怒っている。いやアナベルは兄の怒りに釣られているのだろう、ロッテとマルクスを交互に見て、兄に同調しているだけだ。それなのに授業は真面目に受けている。宥《なだ》めればいいのか放っておけばいいのか、ロッテも迷った。

どっちみち話してくれるのを待つほかない。意固地になった子供を諭しても逆効果だ。ロッテは自分の仕事に専念した。それより他に気にかかることがある。

「噂じゃ相手の弁護士は親の弟子だってよ」

「行き遅れ娘を憐れんで仕方なーく結婚？」

「うわあ、かわいそ」

「孤児だったのを引き取ってもらったとか」

「それじゃ逆らえないよねぇ。優秀な弁護士サマが気の毒だわー」

メイドたちの噂話だ。いちいち相手にすると疲れるだけなので放置しているが、面と向かって言われるのならともかくこそこそと陰で言われるのは本当に苛々する。

行き遅れ。恩師の娘。孤児院出身。どれも事実であり、ロッテが気にしていることだ。師の顔を立てるために結婚はするが、帝国には妻同然の女性がいるという噂まであった。オスカルはそんな人ではないと思いつつ、不安が胸に圧し掛かかった。催促せずにロッテの返事を待っているオスカルに申し訳なかった。

「いい加減にしてほしいです。本当に！」

クラーラの指導名目で愚痴を吐くのが唯一の気晴らしだ。どれだけ不利なのか自覚しているのだから、人の恋路なんか放っておいてほしい。

「あらあら。ずいぶん敵を作っちゃってるのねぇ」

ロッテの怒りもクラーラはどこ吹く風、楽しげに笑うだけだ。

「敵って……私はそんなに反論していません」

「したことがあるのね？　女が女を嫌うのに理由なんかいらないのよ。家庭教師というだけで旦那様にも直言できるし、反感を買う要素はあるわね」

「必要なことをお伝えしているだけですわ」

「そこじゃないのよ。ロッテさんは旦那様に直言した時、メイドに何か言われなかった？」

「ずうずうしい、とかは言われました」

「それに必要なことだから、なんて言われたらカチンとくるわよ。そういう時は『お子様の相手は大変で～』とか言っておけばいいの」

「マルクスたちを悪く言うのはよくありませんわ」

「悪ガキ相手に苦労しているのはあなただけじゃないのよ。普段身の回りの世話をしているメイドのほうがよっぽど振り回されてるわ。長年勤めているならなおさらね」

女の場合、必ずしも正論で納得するとは限らない。必要なのは説得ではなく共感なのだ。

「マルクスちゃんやアナベルちゃんがどんな子供だったのか、どんな悪戯をされたのか、どんな苦労をしてきたのか。愚痴だろうと話を聞くことも必要でしょう？　メイドのほうがあなたよりずっと二人と過ごしてきたんだから」

ロッテは反論しかけ、クラーラが微笑んでいることに気づき、ハッとした。こういうことか、とすとんと腑に落ちた。確かにクラーラは正論だ。しかし自分を否定されたような気分になる。

家庭教師という立場は複雑だった。雇い主からは蔑まれるがその子供を教え導くことが仕事である。使用人より上の立場ではあるが、行き遅れのイメージが強いのでやはり見下される。上手く立ち回らないとあっという間に孤立してしまうのだ。ロッテは身をもって思い知っていた。

はぁ、と大きなため息が出た。

「勉強ばかりで他人の心に無関心だった報いですわね……」

「日々是勉強《ひびこれ》、よ。気づいたのは悪いことじゃないわ。お友達だっているんでしょう？」

「はい。でも、自信がなくなってきました」

もしかすると今までも友人に対し無意識に失礼をしていたかもしれない。そう思うと落ち込んでしまう。クラーラにちょっと言われただけでもイラッとしたのだ、長年の付き合いのある友人なら尚更だろう。

「これから変わっていけばいいのよ。人生長いんだもの、なんとかなるわ」

「はい……」

結局この日は服選びのアドバイスを貰うだけに終わった。化粧品から立て続けに買い物できるだけの予算はロッテにはない。クラーラもそのあたりは配慮した。

変わっていけばいいとはいうものの、今まで与えた悪感情はそう簡単には消えてなくならない。ロッテはメイドとの対立姿勢をなくそうとしたが、メイドたちは笑って遠巻きにするだけで近づいてこなかった。

マルクスとアナベルも相変わらずだ。クラーラの店に行く時とオスカルに会う時くらいしか気を抜くことができなかった。

「どうしましたか？」

オスカルが訊いた。目に見えてわかるほどだろうかとロッテは無理して笑う。

今日のロッテはクラーラのアドバイスに従い、いつものかっちりとした服の胸元に花を飾った。あなたの服は戦闘服、とクラーラに言われた通り、ロッテはいつも家庭教師であると自覚を持って行動している。

だが、こんな時くらいは。オスカルとふたりでいる時くらいは家庭教師のロッテではなく、ただのロッテ・マイヤーでいても許されるだろう。

「いえ、ちょっと」

心配をかけたくなかっただけなのだが、オスカルはなぜかむっつりと黙り込んでしまった。

「オスカル様?」

「あなたが」

オスカルは顔を背けると、吐き捨てるように言った。

「毎週男と会っているというのは本当ですか」

「……は?」

たっぷりと間を開けて、ロッテはようやくそれだけを言った。わけがわからないという顔をしたロッテを見て、オスカルが気まずそうに続ける。

「あなたの勤め先のメイドに聞きました。毎週どこかへ行くたびに綺麗になっている、と」

「ご、誤解ですわ! 私はクラーラの店に行っているだけです!」

「クラーラ?」

クラーラという名前は女性名だ。勘違いだったかとオスカルはほっとしたものの、会うたびにロッテが綺麗になっている事実に疑いが晴らしきれなかった。

「店、ということは、そこで逢引《あいび》きを?」

「どうしてそうなるんですか⁉」

とんでもない誤解だ。クラーラは男ではあるが誰よりも女らしい人で、そもそもそういう目で見たことはない。ロッテの先生であり、良き友人である。店の客層は少女たちばかりだ。

「百聞は一見に如かず。そこまで言うのならわかりました。クラーラの店に案内しますわ！」

そうしてクラーラを見て度肝を抜かれるといい。ロッテは憤然とオスカルの手を引き、クラーラの店へと向かった。

「クラーラ様！　ごめんあそばせ！」

ちりちりちりん！　乱雑に開けられたドアのベルがロッテの心境を示すように激しい音を立てた。

「いらっしゃーい」

出迎えたクラーラはロッテと、腕を引かれているオスカルを見て、笑みを深くした。

「あなたがロッテさんのお相手の方ね？　そろそろいらしてくれると思っていたわ」

ロッテは目を見開いた。それではまるで、クラーラにはこうなることがわかっていたようではないか。

まあ座って、といつものように席を勧めるクラーラに疑問を抱きつつ、二人は座った。オスカルはいざクラーラを前にして気後れしている。

「オスカル・ウィルザーさんね？　ようこそクラーラの店へ。アタシが店主のクラーラよ。よろしくね」

「名前を？」

「新聞で拝見したわ。帝国帰りの若手弁護士、ってね」

新聞には紳士淑女の行動が載せられる。誰がどこに旅行に行った。どこの舞踏会で誰と誰が良い雰囲気だった。貴族の動向はもちろんのこと、店の広告や伝言など、あらゆることがニュースになる。帝国での留学を終えて帰ってきた弁護士など、格好の的だろう。

「……気づかなかった」

「まだまだ甘ちゃんってことね。弁護士なら商売相手は富裕層でしょう、富裕層なら新聞くらいは読むわよ」

学校が一般的ではないこの国で、庶民の識字率は低い。教会が読み書きくらいは教えるが、勉強に時間を取られるくらいなら家の仕事をしろという親がほとんどだ。特に女は学があっても無駄だ、行き遅れになるといわれている。庶民であっても商売をしている家なら読み書きに加えて算数も教えるが、それもある意味家の手伝いだ。

弁護士を雇う人々は富裕層だ。金さえあればより優秀な弁護士を雇える。そしてそういう人々は、どんな物事にも耳目《じもく》を張り巡らせ、不利益を被らないように警戒する。

「故郷に帰ってきたからって気を抜いてると足元をすくわれるわよ」

「仰《おっしゃ》る通りです」

恥じ入るようにうなずいたオスカルだが、ロッテとしてはそれどころではない。

クラーラがオスカルのことを知っていたのはわかった。だが、なぜロッテの恋のお相手がオスカルと思ったのかだ。ロッテはクラーラに詳しいことは言っていなかった。お見合いについても「知人の紹介」とごまかしたくらいだ。

「クラーラ様、それで、オスカル様が来ると思ったのはなぜですの？　私、オスカル様のことは言わなかったはずですが」

クラーラはロッテに微笑むと、次に笑いを堪えきれないというように店の奥を振り返った。

「そろそろ出ていらっしゃい」

クラーラの呼びかけに奥から現れたのは、マルクスとアナベル、それからどこかふてくされた顔のメイドだった。

「ロッテ先生、勝手なことしてごめんなさい」

「アナベルは悪くないんだ。僕、先生が結婚するって聞いて。最近綺麗になったのはそいつのためだって……。それで」

メイドの噂話を聞き付け、追求したのだという。デートの予定日は授業が休みの日でもある。クラーラの店について強引に聞きだし、案内させてやってきた。

「マルクス、アナベル……」

まさか子供たちがこんな思い切ったことをするとは思わなかった。ロッテは呆然と名を呼ぶ。

マルクスはぎゅっと拳を握りしめ、次にキッと顔をあげると、オスカルの前に立った。

「本当は僕が先生をお嫁さんにしたかった。でも、僕じゃだめだ。父様も母様も笑って相手にしてくれない」

そんな話までしていたのか。先生への恋など子供の戯言《ざれごと》と、ヨークシャー夫妻が笑って流したのが目に見えるようだ。

「おまえ！」

「オスカル・ウィルザーという。君がマルクス・ヨークシャーだな」

「そうだ！」

精一杯の背伸びをして睨みつけてくるマルクスを、オスカルはひとりの男として見た。立ち上がり、背を伸ばし、恋敵と対峙する。

「オスカル・ウィルザー！　ロッテを幸せにするって誓え！　できないのなら決闘だ！」

「マルクス……！」

なんということを。決闘などと、子供が気軽に言うものではない。ロッテが叱ろうとしたのを手で制し、オスカルは重く誓いをたてた。

「誓おう。オスカル・ウィルザーは生涯かけてロッテ・マイヤーを幸せにする。ウィルザーは神父様がつけてくれた姓だ、神に誓って違《たが》えることはない」

庶民が勝手に姓を作ることは禁止されている。貴族や教会などの特権階級のみがその権利を持っていた。マイヤー家で弁護士見習いになるオスカルへの、唯一できる餞別《せんべつ》だった。

マルクスはしばらくオスカルを睨んでいたが、見る見る目に涙を溜めた。乱暴に袖で拭う。

「ぜったいだぞ」

「ああ」

「ロッテ、不幸にしたら、僕がさらいにいくからな」

「心しておく」

とうとう肩が揺れ、マルクスは泣きだした。オスカルがそっと小さな肩を抱く。

マルクスを慰めようと立ち上がったロッテを引き留めたのはアナベルだった。兄に釣られたのか大きな目いっぱいに涙を浮かべている。

「先生」

「はい」

「アナベル、先生が好きよ」

「ありがとう……。とても嬉しいわ」

「だから本当は、先生がいなくなっちゃうのはイヤ。でも、先生が幸せになるのなら、許してあげる」

「まあ、アナベル……」

兄と比べてずいぶんと小生意気なことを言う。子供の成長は早いものだ。ロッテは胸が熱くなった。いつの間にか伸びているアナベルの背に驚きながら抱きしめる。

「ありがとう、アナベル、マルクス。先生は幸せよ」

ひとしきり泣いたマルクスとアナベルはお茶を飲んで落ち着いてから、メイドに連れられて屋敷に帰って行った。

思いがけない恋敵の登場にぐったりとしていたオスカルだが、子供は侮れないなとぽつりと呟いた。

「……ロッテ」

「はい」

「あなたは覚えていないかもしれないが、私を拾ってくれたのは先生ではなく、ロッテ、あなたなんだ」

「……はい？」

「はじめて会ったのは植物園でした。こっそり忍び込んでいた。孤児院は本当に最低限のことしか与えられません。わずかな食事や衣服を奪い合うのはしょっちゅうでした」

喧嘩に負けて泣きたい時。捨て子と親のいる子に蔑まれた時。オスカルはあの植物園に忍び込んだ。小銭を稼いで飢《う》えをしのいでいた孤児にとって、小遣い程度の入園料すら払えなかったのだ。

「噴水がどうなっているのか外そうとして、足を滑らせたのが私です」

「あ……、あっ？　あの時の！　人に濡れ衣着せて逃げた悪ガキ!!」

ロッテはついオスカルを指差して叫んだ。思い出した。

噴水をよじ登っていた子供が足を滑らせて池に落ち、助けようとしたロッテのせいにして逃げたのだ。おかげで両親には叱られ植物園の管理人にまで怒られ、さんざんだった。

ロッテは見る間に真っ赤になった。その子との思い出はそれだけではない。やり返してやるとロッテは何度も足を運び、噴水の中を覗いたと言ってそそのかしたのだ。彼が噴水に手をかけた瞬間見つかり、またも両親にこっぴどく叱られた。

ロッテの叫びにオスカルは目を丸くすると、肩を揺らして笑い出した。

「まったく。いつ思い出してくれるかと期待していたのに、あなたときたらすっかり忘れているんですから。薄情な方だ」

「だ、だって、お父様のところにいたお弟子さんと全然繋がらなかったんですもの！」

「髪や服は奥様が世話をしてくださいました。先生の事務所で何度も会っているのに全然気づいてくれなくて。それなら思い出すまでこちらから言うまいと意地になりましたよ」

「まあ……、なんて方かしら。そんな、人の心を弄《もてあそ》ぶような……」

「嫌いになりましたか」

「いいえ！　残念ですけれど」

「それは素晴らしい」

オスカルはロッテの前で跪《ひざまず》くと、そっと彼女の手を取った。口笛を吹く真似をしたクラーラをちらりと見て、奥へと消えたのを確認して告げる。

すでに赤かったロッテの顔が、さらに赤くなった。

「ロッテ。私の希望の光。あなたに会った日から私の心はあなたのものです」

オスカルも緊張している。この日のためになりふりかまわず必死になってやってきた。

幼い頃、泣いている自分の前に現れた。オスカルの初恋。

「私と結婚してください」

ロッテは自分が震えていることに気がついた。目が熱くなり、頭がくらくらする。オスカルの言葉が何度も木霊《こだま》した。

ずっと、誰かに愛されたかったのだ。どこかの素敵な人と恋に落ちてみたかった。互いを大切にしあい、慈しみを持って支えあえる人。それがオスカルならどんな困難が待ち受けていようともきっと乗り越えられる。

「……はい」

ようやくそれだけ返すと、オスカルは微笑み、指先にキスをした。

＊＊＊

婚約から間を置かずに結婚式をあげ、二人は帝国へと旅立つことになった。

帝国に行くのなら早いほうが良いと言ったのは、意外なことに母ではなく父だった。

「新しいことをやるなら若いほうが有利だ。若さは時に無茶をするが、度胸がある。それに歳を取るとな、どうにも覚えが悪くなる。あちらとは言葉だけではなく風習も違う。行っておいで、ロッテ」

母はいざとなると娘が遠ざかるのが寂しいようだ。もう何年かこの国で実績を積んだほうがいいのではと言い、父にたしなめられていた。

ヨークシャー家のメイドは最後まであいかわらずだった。

「あーあ。あんた全然堪《こた》えないんだもん」

「可愛げない真面目ちゃんのくせに、やるじゃないの」

「先越されると思わなかったわ。お幸せに！」

マルクスとアナベルは泣いて別れを惜しみ、ロッテを困らせた。

「先生、いつでも帰って来ていいですからね！」

「旦那さんがふがいなかったらアナベルが叱ってあげる！」

マルクスは寄宿学校に、アナベルは屋敷から通える女学校に行くことになった。次の家庭教師を二人が拒否し、両親も大丈夫だと判断した結果だ。

もしかしたら一番ロッテとの別れを惜しんだのは、クラーラかもしれない。

「あーあ、ロッテさんを磨くの楽しかったのになぁ。ほんっと残念。オスカルちゃんちょっといらっしゃい、この子に似合う服デザインしといたから」

「クラーラさん、なぜロッテがさん付けで私はちゃんなのですか」

「んー、なんとなく？　それよりほら。スケッチとカタログ持っていって参考にして。ロッテさんのことだから、仕事があると服に頓着《とんちゃく》せず働きまくるわよ」

クラーラのスケッチに描かれていたのはツーピースタイプのドレススーツだった。バッスルはなく、女性らしさを控えめにして、凛とした雰囲気を出している。代わりに帽子とブローチ、ハンドバッグが華やかさを演出していた。職業婦人の多い帝国でなら、これくらい思い切ったデザインでも溶け込めるだろう。

「クラーラ様、あちらへ行ってもしばらくは忙しくて服にかまう暇はないと思いますわ」

「ロッテさんは忙しくなくても仕事見つけて働くタイプでしょ。いいことオスカルちゃん。女を綺麗にするのもみすぼらしくするのも男の腕しだいよ。夫のために綺麗でいたいと思わせるのよ！」

「はいっ」

お餞別《せんべつ》、と言ってクラーラが渡したのは、紹介状だった。

「これは……」

「ほら、王子の婚約破棄騒動の時、帝国からも貴賓が来たでしょう？　あの時フランシーヌ嬢のドレスを作ったのがうちだと知って、何人かお見えになられたの。とはいえ一介の仕立て屋の紹介だからね、気休め程度だと思っておいてちょうだい」

「クラーラ様……」

ロッテは両手でクラーラの手を握った。大きな手だ、頼もしいクラーラの魔法の手。

「本当にありがとうございます。お世話になりました」

「お幸せにね」

ロッテ・マイヤーの遅い春は慌ただしくやってきて、花を咲かせて新たな季節を迎えた。

第六章　チェルシー・スコットの逆襲

その日、クラーラの店に嵐がやって来た。

「クラーラ！　聞いてよ!!」

ちりちりちりりん！　盛大なベルの音と共に飛び込んできたのは、クラーラの店の常連のチェルシー・スコットだった。

「おはようチェルシーちゃん。何かあったの？」

「大アリよ!!」

憤懣やるかたない、といった形相《ぎょうそう》のチェルシーは、ぐっと拳を握りしめた。

「あいつ！　二股かけてやがった!!」

衝撃的な叫びに店内にいた少女たちがいっせいに振り返った。

チェルシー・スコットはこの店の常連だが、貴族の令嬢ではない。彼女は生まれも育ちもれっきとした庶民。王都でも下町といわれる場所で育った生粋の下町っ子だ。

クラーラ自身は気取るつもりなどないが、王都でも高級店街と呼ばれる装飾品街に店を構えているのでクラーラの店は高級店の扱いだ。しかし、クラーラ本人は、実は下町に住んでいる。

理由は簡単。貴族たちが住む場所に居を構えてしまえば、うるさく押しかけられるからだ。

幸いなことに下町ではクラーラ、つまりマクラウド・アストライア・クラストロの名前はともかく顔はあまり知られていない。おまけに下町ならではの人の良さか、チェルシーをはじめとする人々は余計な詮索をせず、あたたかく迎え入れてくれた。実際クラーラを見たら詮索するより先に察しがつく。見るからに人品卑しからぬという風貌に女装とオネエ言葉だ、訳ありだと一発でわかるだろう。チェルシーは当初、クラーラを遠巻きにしていた。単純に訳あり金持ちとは縁がないだろうという判断だったのだが、クラーラが店を構えると事情が変わってきた。

チェルシーの親は王都で青果店を営んでいる、いわゆる八百屋だ。とはいえ下町のこと、そうそうお高い野菜など仕入れず、毎日の生活に必要なものだけを扱っている。当然売り上げもそこそこ。兄弟姉妹の多いチェルシーが手伝いに入るのも日常だった。

家の手伝いで得られる小遣いなどたかが知れている。食い扶持《ぶち》の多いスコット家では売れ残り野菜のスープが定番料理だった。肉など滅多に食べられず、おしゃれなどできる余裕は当然ながらどこにもない。

そんな時、クラーラの開店である。チェルシーは金の匂いを鋭く嗅ぎ分けた。

さすがに服を一着買えるだけの小遣いは持っていない。しかし仕立て屋だ、ドレスを作れば余り布が出る。チェルシーはその端切れに目を付けた。

クラーラ自身も端切れを使ってパッチワークでもしようと考えていた。そこにチェルシーが内職はないかと持ちかけた。兄弟たちの服を繕い、せめてものおしゃれで刺繍を入れたこともあり、腕には自信がある。

最初はクラーラもチェルシーの腕を見て、見込みはあるが売るには弱いと断った。素人の上出来と売り物の出来ではレベルが違うのだ。やりたいのなら本気で来いとチェルシーを煽《あお》り、まんまと燃え上がったチェルシーは家にあったとても着られない服を片っ端から断裁して改造した。そのたびにクラーラが駄目出しをして、チェルシーが悔しさをバネにして腕を磨いていく。ちなみに着られなくなった服でも掃除には使えるので大切にとってあった。生活の知恵である。

そんな日々を繰り返し、一年程した頃、クラーラはドレスの端切れをチェルシーに見せた。

「チェルシーちゃん。あなたのその根性は目を見張るものがあるわ。ここまで良く頑張ったわね」

偉いわぁ。今まで駄目出しばかりだったクラーラからの素直な褒め言葉にチェルシーの目が感激に潤む。

クラーラは端切れの束を取り出すと、糸と共にチェルシーに渡した。

「最終試験よ。三日後までにこの布地でコースターを仕上げてきて。合格ならば、店に置きましょう」

「ホント!?」

「ええ。デザインと配色はまかせるわ。クラーラの店にふさわしいものに仕上げてちょうだい」

はじめてよそから『仕事』を任されたチェルシーは張り切った。野菜を扱う泥だらけの手で端切れとはいえドレスの生地と綺麗な糸を汚すわけにはいかないと、たわしでしっかりと手を洗い、緊張に震える手で針を持った。たわしで手を洗ったことがクラーラにばれて「女の子の手が!!」と叫ばれるのは完全な余談である。庶民に石鹸などという贅沢品はない。

三日後、チェルシーは見事に出来上がったコースターをクラーラの店に持ち込んだ。そこには品定めのために集められた、貴族の令嬢たちが待ち構えていた。

「あら、可愛い」

クラーラの一声がそれだった。まさに世界が違う令嬢たちを前に緊張で恐縮していたチェルシーはその言葉に顔をあげられなかった。

場違いにもほどがある。腕前こそ上がったが、ここが下町の雑貨店などではなく、貴族様も来る店であることを失念していた。あんなきらびやかなお嬢様たちが、こんなみすぼらしい下町娘の作ったものに金を払うわけがない。チェルシーは泣くのを堪えようと唇を噛みしめた。

「ねえ、チェルシーさん。これは何ですの？」

出来の悪さを嗤《わら》われる、と思ったチェルシーは震え声で答えた。貴族様の問いかけに無視などできるはずもない。ちらりと顔をあげれば、本当に不思議そうなお嬢様がコースターを手に返事を待っていた。

「そ、それは、かぼちゃのコースターです、で、ございます」

滅多に使わない、一生使うことなどない敬語も間違えてしまう。馬鹿にされる、とぎゅっと目をつぶったチェルシーに、歓声があがった。

「かぼちゃ！　かぼちゃってこういうものなのですか！」

「えー！　知りませんでしたわ！　じゃあこれは？」

「チェルシーさんこっちは何ですの？」

チェルシーが作ったコースターは、見慣れた野菜の模様だった。できるだけ丁寧に、精巧に見たままを再現してある。

「え、と。そっちがとうもろこしで、そっちはズッキーニです……」

またきゃあと歓声があがる。一歩置いたところで見守っていたクラーラがうなずいていた。ぽかんと口を開けてお嬢様たちを見ているチェルシーに気づき、そっと近づく。

「よくできてるわ、本当よ。おまけにコンプリート心をくすぐるように作ってくるなんて、やるじゃなぁい」

ぱちん、とウインクをされてチェルシーは顔を赤らめた。認められたのか、とクラーラとお嬢様たちを交互に見比べる。

「ああいう貴族ってのはね、食事の支度を自分でしないのよ。料理人に作ってもらうわけ」

「それくらい知ってるわよ」

「そうね。だからね、お野菜を見たこともない、知らないお嬢様がほとんどなのよ」

「え、えぇ～？」

「たぶん、普段食べてるお肉やお魚も、ああいうふうにできてるもんだと思ってるわ」

「そんなまさか」

見ればお嬢様たちの間では誰がどれを買うかで争奪戦がはじまっていた。チェルシーはどうやら合格したことを知るとホッとして、それから別の意味でも脱力した。お嬢様たちとは世界が違うのはわかっていたが、そういった意味でもまさしく生きる世界が違う生き物だ。

パンパン、と手を叩いたクラーラが争奪戦を終わらせた。

「ほらほら、喧嘩しないの。言っとくけどそれは売り物じゃないわよ」

「えっ」

「ええっ、違うんですか？」

「わたくし、こちらのかぼちゃさんが欲しいです」

「わたくしはトマトが欲しいのですが」

だーめ、と言ってクラーラがお嬢様たちからコースターを取り上げた。売り物ではないと言われ立ち竦むチェルシーを振り返る。

「言ったでしょ、店に置くって。お茶の時に使うコースターが欲しかったのよ。売り物用の布はさすがにタダってわけにはいかないわねぇ」

「クラーラ、あんた、けっこうちゃっかりしてんのね……」

そういうことか、とチェルシーは肩を落とす。ころころと笑うクラーラはしてやったりとでも言いたげだ。舞い上がって落ち込んで、また浮上する。それでもクラーラの店で使われたとなれば、噂を聞きつけた雑貨屋が販売を引き受けてくれるかもしれない。悪い話ではなかった。

「もちろん、お代は支払うわ。これでまた端切れを買って、店に来てね。売り物にできると判断すれば、委託ということで販売するわ」

以来、チェルシーはクラーラの店の常連になった。時に客、時に流行のサーチも兼ねてお嬢様たちとお茶をする。はっきりいってタダ飲みタダ食いでおやつをねだりに来るようなものだが、クラーラは邪険にしなかった。貴族は端切れなど買わない。チェルシーが購入してなにかしら作ってくれるなら、クラーラも手間が省けるのだ。

そんな常連にして気さくな友人が男に二股かけられたという。クラーラはもとよりお嬢様たちも黙っていられなかった。

「チェルシーちゃんの彼って、たしか本屋のアンドリューだったわよね？　真面目そうな人なのに、どうしてわかったの？」

「間違えられたの！　『パーカーズ』のチョコ美味しかったね、だって！　アタシとそんなとこ、行ったことないのに！」

「あらら～それはなんともまぬけな話ねぇ」

「『パーカーズ』だよ『パーカーズ』！　アタシ、チョコレートなんか食べたことないのに！　ずるい！」

「チェルシーちゃん、あなた二股に怒ってるの？　『パーカーズ』に怒ってるの？」

「両方!!」

どちらにしろアンドリューに怒っていることには変わりない。なにせ『パーカーズ』のチョコレートだ。

『パーカーズ』は王都でも有名なチョコレート専門店だ。元々飲み物であったチョコレートを固形にする方法は各国の菓子職人が試行錯誤していたが、最初に成功したのは帝国である。帝国の宮廷で饗《きょう》されるのみであった固形チョコレートの技術をこの国に持って来たのが『パーカーズ』の菓子職人パーカーだった。いくら帝国でも職人同士の繋がりまでは止められず、本来なら門外不出になるはずだったチョコレート固形技術はあっという間に広がっていった。

いくら王都に店があっても、チェルシーのような庶民の口に入る菓子ではない。たった一粒でチェルシー一家の一日分の食費に相当する値段なのだ。アンドリューとはいえ相当な無理をしただろう。そしてその無理をする相手は、チェルシーではなかった。考えなくてもわかる浮気バレである。

「なんて酷い男でしょう」

「酷いですわ。『パーカーズ』でしたらわたくしだって悔しいわ」

「そうよね悔しいわ」

お嬢様方もチェルシーの憤慨を理解した。食べ物の恨みは深いというが、浮気の恨みも深いのだ。

「二股、ねぇ……。もしかしたら二股じゃあないかもしれないわ」

「じゃあ何⁉　アタシに買ってくれたんならどうして食べさせてくれなかったの⁉」

『パーカーズ』に目の色を変えたチェルシーに、アンドリューは慌てて母への贈り物だと言い訳したのだ。そんなの言い訳にもなっていない。

クラーラはそういう意味ではないと首を振った。

「二股だったら誰と食べたのか覚えているものじゃない？　こんな言い方をしてごめんなさい――チェルシーちゃんが浮気相手で、本命と差をつけているのなら尚更よ。チェルシーちゃんだって彼と食べたものは覚えているでしょう？」

ごめんなさいと言いつつ浮気相手と断定されたチェルシーは傷ついた。しかしクラーラの言葉に唖然とする。

「じゃあ何……？　あいつ、アタシと本命以外にも彼女がいるってこと……？」

思い当たる節があったのか、チェルシーは考え込んだ。

そういえば、アンドリューは本屋の息子のくせに妙に羽振りがいい。本は当然ながら文字の読めるものにしか必要のないもので、しかし文字の読める庶民は図書館か貸本屋に行く。チェルシーの偏見ではわざわざ本を購入するのは棚に本を並べて自慢したい金持ちか、本当に必要としている学者のどちらかだ。

チェルシーがクラーラの店に出入りしていることを知っていたアンドリューは、お嬢様たちの好みを教えてくれと頼んできた。思えばそれがきっかけで、アンドリューとのつきあいがはじまったのだ。チェルシーはアンドリューに聞かれるまま、貴族令嬢の間で流行っている恋愛小説を教えてきた。お嬢様の間では家族に隠れてこっそり恋愛小説を読み、お茶会などで語り合うのがひとつの友情の証となっている。いうなれば萌えの共感であり、発掘だ。

「彼女というより遊び相手ね。本を売るのが目的か、貢がせるのが目的かは知らないけど。デート商法ってやつかしら。最低ね」

クラーラはひどく気分を害したのか、珍しく嫌悪を隠そうともせずに吐き捨てた。

チェルシー・スコットは十三歳。十八歳のアンドリュー・ローシングとは五歳も離れている。チェルシーにとっては充分大人だ。その大人の男が、親の手伝いをして小遣いを稼いでいる少女を弄んだ。

貴族はともかく庶民は完全に恋愛結婚が主流だ。親の紹介や雇い主からの勧めもあるが、気が合わなければ断るし、自分で見つけたいというのならば否定もされない。貞節さえ守ればつきあうも別れるも自由だ。

チェルシーは恋人としてアンドリューとつきあってきた。泥まみれだった八百屋の娘がクラーラという人物と出会い、本屋の息子と結ばれる。ちょっとしたサクセスストーリーを夢見ていた。初恋の相手と結ばれるのは少女なら誰でも憧れるものだ。浮かれていたチェルシーを責めることなど誰にもできなかった。

「そう……屋台の飯なら奢《おご》れても、『パーカーズ』のチョコはアタシにはふさわしくないってことね。ふふふ」

言葉では笑っているが顔は笑ってぃない。十三歳であろうと女だ。その程度の価値しかないと思われていたことにチェルシーの腹は決まった。そしてどこまでもチョコの恨みは深かった。

「それで、どうするの？　チェルシーちゃん」

「決まってるわ。あいつをぎゃふんと言わせてやるのよ！」

「よく言ったわ、その意気よ！」

チェルシーの決意にクラーラは頼もしく励ましたが、お嬢様たちは「ぎゃふん」に反応した。

「ぎゃふん？」

「ぎゃふんて何ですの？」

「わかりませんわ。でもきっとぎゃふんですわ」

「ああもう、ぎゃふんってのはアレよ！　吠え面かかせてやるってことよ！」

チェルシーもさすがにこの見るからにきらびやかなお嬢様たちに下町言葉が通じるとは思ってい

なかった。なんとか彼女たちも知るだろう言葉に変換する。しかし残念ながら吠え面もお嬢様の辞書には載っていなかった。

「逆襲して泣かせてやるってことよ」

このままでは「ぎゃふん」の解説で日が暮れる。クラーラが軌道修正した。

「そうよ！　目に物見せてくれるわ！」

「まあ！　頼もしいですわチェルシーさん」

「わたくしも協力いたしますわ」

「そうですわ。遊び人など女の敵。わたくしたちでやっつけてさしあげましょう」

頼りになるのかならないのか、お嬢様たちの励ましには力が抜ける。とはいえ貴族のお嬢様にこんなことを手伝わせるわけにはいかないだろう。断ろうとしたチェルシーを、クラーラがやさしくなだめた。

「チェルシーちゃん。好意はありがたく受け取りなさいな。お友達でしょ？」

「そうですわチェルシーさん」

「そうですわ。わたくしたちはお友達ですわ」

「お友達ですものね」

友達。にこにこと笑うお嬢様たちには、庶民の娘に対する蔑視も偏見もなかった。あるのはクラーラの店でのみ会える『特別』な相手への友情だ。

チェルシーはぐっと喉をつまらせ、怒りで耐えていた涙をはじめて零《こぼ》した。

クラーラとお嬢様たちの力を借りた、アンドリュー「ぎゃふん」作戦の概要はこうだ。
・チェルシーがアンドリューと実家の本屋について探る。
・クラーラとお嬢様たちがアンドリューの被害者を探る。
・見つけ出した被害者とチェルシーで直接アンドリューに突撃する。

チェルシーが被害者を探らないのは、アンドリューに不審がられないようにするためだ。いくら実家の手伝いをしているとはいえ、客を相手に商売しているアンドリューの口八丁手八丁には勝てないだろう。それなら『パーカーズ』のチョコを目当てに男の懐具合を探る、嫉妬深く食い意地の張った少女になりきったほうがましだ。あながち演技でもない。

あてになりそうにないと思っていたお嬢様情報網も侮れなかった。メイドに聞いただけというそれはチェルシーが想像していたよりも正確だった。下町のおばちゃんたちの井戸端会議がいつの間にか周知の事実になるように、メイド同士の噂も瞬く間に駆け抜けるものなのだ。

そしてクラーラはというと、アンドリューの思惑を読み取っていた。

「どうやら本命はこの女性ね。ルルド・ソレイル、十六歳。父親は騎士で母は元メイド。十九になる兄と十五の弟有り。この父親っていうのが雇われ騎士だけど相当腕が良いらしくて、貴族の私設騎士団の団長を務めてるわ」

「そこまでわかっちゃうお嬢様情報網が怖いんだけど」

「気にしない気にしない。他に遊びと思われる女の子が現在で三人。過去には六人いるわ。ルルドって子とつきあいつつ、上手いこと遊んでるみたいね」

「そんだけ相手いるくせに、なんでアタシにまで声かけてきたんだよ！　八百屋の娘なんて価値ないじゃん⁉」

チェルシーが渾身の叫びをあげた。純情をもてあそばれたのだ、叫びたくなるのも無理はない。

「そこじゃないのよねぇ。チェルシーちゃん、わかってないようだから言うけど、あなた可愛いのよ」

クラーラが苦笑しながら言った。言われたチェルシーはぽかんとする。

「……はぁ？」

「ちょーっと蓮《はす》っ葉《ぱ》でおきゃんだけどね、顔立ちもお肌も綺麗」

「ちょ、褒めてんだか貶《けな》してんだかわかんないんですけど？」

家の手伝いもするし端切れを使った内職も真面目にこなすが、結局は自分のためだ。悪い子じゃないとは親も兄弟たちも言ってくれるが、それはつまり特別褒めるところがない、ともいえる。混乱するチェルシーにクラーラは真面目に言い聞かせた。

「いいこと？　チェルシーちゃん。自分が目をつけた女が他の男に取られるのは男なら癪《しゃく》に触るのよ。本命がいようとそれとこれとは別。とりあえず、自分のものにしておければいいの」

「なにそれ！　アタシは物じゃない！」

「そうよぉ。チェルシーちゃんは物じゃないわ。だからこそ、浮気がバレてお仕置きされるんじゃない。思い知らせてやりましょ！」

本命に向ける愛と、遊び相手とのお楽しみは別物だ。アンドリューにとって、チェルシーは気楽な遊び相手であり、お嬢様の志向を探る情報源に過ぎなかったのだろう。八百屋の娘など遊ばれて捨てられても仕方がない、むしろ自分が相手をしてやったのだから感謝しろくらいは考えていそうだ。『パーカーズ』のチョコレートがそれを証明している。

ローシング書店についての内情もわかった。チェルシーがさりげなく聞き込みをしたところ、アンドリューの遊び癖は店の経営にまで影響しているらしい。売り上げ自体は伸びているのに、浪費がそれに追いつかないせいだ。アンドリューの父も頭を抱えているという。

「女の子にずいぶん注ぎ込んでるみたい。これでルルドって子と結婚できなければ破産しちゃうんじゃないかな」

おそらく目当ては持参金だ。貴族の私設騎士団とはいえ団長の娘ならさぞかし見栄を張ってくれるだろう。

「ルルドさんもお可哀想ですわね」

「そうですわね。苦労するのが目に見えていますわ」

「遊びで浮気するような方と結婚なんてできませんわ」

もしもルルドがアンドリューの本性を知っていて、それでも結婚したいというのなら放っておいてもいいだろう。だが何も知らず、詐欺のような手口で結婚してしまい苦労するのなら、同じ被害者同士なんとかしてやりたい。

「クラーラどうしよう。『パーカーズ』のチョコ食べたやつも巻き込んで赤っ恥かかせてやろうと思ってたけど、それじゃああんまりだよね」

「チェルシーちゃんは良い子ねぇ」

男は浮気した女を憎むが、女は浮気相手の女を憎むものだ。チェルシーもアンドリューに選ばれた彼女を怨んではいたのだろうが、アンドリューのあまりの酷さにそうはいっていられなくなった。

「そうね。ああいう男には、ちょっと痛い目にあってもらいましょうか」

クラーラがにやりと笑った。

そしてある晴れた吉日に決行日はやってきた。

アンドリュー・ローシングは浮かれていた。恋人のルルド・ソレイルに、家族でピクニックに行こうと誘われたのだ。家族を紹介されるということは、婚約の催促と思って良いだろう。

アンドリューは女好きの遊び人だが、節度は守っているつもりだった。素人娘に手を出したことはないし、結婚を夢見させるような言葉は言っていない。勘違いされることもあるが、確約は一度もしなかった。チェルシーをはじめとする少女たちに恋と社会を教えてやるのは男の楽しみだとすら思っていた。デートに行き、ふさわしい物を買ってやり、彼女たちを着飾らせる。それは、アンドリューのような男の特権だ。

だがそれも結婚するまでだ。ルルドの父は騎士であり、たいそう厳格な人物と聞く。慎重に遊んできたが、結婚前の遊びならむしろ許してくれるだろう。しかし結婚すればそうはいかない。ため息をつきたくなるような倦怠感《けんたいかん》と、胸が膨らむような期待が同時に込み上げた。

「アンドリューさん、こちらですわ」

場所は王都デートコース定番の植物園。季節の庭園にルルドたちがすでに待っていた。

日傘を手にアンドリューに微笑むルルドは金髪が陽光にきらめき、まぶしいほど綺麗だ。

「やあ、ルルド。今日もとても綺麗だね」

「あら、お父様の前でお世辞？　お上手だこと」

父親同士は握手を交わし、気難し気な顔で何事か話をしている。それに気づかないアンドリューはルルドを散歩に誘った。

「今日は私がお弁当を作って来たのよ。ぜひ召し上がってね」

「それは楽しみだ」

季節の庭園は薔薇が見ごろだった。そっと頬を寄せて香りを嗅ぐルルドにアンドリューは満足げにほくそ笑む。

ルルド・ソレイルはアンドリューにとって上出来の結婚相手だった。彼女と結婚すれば、ローシング書店の顧客はさらに拡大し、貴族にも手が届くかもしれない。そうなれば暇を持て余した貴族夫人にちょっとした火遊びを持ちかけることもできる。不倫をするつもりはないが、甘い言葉のひとつも囁いて店を盛り立てるくらいはいいだろう。上手くいけば貢がせることもできるかもしれない。いやそうなるべきだ。その足掛かりとしてルルドはちょうど良かった。

「アンドリューさん、今日はお友達も紹介しようと思ってお呼びしていますのよ。ほら、あちらに」

ルルドが笑って手を振る先には幾人かの少女の群れが手を振り返していた。アンドリューも手を振る。

ゆっくりと近づいてきたルルドの友人に、笑っていたアンドリューの顔がこわばった。

「ルルドさん、待った？」

「いいえ。時間どおりですわ」

「良かった。ねえアタシお弁当作って来たんだ！」

「アタシも！」

「私もよ。ルルドさんのお弁当と食べ比べしましょう」

八百屋の娘、商家勤めの娘、警官の娘。どれも見たことのある——アンドリューの遊び相手だった。

「そちらがルルドさんの恋人？　はじめまして」

チェルシーがにっこり笑ってしらを切った。アンドリューもぎこちなく挨拶を交わす。初対面を装ってくれるのなら、それに乗ってなんとか凌《しの》ぐしかない。

「はじめまして」

「はじめまして」

二人の少女もチェルシーに倣《なら》った。ぎぎ、と凍り付いた首をなんとか動かしてルルドを見れば、彼女もやはり笑っている。

「さあ、アンドリューさん。お父様が待っていますわ」

棒のように自立運動を頑なに拒否する足を引き摺《ず》って戻ると、無表情のルルドの父と、苦渋を飲み込んだような顔のアンドリューの父が待っていた。

「お腹がおすきでしょう？　はい、アンドリューさん」

敷物に座り、ルルドが可愛らしくアンドリューに給仕する。アンドリューは笑顔のままこちらを見る少女たちをちらちら気にしながら口を開けた。

「ルルドさんてば大胆ね。アタシのサンドイッチもどうぞ」

「これ好きだって言ってたよね」

「アンドリューのために作ったのよ」

チェルシーを筆頭に次々とサンドイッチが差し出される。アンドリューが好きだと言った、キュウリのサンドイッチだ。実のところキュウリよりもハムやチーズを挟んであるほうが好みなのだが、キュウリのほうが女の子に受けが良いとアンドリューが格好を付けたのだ。

「いっぱいあるから遠慮しないでね」

「アタシのサンドイッチが一番美味しいでしょ？」

「あら、アタシのよね。いくらでも食べられるって言ってたもん」

「ほらアンドリューさん、あーんしてくださいな」

目の前で修羅場を繰り広げられるより、にこにこしながらそ知らぬふりで迫られるほうが恐ろしい。アンドリューは震えながら口を開けた。ルルドを見れば彼女も笑っていて、しかし作り笑いがわかる笑みだった。

ばれた。

ごまかせると思っていた。上手くいくと思っていた。女なら女に目が行く、取り合いの的《まと》になるのは自分だと思っていた。

だが違った。女だからこそ共通の敵が現れれば一致団結する。アンドリューは、捨てられるのだ。

「ねえアンドリュー、結局誰と『パーカーズ』に行ったの？」

「私ではありませんわ。ねえ？　アンドリューさん、詳しくお聞きしたいですわ」

「あ、いや、それは……」

「アタシでもないよ」

「ホントにママと行ったの？」

にこにこにこにこ。

「……逃げんじゃねえぞ、おんどりゃあ」

笑いながら、少女たちがアンドリューを取り囲んだ。薔薇の咲き誇る庭園に、鬼がいた。

＊＊＊

「かんぱーい！」

チェルシーが音頭を取ると、少女たちがカップを持ち上げた。入っているのは紅茶である。

「っかー！　この一杯のために生きてるぅ！」

「チェルシーちゃん、そのセリフはまだ早いわよ」

熱いはずの紅茶を喉を鳴らして飲み干し息を吐く少女の豪快さに、クラーラも引き気味だ。

「いいじゃない！　あー楽しかった。あのおんどりゃーが無様に悲鳴上げて土下座かますの見られたんだもの」

「チェルシーさん、それでオンドリー？　さんは「ぎゃふん」と言いまして？」

「そうですわ。「ぎゃふん」こそ目的ではありませんか」

「大切な「ぎゃふん」をお忘れになってはいけませんわ」

「いや「ぎゃふん」ってのはね、そうじゃなくて。アンドリューだし」

オンドリーって誰よ。お嬢様たちのきらきらした目にチェルシーが言葉を詰まらせる。ぎゃふんが貴族令嬢の間で流行ったらどうしよう。

「言わせたでしょう。チェルシーちゃんの痛快劇はおばさまから聞いたわよぉ？」

うふふ、と笑うクラーラは実に楽しそうだ。

あれからアンドリューはこともあろうに両家の父に救いを求めた。父親たちにはとっくに今回の件について根回しが済んでおり、どちらも救いの手を伸ばさなかった。アンドリューの父は家業を食いつぶす息子への憤りで、ルルドの父は娘が遊ばれた怒りで、それぞれ絶縁を申し付けたのだ。

もちろんチェルシーたちも、口々にアンドリューに別れを叩きつけた。せめてもの情けにサンドイッチだけは全部食べさせてやった。あれだけ腹が膨れていれば、二、三日食べなくてもどうにかなるだろう。嫌がらせ兼思いやりだ。

アンドリューは本当に家に入れてもらえず、別れた少女たちの家を回って復縁を願っては断られている。チェルシーのところにも来たが、家族総出で門前払いした。家業を誇りに思っている父は八百屋の娘と馬鹿にしやがってと怒り心頭で、かぼちゃを投げる勢いだった。かぼちゃの代わりに、チェルシーがビンタしてやったのだ。

「あーあ。なんで浮気なんかするんだろ。本命一本に絞ればいいのに」

チェルシーが呟いた。やりきった痛快さも、終わってしまえば虚しいだけだ。そこにいたのは失恋の痛みに泣く十三歳の少女だった。テーブルに突っ伏したチェルシーはひと言、

「好きだったのにな」

そう呟いた。お嬢様たちがオロオロと顔を見合わせ、チェルシーを慰めている。クラーラが苦く笑った。

「……男なんて馬鹿なものよ。だから女は賢くなくちゃいけないのよ」

「そうですわ、女は賢くなければ」

「強さも必要ですわ」

「あらそれでは男の方は必要ありませんわね」

「必要ありませんわ」

「どうしましょう」

「良いのではありません？　わたくしたち、ずっとお友達でいましょう」

「それですわ」

「名案ですわね」

「ああもう！　もうちょっとくらい浸らせてよ！」

耐え切れずにチェルシーが顔を上げ、叫んだ。

「次は絶対いい男捕まえてやる!!」

間章　フランソワ・ドゥ・オットー・ジョルジュの後悔

「はじめまして。フランシーヌ・ドゥ・メイ・ジョルジュでございます」

リボンとレースのたっぷりとついた、ピンク色の可愛らしいドレスの裾をちょこんと摘《つま》み、淑女の礼をとった幼女に大人たちの顔がいっせいに緩んだ。

「まあ、なんて可愛らしい」

「ありがとうございます。王妃様」

顔を真っ赤にしているフランシーヌに代わって王妃に礼を言ったのはフランシーヌの母だ。王妃は自分と王の間にいる息子に向かって挨拶を返すよう促す。

「アルベール、あなたも」

「はい。はじめましてフランシーヌ。私はアルベール。この国の王子です」

フランシーヌより三歳年上のアルベールは年上らしくしっかりとした態度だった。王と王妃の後ろにはフランシーヌの祖父であるフランソワ将軍が護衛として控えている。

春の王宮。庭園には花々が咲き誇り、テーブルに子供の好みそうな菓子が置かれている。この茶会は王に請われたフランソワが息子と嫁を説得してようやく開催された、実質的なお見合いだった。

「本日はお招きありがとうございます」

「よく来てくれたわ。本当に可愛らしいこと！　アルベールにお似合いだわ」

「女の子は可愛いものですわ。姫様も王妃様に似ていると評判ですもの。さぞや素晴らしい姫君におなりでしょうね」

春の庭には穏やかな風が流れ、日差しもやわらかく降り注いでいる。

しかし、フランソワの前ではブリザードが吹き荒れていた。

今の王妃と嫁の会話を意訳すると、

『うちの息子の嫁にしろ』

『遠慮してくださる？』

となる。二人とも見た目美女なせいで余計に寒々しく感じる。

息子はといえば、王子が必要以上にフランシーヌに接近しないよう、さりげなく間に割り込んでいる。父親というのは得てして娘に近づく男を嫌うものだが、あれはどうなのだろう。ただ単に嫉妬か、それともジョルジュ家を継ぐ者としての牽制か。フランソワにも判断しきれなかった。

エドゥアール王とフローラ妃が結婚して十年になろうというのに、この国の王家人気は下がる一方だ。理由はいわずもがな、王と王妃の略奪愛のせいである。

マクラウド・アストライア・クラストロが宮廷から去り、エドゥアールと婚約していた王女への謝罪と賠償も済み、国内が落ち着いたのを見てから二人の結婚式は行われた。誰にも祝福されない結婚式であった。

口ではおめでとうと言うが、誰もがこの茶番に冷めた目をしていた。王女への賠償で国庫は底をつき、結婚式の為の増税が急遽行われたし、ああも堂々と不貞を暴露してくれたせいで風紀が乱れた。さらに前王と前王妃はこのような事態を招いた責任をとって引退、宰相のクラストロ公爵も結婚式後に引退してマクラウドに家督を譲り、マクラウドは自由を許可する免状を盾に出仕拒否した。前王と前王妃はこの数年後に心労が祟ったのか崩御されている。

王位についたエドゥアールは、乱れに乱れた国内を立て直さなければならないということを理解していないのか、マクラウドが許してくれないと嘆くばかりで一向に有効な方策を示さない。今までなら事が大きくなる前にマクラウドが対処してくれていた。しかし、もう、彼はいない。

なんとかしたいと焦ったフランソワだが、軍人畑で育って来た彼に国策など思いつくはずもなく、年々すり減っていく国力の回復の一手になればとフランシーヌとアルベール王子との婚約を推した。息子と嫁には大反対されたが、王妃から茶会に誘われていることもあり、そして何かと理由をつけて断るのにも限界が来ていたこともあり、まずは顔合わせと相成ったのだ。

何も知らずに王と王妃、そしてはじめて会う本物の王子様に緊張しているフランシーヌだけが、唯一の救いであるように明るかった。

「王子様、素敵なお方ね」

帰りの馬車の中、フランシーヌがほぅと息を漏らした。うっとりとしたその表情からは、はじめて会う王子が彼女の期待を裏切らなかったことが読み取れる。

「そうね。王子は素敵な方ね」

「そうだな、王子はな」

そこは嘘でもいいから王子「も」と言ってもらいたいものだ。家族しかいない狭い車内だからこそ言える皮肉であるとはわかっているが、フランソワは息子と嫁の容赦のなさに嘆きのため息を漏らした。

「次はいつお会いできるかしら」

「フランシーヌ、王子はお忙しいのですよ。邪魔をしてはいけません」

迂闊に会わせるなんてとんでもない、と母が言えば、思惑など知る由もないフランシーヌは子供っぽくむくれた。

「今度は我が家で茶会を開くか。フランシーヌにも友人が必要だろう」

男などではなく女で周囲を固めよう。同時に貴族との繋がりを強固にし、いざという時には王家をも跳ね除けられるようにしておかなければ。夫の思惑を理解した妻は笑顔で同意した。

「そうね。コルベール伯爵夫人をお招きしましょう。たしか令嬢はフランシーヌと同い年よ、きっと良い友人になってくれるわ」

白々しいことを言う。上手く話をごまかされたフランシーヌは不思議そうにしているが、フランソワは苦い気分になった。黙っていられずに口を出す。

「フランシーヌ、今度狩りに行くか。王子は狩りを好むと聞いた。そろそろ馬に乗れるようになったほうがいい」

「狩り！　おじいさま、連れて行ってくださるの？」

フランシーヌは目をきらきらさせて祖父を見つめた。まだ幼い者特有の、無垢《むく》で真剣な瞳だ。フランソワは愛らしい孫に喜びにいっぱいになりながらうなずく。

「ジョルジュ家の者なら女であっても馬には乗れるべきだ」

「父上、フランシーヌには早すぎます」

「そうですわお義父様、怪我をしたらどうしますの」

「おとうさま、おかあさま、わたくし馬に乗ってみたい！　おじいさま、きっと連れて行ってくださいましね！」

「いいとも」

息子と嫁は渋ったが、フランソワは有言実行とばかりにフランシーヌのために馬を用意した。女物の鞍《くら》も作り、馬具も揃え、そして本当に乗馬の練習を開始させた。

さすがに軍人の家系というべきか、フランシーヌは馬を怖がることもなく、最初こそ落馬しそうになっていたが、やがて難なく乗りこなすようになった。そしてなぜか「お姉様」と呼ばれるようになった。乙女心に理解のないフランソワには少女たちの趣向の矛先がなぜ孫娘に行くのかさっぱりだった。

王子との交流は地道に続いていた。王妃からは茶会や園遊会の招待、王からは狩りの招待と、王家もなんとかジョルジュ家との繋がりを強くしておきたい思惑が透けて見える。王妃はすっかりそのつもりで、フランシーヌのために家庭教師まで派遣してきた。将来王妃としてアルベールの隣に立つために、ということだ。王妃直々の申し出には、さすがに息子も断ることもできなかった。

ジョルジュ家を捕まえておきたい気持ちはフランソワにも、息子と嫁にもよくわかる。あの事件の際、もっとも王家を擁護したのがフランソワなのだ。ならばその息子にも同じことを期待する。

そしてできることならアルベールのために、ジョルジュ家を繋ぎとめておきたいのだろう。

「フランシーヌは嫁になど行かず、ずっとお家にいてもいいんだよ」

でれっとした顔でフランシーヌを可愛がる息子に嘘はないのだろう。政略結婚が貴族の常だとしても、王家に嫁がせるつもりは微塵《みじん》もないに違いなかった。

フランシーヌにはあの事件について教えていない。いや、どこの貴族も子供たちには教えていなかった。王家の恥はすなわち国の恥である。迂闊に教えて不敬罪で処分されたらたまらない。面《めん》従腹背《じゅうふくはい》の徒《と》と言われるのは百も承知。そうさせるのは、王家のほうだ。

そうこうしている間になにやら風向きが怪しくなってきた。少女たちに人気のある者への嫉妬か、それとも出来すぎる者への妬みか、フランシーヌへの王子の取り巻きたちの風当たりが強くなったのだ。彼らは次の王、つまりアルベールの側近であり、いずれ爵位を継いで政治に関わっていく者たちであった。彼らの中にはフランシーヌの婚約者として候補にあがっている者もいる。息子と嫁は、これは王家の陰謀ではないかとまで勘ぐった。

「おじいさま、わたくしいけないことをしてしまったのかしら……？」

運の悪いことに、王家が主催する狩りの場で、馬が暴走した令嬢をフランシーヌが助けた。それ自体は悪いことではない、むしろ褒められるべきであろう。

だが、ただでさえ生意気だと少年たちから囁かれていたフランシーヌだ。令嬢はフランシーヌを「お姉様」と慕う一人で、直前まで彼らと口論していた。

ちょっとした——彼らにしてみれば、ちょっとした悪ふざけのつもりだったのだ。その令嬢の馬に鞭をくれ、驚かせてやろうという、向こう見ずで無計画な悪戯。だが驚いた馬は人が考えるよりもずっと凶暴だ。いきなり鞭で叩かれ、馬上の主人の悲鳴を聞いた馬はパニックに陥った。女は男と違い跨《また》がるのではなく横座りで乗る。令嬢は振り落とされないようにしがみつくのが精一杯だった。

そこに飛び出したのがフランシーヌだった。彼女は狩りに参加すべく男鞍を用意し、服も男物の乗馬服を着ていた。少年たちや大人たちには眉を顰《ひそ》められていたが、少女たちからは歓声があがっていた。

馬に跨ったフランシーヌは暴走する馬に追いつくと、令嬢に向かって手を伸ばした。

「おねえさま!!」

「さあ、掴まって!!」

令嬢は怯えるばかりで馬にしがみつくことしかできずにいる。フランシーヌは馬を寄せ、さらに身を乗り出した。

「わたくしを信じて!」

「おねえさま!」

手を伸ばした令嬢をしっかりと支え、フランシーヌは渾身の力を込めて持ち上げた。娘とはいえ二人も乗せられた馬の速度が落ちる。フランシーヌは彼女を落とさぬよう、細心の注意を払って抱きしめた。

騒ぎを聞きつけたフランソワたちが戻った時には、フランシーヌは令嬢の馬に悪戯をした少年を叱りつけている最中だった。被害にあった令嬢は、友人たちに囲まれて慰められていた。

令嬢の一人がフランシーヌを呼び、フランシーヌはいまだ怯えて泣きじゃくる彼女に近づいた。王子の取り巻きたちは今度は話を聞いた大人、特に父親から怒鳴りつけられている。

「もう大丈夫よ。泣かないで」

「お、おねぇっ、さまっ、わた、わたくし、わたくし……っ」

「あなたの大きな瞳が溶けてしまうわ。それに、わたくし、あなたの笑ったお顔のほうが好きよ」

手袋を脱ぎ、フランシーヌの細く白い指が少女の泣き濡れた頬を撫でる。

「どうかわたくしのために、笑ってくださらないかしら?」

令嬢はぴたりと泣き止み、周囲の少女たちも我知らず頬を染める。これを言ったのが社交デビューも前の少女なのだからたいしたものだ。

これでフランシーヌと王子の取り巻きとの亀裂《きれつ》は決定的なものになった。おまけに翌日の新聞に、フランシーヌの活躍と取り巻きたちの失態が、風刺画付きで乗ったものだから騒ぎはさらに広がった。暴れ馬から颯爽と令嬢を救った、王子様のようなフランシーヌ。子供でもしないような悪戯をしたクソガキの取り巻き。風刺画で取り巻きは尻を出して馬に鞭で叩かれていた。

これにはフランソワも頭を抱えた。王子の側近候補があれでは、息子と嫁を説得するどころではない。王子がやらせた事ではないが、部下も上手く統率できないのでは周囲も不安になる。取り巻きの失態は王子の責任なのだ。王子は監督不行届きとして謹慎、王子の取り巻きから主犯の姿が消え、他の取り巻きも親を含めて叱責《しっせき》された。社交デビュー前の年齢の令嬢に対する乱暴狼藉には甘いが、怪我がなかったこと、彼らの親の身分が考慮された結果だ。

反対にフランシーヌは絶大な支持を得た。さすがはジョルジュ家の令嬢よと囁かれ、助けられた令嬢の家はフランシーヌに深く感謝し、擁護に回った。あの時のフランシーヌにときめいた令嬢は多く、お姉様信者が貴族令嬢の間で一大ムーヴメントになった。

「いや、あれはお前が正しい。令嬢にもしものことがあったら一大事だ。王子も謹慎では済まなかったかもしれん」

そう、万が一令嬢が馬から落ちて骨折などをしていたら、王子も取り巻きもずっと重い処分が下っただろう。それを思えばフランシーヌはよくやった。間接的に王子と取り巻きを守ったのだ。

「でも王子はあれから会ってくれません。わたくしに愛想を尽かしてしまったのではありませんか」

「それはないな」

フランソワは断定する。アルベールがフランシーヌに会わないのは、単に見せ場を盗られて悔しいからだ。あの時驚くばかりで咄嗟《とっさ》に対応できず、結果としてフランシーヌに出し抜かれたと思っている。

「王子にも男としての意地があるのだろう。フランシーヌ、お前は女なのだから、もう少し男を立てることを覚えんとな」

「男の子って乱暴なんですもの。いつも人の悪口ばかりで偉そうにして。王子の側近があれでは王子まで品位を問われますわ」

「ほら、それだ。そういう生意気はいかん。喧嘩腰ではなく、もっとやわらかく対処しなさい。男には男のプライドというものがある。年下の少女にしてやられたとあっては面目が丸潰れだ」

「………。王子も、でしょうか……」

フランシーヌはフランソワの言い分に納得していないようだったが、いつも優しく穏やかな王子から面会を断られている現実に顔を曇らせた。

「もちろん、王子もだ。私にも覚えがある。あれくらいの年頃の男は、好きな女の前では見栄を張りたいものなのだ」

フランシーヌがパッと顔をあげた。

「王子は、どなたかを慕ってらっしゃるのですか……？」

おや、とフランソワは目を瞠《みは》る。フランシーヌは打って変わってせつなげな、恋する少女の瞳だ。

――唐突に、フランソワの胸に痛みが突き刺さった。

自分で仕組んだこととはいえ、この何も知らぬ、愛する孫娘が王子に恋するように仕向けたのだ。息子と嫁の反対を振り切り、王家側につくことの不利益も承知で、フランシーヌの恋を利用するために。フランソワは妻の顔を思い出した。貴族同士の婚姻だからと割り切った生活で、子を産み育てるうちに二人の間に芽生えたのは愛ではなく、共闘する者同士の友情だった。フランソワは、それで良かった。だが妻はどう思っていたのだろう。

仕組まれた恋。王子は自分の立場をとうに理解し、結婚についても承知しているだろう。だが、フランシーヌは、どうだろう。純粋に王子に恋をし、同じく想われて結婚したいと夢見ている少女には、フランソワの策略は心を踏みにじるものだ。

「フランシーヌは王子が好きなのだな」

フランシーヌは顔を真っ赤に染めた。

「……はい。わたくし、王子をお慕いしています」

「王子の配偶者の苦労は並大抵ではないぞ。王子を支えるだけではなく、民に目を配り、他国へも配慮し、さらには男子を生み育てることが義務となる」

「わかっておりますわ。愛だけでは済まない事もある、ということも」

まさかと思ってフランシーヌを凝視した。真剣な瞳のフランシーヌから王家への嫌悪感は読み取れず、一般論として言ったのだろう。

十二歳のフランシーヌに、婚約者はまだいない。

いつかの席で、王妃が「つい」漏らしたからだ。フランシーヌをアルベールの婚約者候補として考えている、と。上手い言い方だ。考えているだけで実際に婚約を結んだわけではない。だが王妃が言ったことで、それまであったフランシーヌへの婚約申し込みはどこの貴族からも白紙となった。誰だって王家の反感を買いたくないし、どの家も王家との婚姻を望んでいない。その犠牲者がフランシーヌになるのなら、他家としてはそれでいいのだ。冷たく後ろ暗い、貴族の本音である。

十三歳の誕生日にフランシーヌはアルベール王子の婚約者に内定した。息子と嫁は娘を守るため、いくつかの条件を王家との間にとりつけた。万が一王子が心変わりしても、フランシーヌの名誉だけは守るように。

十四歳、いつかはあの事件の真実を伝えなければならない。若いフランシーヌでは王と王妃を軽蔑するかもしれず、今言うのはためらわれた。

十五歳、王子の妃となるべく教育が進んでいる。貴族の闇の深さに思い悩むフランシーヌに、あの事件は耐え切れそうにない。

十六歳、外交の場にも行くようになった。なぜ外交官たちがあれほど熱意のない態度なのか。なぜ他国から不利な条件ばかり叩きつけられるのか。フランシーヌは理解できず、自分の未熟さを嘆いていた。軽蔑されるほどのことを王家がしたとはとても言えなかった。

そして恐れていた事が起きた。アルベール王子に愛人発覚。フランシーヌは驚き哀しみ、彼女らしからぬ嘆きようで手が付けられなかった。引退していたフランソワもこれには慌てて王と王妃にアルベールを諫めるよう申し立てた。ここまで苦心してお膳立てしたというのに、この土壇場で破談になどなれば、国内のみならず外国でも王家が笑いものになる。

フランソワは何度もフランシーヌを慰めに行き、その度にあの事件について教えようとしてためらった。今さら、今になって教えてもそれが何になろう。知っていたのならなぜ真実を教えてくれなかったと非難されるのが目に見えていた。あの時のマクラウドと同じ立場にフランシーヌがなる。フランソワは、その痛みに呻《うめ》くしかなかった。

結局それを教えたのは一人の仕立て屋だった。クラーラと名乗るその人物がマクラウド・アストライア・クラストロ本人であると、娘のために尽力していた息子、マクラウドとも知己《ちき》のアントワーヌ・ドゥ・オットー・ジョルジュ伯爵が血相を変えてフランソワの元へと駆けこんできた。

「マクラウド！　あのマクラウドがあんな姿になっていたなんて……！　ああ、私たちはなんと罪深いことをしてしまったのでしょう。父上、とうてい許されない罪です」

軍人として育て、爵位と同時に将軍位を継いだ息子があれほど嘆くのを、フランソワははじめて見た。

「しかもマクラウドは、あの事件についてフランシーヌに語ったそうです。なぜ秘密にしていたのか、フランシーヌは理解しても納得はできないようでした。私たちではなく、クラーラという人物から教えられてしまった」

あの時、渦中にあり王家を守って対処に乗り出していたフランソワ。マクラウドと知己でありながら庇うことのできなかった両親。フランシーヌが衝撃を受け、王家に幻滅するのも無理はなかった。

せめて次代の若者には瑕疵のない世を築いてほしい。そんな大人の狡《ずる》さとやさしさも、フランシーヌは理解できた。だが感情は別物だ。十三の時に教えられていれば、王子だけは違うと反発しても、王子と共に乗り越えようと努めただろう。

「……これがマクラウドの復讐か」

低く呻いた父に、息子が吐き捨てた。

「復讐？　クラーラ……マクラウドはフランシーヌの衣装を仕立ててくれています。調べましたがどこにも不正など見当たりません。さらにフランシーヌの友人になってくれたようです。あの男が復讐するとして、こんな甘い手を打ってくると、本当に思いますか」

そうなのだ。クラーラはクラストロとの繋がりまで利用してフランシーヌの為にドレスを作ってくれている。仕事だとしても、そこに好意がなければフランシーヌも簡単に信頼しなかっただろう。

クラーラとフランシーヌの友情が本物だからこそ、彼は全力で尽くしてくれているのだ。

「料金にもおかしなところはない。クラストロ領で織られた最高の絹地と糸。そして真珠のネックレスです。非売品ということですが、特別に貸し出してくれるそうですよ」

内陸にあるこの国で、真珠は高価な宝石だ。王家でさえ滅多に入手できない。アントワーヌは頭を抱えて首を振った。

「たったこれだけで、我が家には、フランシーヌにはクラストロが後ろについていると王にはわかるでしょう。マクラウドはフランシーヌを助けてくれるのです」

アントワーヌはマクラウドより年上で、まだ若いエドゥアール王子とマクラウドの良き兄貴分であった。冷静沈着で聡明なマクラウドのフローラへの盲目的な愛を、貴族らしくないとからかったものである。フローラといる時だけは、マクラウドも年相応の少年であった。妻とは政略結婚のアントワーヌは憧憬と嫉妬を込めてそれを見守っていた。伯爵にからかわれるとマクラウドも顔を赤くして嬉しそうに笑っていた。

アントワーヌはマクラウドの愛を知っていた。しかしエドゥアールとフローラの愛は知らなかった。それほど完璧に二人は秘かに想いあっていた。フローラにはマクラウドを裏切るつもりはなく、エドゥアールも略奪などする気は微塵もなかったのだろう。だが、封じたはずの想いは真白のウエディングドレスを着たフローラの姿に爆発した。目が合った瞬間、エドゥアールはフローラに駆け寄り、フローラはエドゥアールの胸に飛び込んだのだ。

祭壇の前で花嫁を待っていたマクラウドの驚愕と絶望はいかばかりだったろう。思い出すたびにアントワーヌは後悔に襲われる。興奮に赤らんでいた彼の頬から血の気が引き、二人の告白と弁解を聞くうちに赤になり、最後にはどす黒く染まっていた。とても人間とは思えない顔色であった。あの時、マクラウド・アストライア・クラストロは死んだのだ。心と魂を殺され、クラーラとして蘇った。亡霊の考えることなど、常人にわかるはずがない。

「もはやこれまで。父上、ジョルジュ伯爵家はマクラウドにつきます」

「何を言うか！　王を、王を守らずになにが将軍だ！」

「我が忠誠は国にあります――王が道を外れたら、命を賭《か》けても正すのが臣下ではありませんか！　父上、あの時なぜ自ら首を差し出し王を正さなかったのです。マクラウドにではありません、王に、です」

「わしが死んだらこの国はどうなる⁉　クラストロがおらぬ今、ジョルジュ家が王を国を守らねばならぬ！」

「ジョルジュ家の当主は私です！」

激昂する父を、息子が抑えた。フランソワは息を荒げ、呆然と息子を見る。

彼の息子は怒りに震えながらも、将軍としての自分は忘れていなかった。軍は王の私物ではない。王が軍を私物化すれば統率がとれなくなり、やがて軍として成り立たなくなるだろう。軍とは国のものなのだ。国を守り、国民を守る。たとえ王が代わっても、軍の役目は変わらない。

フランソワは、言うだけ言って帰って行った息子を引き留めることもできずに立ち尽くしていた。

クラーラと会ったのはその後だ。面会を申し込んだものの受けるとは思っていなかった。貴族嫌いとして知られたクラーラは、面会すら難しいことで有名だ。フランシーヌの祖父として、ひと言礼を言いたいという名目での面会である。体裁としては整っている。

だが、クラーラはフランソワがマクラウドとの面会を望んでいることなどとっくに把握していたのだろう。実にあっさりと、クラーラの仮面を脱いだ。

二十年前。わしの顔に免じて、とフランソワが頼み込んだ時、マクラウドはそれはもうそっけなく、あなたの顔でフローラの代わりになるとでも？　と言った。ならば首でと食い下がればクラストロ家の屈辱には安すぎると突っぱねられた。最終的に前王自らが頭を下げ、マクラウドの望みを叶えると宣言した。家督の放棄は認められず、亡命の禁止と引き換えに養蚕業の独占と完全なる自由を認めた。マクラウドが何を考えていたのか、王にも、フランソワにも、それこそ彼の家族にも誰にもわからなかったに違いない。

今もフランソワには彼の考えが読めない。元より顔に出さない男ではあったが、女装して笑みを浮かべ続けているクラーラとなった彼には、もう恨みなどないようにすら思えた。そんなことはないというのに、フランソワはわずかな可能性に縋《すが》った。

言葉を尽くし、情に訴え、頭を下げても無駄であった。恨みの欠片すらない男はしかし、エドゥアールとフローラを許すつもりはまったくないのだ。

「どうぞ」

殺気を込め、剣を向けても男はあっさりしたものだった。フランソワ・ドゥ・オットー・ジョルジュがクラーラを、マクラウド・アストライア・クラストロを殺せば全軍が牙を剥いて王家に襲い掛かるだろう。

果たして彼はどこまで計算していたのか。二十年前、これを予想していたのならフランソワはマクラウドを見損なっていたことになる。王家は信頼を失い、国力は低迷し、貴族たちは国難を理解せず我が事ばかりに立ち回り、民はそんな王と貴族に失望している。唯一クラストロ公爵領だけが権勢を保っていた。沈黙を守っているのが逆に恐ろしい。いつか爆発した民衆が、クラストロに独立を求めるか、王家を打倒し公爵を王に据えようとするかもしれない。この不安定に揺れる国で、再起を図るにはマクラウドが必要だと誰もが信じている。信仰にも似た思いで待っている。

そしてフランソワは、クラーラをマクラウドに戻すことはできないのだ。

二十年前を悔やむことはいつでもできる。だがこの状態を回避できたのは二十年前のあの時しかなかった。フランソワは失敗を悟り、失意のまま王都を去る。

彼にはもう何もできることはない。彼の息子と嫁がフランシーヌを守るために、婚約の条件として王家に認められたものが王家と彼を縛りつけた。

婚約宣誓書に記された一文には、こうあった。

『いかなる理由があろうとフランシーヌ・ドゥ・メイ・ジョルジュと第一王子アルベールとの婚約が破棄された場合、王家とジョルジュ家は婚姻による関係を今後結ばない』

フランシーヌとの婚約があのような形で破棄された以上、どの貴族も王家との婚姻は固辞するだろう。よほど頭を下げて金を積むか、野心を抱く下位貴族くらいしか相手は見つかるまい。アルベールをはじめとする王子四人と王女の結婚は難しくなった。

エドゥアール、フローラ、そしてフランソワ。彼らの業はこんな形で返ってきた。もっとも愛するものを道連れにする、という形で。

愛するフランシーヌ。ジョルジュ家の至高の花。微笑む少女の裏側で、悪魔が笑っていた。

閑話　クラーラの朝

クラーラの朝は、憂鬱からはじまる。

鏡に映る自分を直視するからだ。

「あ――……」

起きたてでぼさぼさの髪はまだいい。だが否応なしに年齢を自覚させる肌の張り具合や脂ぎった顔がいけなかった。

なにより嫌なのは、睡眠中に伸びた、無精髭である。

「なによこれ、なによこれ⁉　アタシに相応しいのは髭なんかじゃないっ」

鏡に映った自分を見て、クラーラは大仰に嘆いた。毎朝のことである。が、いつ見ても見慣れることはない。このおっさん、もとい中年男性の寝起き顔。絶望する。

いったいいつの間に、髭のやつは伸びやがるのか。クラーラは真剣に考える。

やつらはいつの間にか、いる。目を凝らして顎の裏まで、剃刀《かみそり》の刃が届きにくい箇所も丁寧に剃っているというのに、ちょっと時間が経つと化粧をしたはずの顎にぽつんと青白いものが見えるのだ。客商売のクラーラにとって、商売相手の少女たちに男を感じさせるのは大変不本意だ。定期的に鏡でチェックするが、そしてそのたびに引っこ抜いているのだが、未だ駆逐するに至らない。アルコールで脱色もしてみたが、肌が荒れてすぐ断念した。酒は飲むものだ。

噂によると東洋の王宮では、王妃や側室の住まう宮殿に仕える男性はすべて男の象徴を失い、そのせいで髭も生えなくなると聞く。クラーラも検討はしてみたが、ちょっと想像した段階で心がくじけた。そして東洋の男の精神力に脱帽した。そこまでして女に仕えなければならないというのも大変だ。

話が逸れたが、クラーラを悩ませているのは髭だけではない。男にしては細い顔だと自負しているが、喉仏や肩幅、骨格も女性らしい丸みとは正反対だ。首を隠し肩をごまかし体を女物の衣装で包んで、さらには仕草も淑女のそれを倣い、ダンスも女性パートを覚えた。かろうじて女性……？と思わせることに成功している。

しかし、クラーラがもっとも厭《いと》わしく思っているのが声である。うっかり気を抜くと「うぉぉっ」という声が出る。そのたびに反省して「きゃあ」と言えるように練習するのだが、こればっかりは習うより慣れよなのでいかんともしがたかった。クラーラの仮面をかぶって早数年。生まれついた習性を変えるにはまだ修行が足りないようだ。

「おはようございます。クラーラ様、朝でございます」

毎朝の儀式のように鏡の前で首をひねっていたクラーラは、メイドの声にハッとした。こほん、と喉の調子を確かめてから返事をする。

「はぁい。入ってちょうだい」

メイドは一拍の間を置いて、入ってきた。

「失礼いたします」

クラーラの下町屋敷にいる使用人は、メイドのレオノーラ・マカン、執事のアーネスト・カイエン、料理人のマシュー・パナメーラだけだ。家を出る時についていくと言い張り、さもなくば殺せと脅してきた、クラーラがもっとも信頼する三人である。

「おはよ。レオノーラ」

「おはようございます。本日はまたさらにすさまじいお顔でございますね」

レオノーラは遠慮がなかった。

もうクラストロではないのだから遠慮するなとクラーラが言ったからだが、それにしても辛辣《しんらつ》だ。

「うぐっ。ちょっとぉレオノーラ？　レディにそれはないんじゃなぁい？」

「でしたら下町の居酒屋で飲んだくれて帰った途端にベッドにも入らずお休みになるのはお控えになられてくださいまし。お酒くさいですわ」

「えっ⁉　お風呂の用意は⁉」

「できています。まずお食事よりも入浴を優先させると思い、支度いたしました」

「さすがレオノーラ！　ちょっと行ってくるわ！」

風呂場に駆け込んでいくクラーラを見送って、レオノーラは彼が脱いだ寝間着を拾った。

ゆっくりと入浴し、入念に肌と髪を洗い、汗と脂と体臭（加齢臭）を落としたクラーラは、風呂からあがると髭に取り掛かった。鏡の前で、一本も逃さぬと鬼気迫る勢いである。ここで手を抜くと、後で自分にダメージが来る。真剣そのものだ。

「レオノーラ、髪お願い」

「はい」

部屋に戻るとレオノーラは着替えと髪の準備を整えて待っていた。

この時代、髪を乾かすには布でひたすらに拭き取り、髪を梳《す》き、風を当てるしかない。レオノーラは片手に櫛《くし》、片手に髪扇を持って、慣れた手つきで主人の黒髪を乾かし始めた。

「もう歳かしらね。酒が残るようになってくるなんて」

「自覚があるのなら少しは自粛《じしゅく》なさってください。マシューとアーネストがベッドまで運んだんですよ」

「あっちゃー。ウチ帰ってからの記憶ないわ」

「いくら勝手知ったる王都とはいえ気を抜きすぎです」

「ごめんね、気を付けるわ」

「そうなさってくださいませ。あまり醜態をさらしてお店の評判に関わったらどうしますの。クラーラ様に憧れる少女は多いのですよ」

「アタシに憧れるようなお嬢様は下町の居酒屋になんか行かないわよ」

「油断大敵です。女の噂話を甘く見てはいけませんわ」

「ふふふ、そうね」

「そうですわ」

髪が終われば化粧に取り掛かる。化粧箱を取り出すと、クラーラはうっとりと眺めた。

「可愛いわぁ。見ているだけでも幸せなのに、これはアタシをうつくしくしてくれるのよ。最高ね」

「本日はどのようになさいますか」

「何か予定入ってたかしら」

「午後からヒュプノ商会との商談が入っています」

ヒュプノ商会は宝石商である。貴族向けの装飾品も取り扱うクラーラの店では重要な取引相手だ。

「ヒュプノか。なら少し強気メイクでいきましょう」

「かしこまりました」

クラーラのメイクは少し特殊だ。顔の輪郭をごまかし、眉も細くしてできるだけ男を消す。ファンデーションで肌の透明感を出し、チークで血色を良くし、口紅で艶を出す。特にこだわるのはアイメイクで、睫毛を長く、目元に色気を出すように心がけている。いくらなんでも少女と同じような化粧が似合わない自覚はあった。大人の女性、それも男装の麗人を意識する。

化粧が終われば衣装に移る。朝昼夜といちいち服を着替えていた頃と違い、今のクラーラは好きな服を好きに着ることができた。仕立て屋クラーラの武器はなんといっても特徴的なドレスにある。クラーラ自身が広告塔となり、目立たなければならない。

黒髪はどの色も合わせやすいので気に入っている。クラーラはクローゼットから濃紺の服を選んだ。襟から胸にかけて朱色の糸で編まれた繊細なレースが重ねられ喉仏を隠し、肩へ滑らかなラインを描いて続く。腕は細く、袖口を膨らませてあった。下半身はバッスル形と呼ばれる、腰は細く、尻を膨らませるスタイルだ。内側にはスカートではなくズボンを穿いた。ズボンは黒。ブーツは黒だが紐を朱にした。濃紺と朱色の反対色を敢えてぶつけることで怪しげな上品さが生まれる。クラーラが着ると、男とも女ともつかない壮絶な美がそこに体現していた。

髪は複雑な編み込みがいくつも作られ、右前は下ろし、左を後ろに流している。そうすることで毛先のグラデーションが花畑を作った。

「いかがでしょう」

「いいわ。最高よ」

「ありがとうございます」

鏡台から立ち上がったクラーラは、全身が映るほど大きな鏡の前に立ち、ひらりと一回転した。

「うん。なんってうつくしいのかしら！　ねえ、レオノーラ、アタシ綺麗？」

「はい」

レオノーラは当然、という顔でうなずいた。クラーラの大きな唇がにんまりと笑みを刻む。

クラーラの朝がはじまった。

第七章　ローズ・ベルの難題

――クラーラの店でわたくしのためにドレスを仕立ててください。それができたらあなたのもとに嫁ぎます。

＊＊＊

その男がクラーラの店に来た時、彼は不審者丸出しだった。

身なりはスーツにシルクハット、革の靴、杖と紳士なのだが、顔をごまかすためだろう大きな眼鏡と、鼻から下を覆うマスクがもう怪しさ満載だ。店内でおしゃべりに興じていた少女たちが、窓から覗く男に恐れ慄《おのの》くのも無理はなかった。

小さな飾り窓から何度もこちらを覗き、店に入るでもなく行ったり来たりとうろつき、また窓から覗く。男の客にはよくある反応だと放っておいたクラーラも、しだいに笑っていられなくなった。

「あなた、店に入るの？　入らないの？」

ちりりん、とベルが鳴り、いきなり出てきたクラーラに、男は失礼なほど大げさに肩を揺らして驚いた。

「うわっ」

「失礼ねぇ。さっきからうろうろと。営業妨害ならよそへ行ってちょうだい」

「ち、違う。クラーラの店、というのはこちらか」

「看板に書いてあるでしょ。お客が怖がるから、うろつくのはやめてね」

少しドアを大きめに開け、男を胡乱《うろん》げに見て身を竦めている少女たちを示す。はじめて気づいたのか男は慌ててマスクを取った。

「これは、失礼した。その、どうもこういう店にははじめて来るもので」

「まぁ男の人は二の足を踏むわよね。いらっしゃいませクラーラの店へ。さ、どうぞ」

「ありがとう」

男はクラーラにうながされてようやく店内に入ると、警戒している少女たちに丁寧に頭を下げた。

「怖がらせて申し訳ない。慣れないもので」

少女たちはどうやら貴族令嬢を狙った賊でも、誰かのストーカーでもないと知り、ホッとして微笑んだ。

「こちらへどうぞ」

物珍し気に店内を眺め、宝石やドレスの見本に感心していた男は、クラーラの呼びかけに従った。

男に席を勧め、紅茶を淹れる。

初見の客には必ずしてもらう顧客名簿への署名を終え、男の身元を確かめたクラーラが口火を切った。

「レオンハルト・ゲードさんね。説明させていただくわ。クラーラの店はお客様ひとりひとりに合わせたドレスやアクセサリーを提供するお店です。そのお方の容姿だけではなく、好みや癖、仕草、すべてを完璧に完成させる。それがクラーラの店です」

「なるほど。素晴らしいですね」

「ありがとうございます。それで、本日はどのようなものをお求めに？　まさかゲードさんご本人用ではないでしょう？」

このいかにも紳士な青年がオネェ趣味とか、クラーラでも勘弁してもらいたい。

レオンハルトは、笑って否定した。

「まさか。実は私には求婚している女性がいるのだが、彼女がこちらのドレスを所望したのだ。ここで彼女に似合うドレスを作れば、私と結婚するとね」

「それは……」

クラーラは腕を組んだ。

レオンハルト・ゲードは大学で教鞭を執っている数学者だ。現在三十五歳。濃茶の髪に白いものが混じり、眉間に皺《しわ》のあるその顔は、苦悩する学者そのものといったところだ。ただ、茶というよりは赤に近い瞳にはひたむきな情熱さが宿り、それが彼に若々しさを添えている。

クラーラの店でドレスを、と望む女性は多い。しかし、そういう女性はクラーラの店がどういったものか知っている。ドレスを着る本人が店を訪れなければ、たとえ貴族であってもクラーラはドレスを作らないのは有名な話だった。レオンハルトの相手がそれを知った上でねだったのであれば、それは遠回りなお断りだろう。クラーラはそれを教えるべきかどうか迷った。

「あなたにそこまで想われている幸福な女性はどなたかしら？」

「ローズ・ベル嬢だ」

クラーラは頭を抱えたくなった。

ローズ・ベルは有名な子爵令嬢だ。

鮮やかなハニーブロンドの髪、夏の青空のような紺碧《こんぺき》の瞳、唇はまさに薔薇のように赤く、白い肌はまるで光を帯びているかのよう。ローズが微笑めば城が落ちるとまで言われた絶世の美女である。

しかし有名なのは彼女の美貌だけではない。ローズは今まで三度、結婚している。そして、その三人の夫と死別しているのだ。

一人目の夫は事故死だが、他殺説が今でも囁かれている。二人目の夫は流行病で、三人目の夫は落馬が原因で死んでいる。これほど途切れず結婚できているのだから、彼女がどれほど素晴らしい女性であるのかわかるだろう。不幸が付き纏《まと》う女性はとかく忌憚《きたん》されるものだが、それでもローズに惹かれる男性は多い。当然女性からの嫉妬を集め、生まれた仇名が『喪服の薔薇』だ。酷いものだと『死神の薔薇』『呪われた薔薇』というものまであった。

そして今、ローズに魅せられた四人目の夫候補がクラーラの前にいる。

「ゲードさん、今日のところは帰ってもらえるかしら？　先程も言った通り、うちはドレスを着る本人のために作るの。ローズ・ベル嬢を連れてきてもらわないと困るわ」

「わかりました」

作ることを拒否されたわけではない。レオンハルトはあっさりと引き、立ち上がった。怖がらせた令嬢に改めて詫びることも忘れず、また来ますとクラーラに告げ、背筋を伸ばし、規則正しい足取りで帰って行った。

＊＊＊

レオンハルト・ゲードがローズ・ベルを見初めたのは、大学の理事に言われてしぶしぶ赴いた夜会でのことだった。

レオンハルトは男爵でありながら、その爵位が好きではなかった。もちろん爵位があるからこそ何不自由なく教育を受け、大学で数学を研究する学者の地位を手に入れることができたと理解している。

しかし彼はどうしても爵位が必要とは思えなかった。社交界も好きにはなれなかった。そんなことにかまけているくらいなら、数字を追っていたほうがずっと有意義な時間を過ごせる。女性嫌いのレオンハルトを、口の悪い友人たちは『数学に魂を奪われた』と言って笑っていた。

ローズ・ベルは黒いドレスを着て現れた。黒とは喪の色である。三人目の夫を亡くし、服喪の二年はとうに終えている。夫ではなく父に伴われ、憂い顔を隠そうともしていなかった。

ローズが現れると場がざわめいた。こそこそと囁かれる薔薇《ローズ》にレオンハルトは何事かと顔をあげる。彼と談笑していた友人が物知らずな様子に笑った。

「君の社交嫌いは知っているが、噂くらいは集めておけよ。彼女はローズ・ベル子爵令嬢だ。また実家に戻ったという話は聞いたが、ようやく復活か」

「また？」

「ああ。彼女の経歴はすごいぞ。三回結婚して三回とも死別している」

「実家に戻された、ということは、子はいないのか」

「だから子爵も必死なのさ」

ローズの実家である子爵家は、体裁こそ保っているものの今時の貴族にありがちな借金漬けで有名だ。子のいない未亡人は婚家に留まるか実家に戻るか本人の自由だが、戻った場合婚家を継ぐのは血縁の誰かになる。

夫と死別した彼女には当然相続権がある。婚家の財産を相続した娘を子爵は手元に連れ戻し、喪が明けるや再婚させた。それを繰り返すこと三回、子爵家の借金はなくなるどころか相続分を瞬く間に使い潰し、膨れ上がっているらしい。

「名門はこれだから……」

レオンハルトは皮肉を唇に刻みながら言った。ベル子爵家といえば代々続く名門である。斜陽の秋《とき》を迎えた名門家が潰れるのは寂しい反面、贅の限りを止められない、時勢の読めぬ貴族への嘲笑を含んでいた。

「言ってやるなよ。薔薇が望んだことじゃない」

夫が次々と死に、実家がその財産を食い潰す。社交界の噂の中には子爵が娘を使って夫を暗殺している、というものまであるのだ。ローズ本人もうんざりしているに違いなかった。

「しかし、そのローズ嬢というのもいい歳だろう？　そこまで続くのもすごいな」

王家と違い、貴族の間で女性の処女性はそこまで重要視されないが、それでも結婚するまで純潔を保つのが男女ともに常識だ。家を守るための結婚で別の血を入れられてはたまらない。再婚は服喪も含めて潔白が証明されていないと難しくなる。

「見ればわかるさ」

囁きと黒いドレスが近づき、レオンハルト・ゲードは見た。

ローズ・ベルは、うつくしかった。

喪を示す黒のドレスはさぞ悲痛だろうという彼の想像を裏切り、憂いを帯びたその表情はただひたすらに可憐だった。少しも彼女を損なうことはなく、むしろローズを惹きたててすらいた。

息を飲んだレオンハルトに友人が耳打ちする。

「な？　二十九にしてあの若さだ。……いっそ恐ろしいくらいだよ」

レオンハルトは返事もできずに立ち尽くしていた。ローズ・ベルのうつくしさ。その物憂げな表情。父親に何事か言われ、応えるために動かした唇。それらに目が吸い寄せられ、自分のすべてが彼女に向かうのを感じた。友人が気づき、肩を叩く。

「レオンハルト、しっかりしろ」

「あ、ああ」

呆然と友人を振り返ったレオンハルトは、その瞬間心臓が激しく高鳴っていることを自覚した。頬が熱くなる。

「レオン、まさか」

「……あんなにうつくしい女性ははじめて見た」

子供の作文のような感想に、友人はまじまじとレオンハルトを見つめ、大きくため息を吐く。片手で額を押さえると首を振った。

「言っておいてなんだが、レオンハルト、彼女はやめておけ。命を吸われるとまでは言わないが、子爵が数学者との結婚を許すはずがない」

「結婚？……そうか」

その手があったか。レオンハルトは花に向かう羽虫のように、ローズを目で追いかけた。

レオンハルトは早速動いた。夜会の翌日には子爵と接触に成功、ローズとの面会が叶っている。数学者というより、男爵という身分に子爵が価値を見出したからだろう。男爵位の収入プラス、学者の名声。貧窮している子爵にとって、稼げる人間との繋がりは悪いものではなかった。

ローズはほとんど話さなかった。レオンハルトの語る数学の話を興味なさげな様子で聞き、あいまいに微笑む。あまりの手ごたえのなさにレオンハルトも苦戦する。

だが、夜会や晩餐《ばんさん》など、レオンハルト自身も苦手なものに誘わないのは彼女の好感をあげたらしい。あの夜会以降降るように舞い込むローズ・ベルへの求婚者の中で、一番有力なのがレオンハルトだった。

「見てください、あの建築を。ガラスの大きさ、強度、鉄筋との組み方。すべてが数字で計算されているのです。目に見えぬ人々の努力の結晶であり、数学の粋により生み出されたものです」

「………………」

「季節による太陽の角度もまた、数学で表すことができます。そうすることにより、我々の生活はより豊かになった。数学ほどうつくしいものはありません。あなたにも知ってもらいたい」

「…………」

「時間でさえ数学によって我々の知るところとなった。すべての物事は、数学によって証明できるのです」

ここでわずかにローズは顔をあげた。

王都の植物園。冬を間近に控えたこの季節に咲く花は少なく、木々は色を落とし物悲しい。奥庭の温室は鉄筋ガラス張りでできており、レオンハルトはそれを成し遂げた建築士や彼を支えただろう設計士が誇らしかった。何枚もの紙に記された線と数字の組み合わせ。基礎の土台から鉄筋の強度とガラスの厚みまで、すべてが計算しつくされて完成した美がここにある。レオンハルトはその素晴らしさをローズに知ってもらいたかった。

「すべてが、証明できますか？」

「もちろんです」

「人が死ぬ確率も？」

レオンハルトは目を丸くし、それから肩を揺らして笑った。ローズはわずかに不快を露にする。

「人が死ぬ確率なんてわかりきったことです。百パーセントですよ。生命は、いつか必ず、死を迎えます」

ローズは虚を衝《つ》かれた表情になった。

それから自分が子供でもわかる理屈を質問していたことに赤面する。レオンハルトは笑いを止め、目元をやわらかくして彼女に向き直った。

「人は、いつか死にます。私も、あなたもです。例外はありません。ただ早いか、遅いかの違いがあるだけです」

「では、あなたはいつお亡くなりになるのでしょう」

「計算してみますか？」

レオンハルトはベンチに座ると、持ち歩いている手帳とペンを取り出した。手帳は数式でびっしりと埋まっている。

「今日、私が死ぬ確率です。ここ最近の殺人発生率から強盗傷害など事件性のあるものを選びます。突発性の災害が起こる確率。あるいは心臓発作などの突然死。いくらでも可能性がある」

戸惑うローズをよそに、レオンハルトは真剣に数字を羅列していく。隣に彼女が座り、手元を覗き込んでいることも気づいていなかった。

「私の年齢と、これまでに遭遇した事件などの外的要因、持病はなし。近年の災害は地震と台風くらいです」

「ゲード様」

「我が国における男性の平均寿命と死亡率、ここから換算される数字と、いや運もあるか」

「ゲード様、もうけっこうです」

とうとうローズはレオンハルトの肩を揺さぶって意識をこちらに向けた。レオンハルトはすっかり没頭していたらしく、不思議そうにローズを見ている。

「ああ、失礼。どうも数学のことになると」

「いえ、わかりましたわ」

「ローズさん？」

「あなたが、本気であることはわかりましたわ。熱意も伝わっております」

「では？」

ローズは立ち上がると、レオンハルトの前に立った。

「ひとつだけ、条件があります」

「なんでしょう」

「クララの店で、わたくしのためにドレスを仕立ててください。それができたら父がどれほど反対しようと、あなたのもとに嫁ぎます」

レオンハルトはローズ・ベルに恋している。なんなら子爵家の借金を含めて面倒を見てもいいくらいだ。男爵家の収入などたかが知れているが、レオンハルトは贅沢を好まず、身の回りのことと使用人を含めた屋敷の管理くらいしか使うことがない。また数学というのは建築をはじめとする各界から意見を求められる。功績を認められれば、王家からの褒章も期待できた。褒章は年金付きだ。ローズに贅沢だってさせてやれる。

「レオンハルト！　聞いたぞ、本当にベル嬢に結婚を申し込んだって⁉」

レオンハルトがクラブで葉巻を燻《くゆ》らせていると、友人が怒鳴りこんできた。レオンハルトは物憂げな目で友人を見上げる。

「——ああ」

「なんだってそんな馬鹿な真似……！　いや、結婚相手ができたのなら喜ばしいことだ、だが、ベル嬢だぞ⁉」

「なんだ、君、もしかして嫉妬か？」

友人はレオンハルトをまじまじと見ると、大きなため息を吐いて向かいのソファに座りこんだ。背を丸め、膝に手を乗せて指を組む。

「噂は教えてやっただろう。もしかすると殺されるかもしれないぞ」

「噂は噂だ。ローズ本人とは関係ない」

「子爵は曲者だ。権威と金にしか興味がない。旧態貴族そのものだ」

「知っている。金に興味がありませんという顔をしておきながら、金の工面に苦心している。今の貴族そのものだな」

吐き捨てるようにレオンハルトが言った。数字にしか興味のない男の、嫌悪を隠そうともしない珍しい姿に友人が目をあげる。葉巻を深く吸い、ゆるやかに吐く。研究に費やしてきた歳月はレオンハルトの相貌に鋭さを与え、恋がそれに甘やかな感情を加えていた。

「……………。本気なんだな」

「もちろんだ」

「ベル嬢の首尾は？」

「条件付きだが、受けてもらえた」

クラーラの店でドレスを。それを伝えると友人は考え込んだ。

どう考えても遠回しな断りだが、受けると宣言した以上ローズ・ベルはレオンハルトを憎からず思っているのだろう。むしろクラーラの店という条件をつけることで、子爵を納得させるつもりなのかもしれない。

「店には行ったが、本人を連れてこいと言われた」

「あの店はそれが売りだからな」

貴族でなくとも恋人や想い人がいれば、クラーラの店については耳に入ってくる。メイドであろうとクラーラが気に入ればドレスを作り、それで恋仲になり結ばれた話は多いのだ。

「で、ベル嬢は？」

「プレゼントの中身をあらかじめ教えるのはマナー違反です、だ」

クラーラの店を出たその足でレオンハルトはローズの元へ向かった。クラーラの言葉を伝え、同行を求めたレオンハルトへの返事がそれである。友人は先程より深いため息を吐いた。

「難題だな」

レオンハルトは眉を上げ、唇を吊り上げた。

「燃える」

ローズ・ベルはこの世に神様はいないと思っている。

彼女の最初の夫は父の友人の息子で、幼馴染の間柄だった。彼と結婚するのだと思いながら育ち、実際にそうなった。素晴らしい結婚式を挙げて彼女は嫁いだ。世界のすべては彼女にやさしく、このまま何不自由なく愛する人と生きていくのだと思っていた。

だが現実は違った。結婚生活は二年で終わりを告げる。馬車同士の事故で横転した荷台の下敷きになり、最初の夫は死んだ。

実家と同じく子爵家であった嫁ぎ先は、実家と同じく困窮していた。子はいなかったが義両親と共に喪に服そうとした彼女に現実が襲い掛かった。このままでは屋敷を手放して、ローズも身を売るしかない。そう言われ、彼女は実家に助けを求めた。両親はすぐさまローズを婚家から取り戻してくれた。

幸いなことに亡夫はまだ爵位を継いでおらず、借金を相続せずにすんだ。彼がローズに贈ったドレスや宝石はそのまま彼女の物になり、せめてそれを売り、金を返すことで、彼女は彼との決別をしたのだった。

二度目の結婚は喪が明けてすぐだった。今度は父も相手の経済状況を入念に調べ、問題ないと判断した。二番目の夫は裕福な新興成金で、だいぶ年上の男だった。

彼はやさしかった。彼女の不幸にも理解を示し、ローズはやっと安心した。使用人たちも何かとローズを気づかい、最初の結婚を忘れかけた頃、夫は死んだ。流行病だった。

子のいない彼女の元に、夫の親戚たちが押し寄せた。莫大な財産を彼女から毟《むし》り取ろうと躍起になる彼らに身の危険を覚えたローズは実家に帰る。父はローズの正当な権利を守ってくれた。

三度目の結婚をするつもりはなかった。ローズはすべてを捨てて修道院に入り、死んでいった夫を弔《とむら》い生きていくはずだった。だが、三番目の夫は半ば強引に彼女を教会に連れて行き、結婚した。

情熱的な男だった。男爵家を継いだばかりの彼は愛するローズに苦労させまいとまめまめしく働き、彼女を笑わせようとした。古くからいる使用人はローズをよく思っておらず、夫が次々と死ぬ不幸の女と囁いた。喪に服さない女と言われ、そうすることも許されなかったローズから笑顔が消える。夫はますますローズのためにと励んだ。

彼は自分が妬まれていることを知らなかった。多くの男たちを虜《とりこ》にしてきたローズの夫となり、それを励みにして働く男は貴族らしくないと反感を買い、しかしながら羨望を集める。男ならば絶世の美女に身を焦がしてみたいものなのだ。それを知らない夫はある日ひとりの男と口論になり、落馬して死んだ。落馬というのは表向きで、チキンレースの結果だった。ローズとの一夜を賭けて、三番目の夫は死んだ。

ローズを絶望させたのは夫の死ではなかった。そのような賭けに乗った、夫にだった。勝っても負けても夫のためにもローズのためにもならない。本当にローズを愛しているのなら、そのような噂にならないよう配慮するものではないのか。レース相手の男は罪悪感から逃れるためにローズを責めた。突然当主に死なれた使用人もローズを死神と罵り、追い出されるように彼女は実家に帰った。

服喪は二年と決められているが、ローズは黒を脱ごうとしなくなった。もうどんな色も、彼女を笑顔にすることはないと思い知らされたのだ。三人の夫に死なれたローズは今までのことを忘れたかのように悲劇の美女にされ、『喪服の薔薇』と呼ばれるようになった。

そのように言われるようになって、ようやく父もローズを社交界から遠ざけ、静養に出した。一人目はともかく二人目と三人目の夫の財産で彼女は生きていける。本気で修道女になるのならそれもいいだろう。そう思っていた。

この時は。

子爵家の経済状況は、父が予想していたよりずっと悪かったのだ。負債は膨れ上がり、子爵はローズの財産――夫たちの遺産で一時賄った。肩の荷が下りた父に悪魔が囁く。娘を使え、と。

ローズの不幸は音を立てて加速した。父はローズの結婚相手を探す名目で男を操り、彼女に贈られた宝石やドレスを金に換えて借金を支払い、また借金を繰り返すようになったのだ。十六で最初の結婚をして二十九のローズはまったく老いず、むしろ不幸が彼女のうつくしさに磨きをかけた。憂い顔の彼女が見つめれば、どんな男でも魅了された。ローズの元には贈り物が山と積まれ、噂が噂を呼び夜会や晩餐会の招待が引きも切らなくなった。彼女のベッドは主人の体温を吸うことが稀な有り様となった。

「お嬢様、また贈り物ですよ」

彼女の使用人は乳母が務めることになった。赤子の頃から知っている老婆以外は信用できなかった。乳母はローズを気づかい、不幸を嘆いた。投げやりになり、笑顔すら浮かべず、人形のように男を迎えなければならないローズのたったひとりの味方だった。

「……そう」

今もローズは黒のドレスを着て、ぼんやりと薄暗くなっていく空を見ている。

乳母は何か言おうと口を開きかけ、一度唇を噛み、思い切って声をかけた。

「ゲード様は、なんと……？」

ぴくり、とわずかにローズの肩が揺れた。

「……なんともないわ。いずれ、諦めるでしょう」

レオンハルト・ゲード。四人目の求婚者。物好きな死にたがり。ローズの脳裏に様々な言葉が浮かんでは消えていく。どうせ彼も体だけ与えれば満足する。いずれ、そうなる。いずれ、そうなるはずだ。

「お嬢様……」

乳母の気づかう声が夜のしじまに落ちた。

ローズはレオンハルトのことをあえて悪く父に伝えていた。男爵位でありながら研究にしか頭にない堅物。嫁いだところで研究費をせびられるのが関の山だと。

レオンハルトはローズにはまっすぐすぎた。眩しくて直視できないほど、情熱的であった。数学について熱く語る彼は三十五とは思えぬほど若々しく、ローズは久しぶりに胸に火が灯るのを感じ、慌てて振り払った。どこかでその瞳を見たことがある、と記憶を辿る。

もう顔も思い出せないほど遠くなった幼馴染、彼と未来を語っていた頃の自分だった。まっすぐで、眩しく、未来は自分のためにあるのだと純粋に信じていられた。ひたむきな情熱をひとつのことに注ぎ、後悔もしない。若さゆえの恐れ知らずの瞳だった。

「大丈夫よ」

ローズは繰り返す。これは、罰なのだ。あの時夫と死ねばよかったのに、おめおめ生きている、自分への罰。神様はいない。もしも神がこれを見ていたら、夫ではなく自分を死なせているはずだろう。だから、彼女に神はいない。やがて老いさらばえてひとりで死んでいく、わたくしにふさわしい罰だわ。

「ゲード様も、いずれ忘れるわ」

少年のようなあの方に、愛されたならどれほど幸せだろう。ローズは彼が追う数字が羨ましかった。あれほど情熱的に求められたなら。だがそれは、ローズが望んではならないものだった。

「ローズ！　ローズ！」

どかどかと荒い足音がして、乳母が悲鳴をあげそうな顔になる。首を振ってそれを制し、ローズは姿勢を正した。

「ローズ！」

「お父様、どうなさったの？」

「喜べ、セイロック伯爵家から夜会の招待状が届いた！」

ローズは驚愕と絶望が胸を突く痛みを堪えた。

「まあ。セイロック伯爵様から？」

「あの伯爵もお前の美貌は放っておけんらしいな。ローズ、当日は一番良いドレスを着ろ。いいな」

「わかっていますわ」

セイロック伯爵家はベル家の主筋となる貴族だ。王都での権勢も未だ健在で、数回に及ぶローズの結婚にあまり良い顔をしない古い家である。

伯爵家の夜会なら、さぞやたくさんの金持ちが集まるのだろう。父の頭にもはや金策しかないことを悲しく思いながら、ローズは同意した。

夜会当日、ローズは黒に真紅と金の刺繍が施されたドレスを着た。胸に詰め物をして膨らみを作り、ウエストの位置を上げて下半身はすらりと流れるままにする。首はレースで覆っているが、胸はわざと開けた。これだけでは冷えるのでカシミアショールを肩から羽織る。娼婦のような装いにローズの頬に自嘲が浮かんだ。ような、ではない。わたくしは体を売って身を立てる絡新婦《じょろうぐも》なのだわ。


クラーラが夜会に出るのは宣伝と流行発信のためだ。だが今夜は別の目的があった。

「はぁい、ゲードさん。ごきげんいかが？」

お目当てのひとりを見つけたクラーラが気楽に挨拶する。レオンハルトはまさかこのような場所で会うとは思わなかったのか、驚愕を隠さずにクラーラを振り返った。

「クラーラさん？　こんなところでお会いするとは」

「偵察よ。彼女、来ているんでしょう？」

「はい」

偵察、という言葉にレオンハルトが眉を寄せる。ローズをクラーラの店に連れて行くことに失敗したレオンハルトは、ドレスの注文を断られると思っていたのだ。

「伯爵様とはご縁があってね。ちょっとベル子爵を釣ってもらったのよ」

「釣る？」

「もちろん、ローズ嬢を見るためよ。どんな子なのか、見極めないとドレスが作れないわ」

「クラーラさん」

そこにローズの来訪が告げられた。あとでね、と小声で言ってクラーラがすっと離れる。

ローズ・ベルはレオンハルトの知らない男にエスコートされて現れた。未婚とはいえ未亡人であり、女としては老嬢の部類に入るローズが何度も父にエスコートされるのは年齢的に無理があった。

おそらく彼女の『友人』のひとりなのだろう。脂下《やにさ》がった顔からは優越感が滲み出ている。

レオンハルトは彼女の爛《ただ》れた私生活について頓着しなかった。子爵家のすることではないとは思うが、経済事情を知ればさもありなん、といったところだ。それよりも、何もかも諦めきったローズの怠惰な姿に心が痛んだ。

ローズが気だるげな仕草でソファに腰掛けると、近くにいた女性たちは波が引くように離れて行き、代わりに蜜《みつ》に誘われた蜂のように男が群がる。あれこれと話しかけ、酒をすすめたりゲームに誘ったりとローズの周りを飛び交った。レオンハルトはそれを眺めながら、壁の染みになりきっていた。

ローズは頭上を飛び交う男の声を黙ってやりすごしていた。どうせ男たちは好き勝手に争ったあげくにローズを景品にすることしか考えていないのだ。聞いていようが無視していようが同じこと。

そっと扇で口元を隠し、さてどの男の懐が一番温かいのかと計算しようと目を動かし、そこでぽつんと立っているレオンハルトを見つけた。

「…………っ」

頬がこわばるのを感じ、咄嗟に扇で隠す。ちらりと見ると彼はとうにローズを見つけていたらしく、まっすぐに彼女を見ていた。

そんな目で見ないで。ローズは目をそらした。あの方のあの目に、今の自分はどう映っているのだろう。お人形のように男に操られ、いいようにされる自分は。

「ローズ？　どうしました？」

「ご気分が悪そうですな。別室を用意させましょう」

「気分転換なら外に行きませんか」

男たちの声がする。がんじがらめに絡めとられて身動きがとれなかった。ローズは首が折れそうな勢いでうつむいた。レオンハルトの目から逃れるので精一杯だった。

「一曲踊っていただけますか」

ひときわ鋭い声がして、ローズはハッと顔をあげる。

顔色一つ変えないレオンハルトが手を差し出していた。

「なんだね、君は」

「彼女は気分が悪いそうだ、ダンスがしたいのなら他をあたりたまえ」

「ああ、ローズに求婚している男爵は君か」

「男爵ごときが彼女に近づくとはね」

馬鹿にした不愉快そうな物言いに、ローズは蒼ざめ、次に頭に血がのぼっていくのを感じた。彼のことを何も知らないくせに、偉そうに言わないで。ローズは彼を見た。レオンハルトは手を差し出したまま待っている。

「……ええ、喜んで」

ローズは立ち上がるとレオンハルトの手をとった。彼はうっすらと笑い、目元を染める。初々しいレオンハルトにローズの胸は締め付けられた。

「助けてくださったの？」

「いいえ。嫉妬です」

ぬけぬけと言ってのける。レオンハルトはそのまま中央まで行くと、ローズに向かって礼をした。ローズも礼を返す。音楽はメヌエット。黒いドレスの裾がゆったりと翻《ひるがえ》る。

「素直な方ですこと」

「仕方がありません」

くるり、ローズがターンを決める。ローズ・ベルが男と踊っていることに、女性陣はあからさまな嫌悪を、男は嫉妬を浮かべていた。

「どうしても正解の見いだせない難題に挑んでいるのです。夢にまで見るほど。大声で喚き散らかさないだけの理性はかろうじて残っていますが」

「まあ」

やめて。レオンハルト、どうかわたくしを諦めてちょうだい。お願いだから期待させないで。ローズは唇が震えそうになるのを堪えた。

「謎は謎のままにしておいたほうがよろしいのではなくて？」

「そこに謎があれば解きたくなるのが数学者というものですよ」

「分野が違うわ」

「そうです。だからこそ難しい」

ローズの後ろに回ったレオンハルトが耳元に囁いた。

「愛は」

一瞬体を固くしたローズをリードして、レオンハルトがステップを踏む。

「たとえば」

レオンハルトは言葉を続けた。

「磨き抜かれた柱、垂らされたカーテンの影、ソファの位置、シャンデリアが差す光。それらすべてが整っている時、私の頭には数式が浮かびます」

完璧なものは計算しつくされている。あるべきものがあるべき位置に。クリスタルガラスの反射ですら日光や蝋燭《ろうそく》で異なる色を作る。

「ですがあなたは零だ。ゼロ。はじまりでも終わりでもない。ひたすらにゼロ、これをどう解けばいいのでしょう?」

「わたくしにはわかりかねますわ」

「ええ。そうです。ゼロには掛けることも、割ることもできません。足しても引いても同じこと」

それなのに。

「確実に存在する。ゼロは主張する。わかりますか、この矛盾が。あなたはゼロでありながらそこにいるだけで意味がある」

「ゲード様、わたくし数学の講義は結構です」

「いいえ。あなたは知るべきです」

ぐっとローズを引きよせ、レオンハルトは彼女の紺碧の瞳を覗き込んで、言った。

「ゼロにどれほど魅せられた男がいるかを」

笑うレオンハルトにローズは言葉がなかった。感情の渦が彼女を飲み込み、引きずり込まれてしまう。

互いに礼をして、ダンスは終わった。逸《はや》る胸を抑え、男たちの手を掻い潜ってローズは馬車に飛び乗った。逃げなければならない。あの男から、一刻も早く。

予定よりも早くひとりで帰ってきたローズに、出迎えた使用人は意外を隠そうともしなかった。

「お客様がお見えです」

「どなた？　悪いけど帰ってもらって」

コツ、と響いたヒールの音にローズは雷を恐れる子供のように背を震わせた。

「失礼。約束はしていないのだけれど、約束をしていたはずよね？」

「あなたは……」

「ドレスを作りに来たのよ。あなたに似合う、とびっきりのドレスをね。はじめまして、ローズ・ベル。アタシはクラーラよ」

名刺を差し出す男とも女ともつかないクラーラに、ローズは耐え切れずに意識を失った。

第八章　レオンハルト・ゲードの証明

――一＋一が、どうして二になるか、ご存知ですか。

＊＊＊

アタシもいろんなお嬢さんを見てきたけど、とクラーラは言った。

「会った途端に気絶されたのははじめてだわぁ」

「申し訳ありません」

ころころと笑うクラーラに、ローズを責める色はない。

レオンハルトに男に囲まれているところを見られ、ダンスを踊り、彼の本気を見せつけられたローズは、極度の緊張がクラーラを見た瞬間頂点に達し、倒れてしまったのだ。

いきなりお嬢様に失神された使用人が慌てて人を呼び、部屋に寝かせた。ローズの乳母がやってきて気付け薬を用意している間もクラーラは何食わぬ顔をして見守っていた。あれほどの迫力の持ち主でありながら誰にも不自然さを感じさせないクラーラは見事というほかないだろう。まるでローズの親しい友人、良き理解者のような顔をして、彼女が目覚めるまで付き添っていたのだ。

ローズとしては不覚としかいいようがない。まさか客人の前で気を失ってしまうなど、ありえない失態だ。

「どうか今夜はお泊まりになってくださいませ。お話は、明日ということで」

「そうね。お言葉に甘えようかしら」

クラーラは自前の馬車を持っていない。辻馬車ももう回っていない時間帯だ。子爵家の馬車を借りるか、この時間では歩いて帰るしかないだろう。

幸いなことに子爵も外出中だった。きっとローズの稼ぎをあてにしてどこかで遊んでいるのだろう。おおかた賭け事のクラブだ。ローズの結婚が三回とも夫の死で終わって以来、父は身を持ち崩している。今まであった子爵家としての矜持すら捨てる勢いだ。母は何も言わず、すべてを諦めているようだった。

クラーラが来たのは、十中八九、レオンハルト・ゲードの依頼についてだろう。だが、ドレスを受注してもらって困るのはローズだ。無茶を言えば諦めると思ってのことだった。

「ばあや。お部屋にご案内して」

「はい。かしこまりました」

乳母もクラーラの名は知っている。有名な仕立て屋で貴族が相手だとひどく気難しいと聞くが、ローズへの態度といい言葉といい、好感が持てた。ローズより年上そうなのも良い。こういう構えない友人がいてくれたら、乳母の大切なお嬢様も立ち直れるかもしれない。期待を込めて、乳母は客用寝室に案内した。

「ローズ嬢は、どうやら評判とはずいぶん違うようね」

クラーラが探りをいれれば、待ってましたとばかりに乳母が反応した。

「ええ、ええ。そうなんでございますよ。お嬢さまは本来気立ての良い、おやさしいお方なんです」

「不名誉な噂ばかりが飛び交って、息苦しそうだわ。お可哀想に」

「ええ、まったくですわ。お嬢様が旦那様に恵まれないのはお嬢様のせいではないというのに。世間様はなんにもわかっておりません」

「本当ね。ねえ、ばあやさん？　このお家の方も、そうなのかしら？」

乳母はクラーラを振り返り、うつむいた。小声で返事をする。

「……悲しいことです。以前はこんなじゃなかったんですよ。それが、三番目の旦那様がお亡くなりになって以来、メイドたちもお嬢様を怖がるようになって。お嬢様はなんにも悪いことなんかしておりません」

「多くの殿方を惑わせている嫉妬もあるのでしょうね」

「喪を示す黒を着ているお嬢様に手を出す男どもが悪いんですよ」

実家であるにもかかわらず、メイドたちまでローズに悪感情を抱いているのは、彼女の命令に従う者が乳母以外にいないという事実からも窺える。たしかに彼女は乳母に言ったが、それでも何人かは自分で判断して動くものだ。使用人の躾はすなわちその家の評判に直結する。彼らの心は子爵家から離れてしまっているのだろう。いくら突然の来客とはいえ対応してみせるのが使用人である。

そして、ローズについての悪い噂も確認できた。夜毎に男が通っている、という、貴族令嬢として大変不名誉なそれだ。乳母は否定しなかった。防ぐことのできない現状に、罪悪感があるのだろう。

問題は、ローズだ。夫に先立たれた未亡人が生活の為に体を売るのは、ある意味仕方のないことである。この国で女性が職を得るのは難しいし、借金や養わなければならない家族がいるのならそういう方法しか残っていないのも事実だからだ。そもそも貴族夫人の中には、暇と金にあかせて若い男にそういった手ほどきをすることに喜びを見出す者もいる。自分を棚に上げて他人の醜聞に眉を顰《ひそ》める。それが貴族であった。

だが、ローズは違う。彼女は喪に服すことを示す黒を着て男を拒んでいる。子爵家の現状を誰よりも重く理解しているがゆえに、拒みきれないのだろう。割り切って楽しんでいるのなら黒など着ずにもっと豪華なドレスと宝石を身に着け、自分の価値を見せびらかすはずだ。着飾ったローズを見て、男は勝手に値を吊り上げる。

男に絶望し自分に価値など見いだせないローズにとって、レオンハルトの求愛は困ったものでしかないのだろう。

「厄介ねぇ」

乳母を下がらせたクラーラは窓から空を見上げた。月は出ていなかった。

翌朝、クラーラはさっそくローズと面会した。

「おわかりのことと思いますが、レオンハルト・ゲードの依頼よ。これを受注していいのかしら?」

「それは……」

「ご存知ないかもしれませんけれど、クラーラの店はご本人に合わせてドレスを仕立てます。来てくださらないというのでこちらから罷《まか》り越しました」

ローズの表情は昨夜とは一変しまったくの無であった。クラーラが来るのはレオンハルトの依頼以外に考えられない。言い出したのは自分だが、受けるわけにはいかなかった。

「無粋な方ですこと。贈り物は箱を開ける瞬間が一番楽しいものではありませんこと？　それを、事前に教えてしまうなんて」

ローズはあえて呆れかえってみせた。クラーラは動じた様子もない。

「そうねぇ。でも、出来上がっていく過程をわくわくしながら見るのも楽しいものでしてよ？」

「あいにくと、わたくしそういう時期は過ぎましたの」

少女のように生地やカタログを見ながらあれこれ選んだのは遠い過去だ。

「男なんて退屈なだけ。ドレスも宝石も、一時の慰めにしかなりません。ゲード様にお伝えくださる？　わたくし、押しつけがましい方は嫌いですわ」

「それはご自分でどうぞ」

クラーラは微笑んで、言った。

「言えるのならね」

「…………っ」

「昨夜の夜会でずいぶんゲードさんとやりあっていたわね？」

「見ていらしたの……？」

「ええ。みんなが見ていたわ」

ローズは唇を噛む。あの場で取り巻いていた男たちも、こそこそと噂ばかりしていた者たちも、そしてクラーラも。全員がローズと踊るレオンハルトを見ていた。今頃噂になっているだろう。それは、ローズがもっとも恐れていたことだった。

レオンハルト・ゲードの名を、ローズは以前から知っていた。三人の夫の口から変わり者の男爵がいると、冗談交じりに教えられていたのだ。

男爵でありながら貴族としての生活を嫌い、自ら勉学の世界に飛び込んでいった男。年頃の娘に目もくれず、数字ばかりを追いかけている独身主義の変態。貴族はまず家の存続のため早くから結婚相手を探す。未成年で家督を継ぐ前ならともかく、爵位につけば周囲がうるさく結婚を勧めるものだ。男爵というちょっと頑張れば手の届く位置にいる貴族なら、爵位に憧れる家が婚姻を望む。レオンハルトの元には多くの縁談が舞い込んだ。そして彼は片っ端から断っていた。

結婚しない男。そんな彼がはじめて自ら求めた女がローズ・ベルだと社交界で広がってしまえば、彼はますます肩身の狭い思いをする。ローズはレオンハルトにだけは、貴族の醜さに染まってほしくなかった。

「あの方は、男に囲まれて身動きのとれないわたくしを、助けてくださっただけですわ。そんな、噂など……」

「そうね。喪服の薔薇がどんなものか、見てみたかっただけかもしれないわよね」

ローズのごまかしに、クラーラは乗ってきた。ズキン、と鋭い痛みが胸を刺し、ローズは息を詰め、それでも言葉を紡いだ。

「そうですわ。それに、お話といえば数字のことばかり。あんな、つまらない話しかできないような方を、わたくしが相手にするとでも?」

「あら、彼、けっこう人気があるみたいでしてよ? 貴族にしては身持ちが固くてらっしゃるし、数字に強ければ家計も安心して任せられる。少し歳がいってるけど、優良物件よねぇ」

ローズなどいなくとも、いや、ローズさえいなくなれば、お節介なものたちがレオンハルトの結婚を世話してくれるだろう。女に興味がないわけでも、そういう性癖でもないとわかれば誰かが必ず強く推してくる。断れない筋からの話であればレオンハルトも根負けする。ローズは信じられない思いで目を固く閉じた。

「ローズ・ベル」

クラーラが呼んだ。ローズは目を閉じたまま、彼から離れろと言われるのを待つ。だが、かすかなため息が聞こえ、クラーラがふっと笑うのを感じた。

「アタシがここに来たのはね、ローズ。あなたがレオンハルト・ゲードに恋をしていると思ったからよ」

ローズは目を開けた。

「クラーラは女性の味方よ。あなたの恋を応援するわ」

「わたくしは……いけません。あの方のご迷惑になるわけには、いかないのです」

「迷惑かどうかなんて、あなたの決めることじゃあなくってよ」

「いいえ、いいえ! わたくしは夫を殺すのです。わたくしと一緒になれば、あの方も死んでしまう!」

ローズは激昂した。幸福な時間は一瞬で終わり、夢半ばで倒れるレオンハルトが見えるのだ。彼に不幸な道を歩ませるわけにはいかなかった。

涙で視界が滲《にじ》んだ。彼に愛されず、たとえ憎まれたとしても、ローズは彼の想いを拒絶するしかないのだ。

「わたくしはもう死んでいるのです。墓に入った女が、どうして結婚できましょう？　お帰り下さい」

クラーラは黙って従った。

ローズはしばらくそのままでいたが、やがて嗚咽《おえつ》を漏らし、両手で顔を覆った。

＊＊＊

大学構内は静かだった。赤レンガ造りの建物に広い庭が冬の遠い空に輝き、葉の落ちた木々は季節の終わりを惜しむかのように寒々しい風を素通りさせている。

「あれは手強いわ。いつものお嬢様たちとは一味も二味も違うわね」

「クラーラさん、余計なことをしないでくれ」

「あらぁ、ローズの気持ちが確認できたのよ？　感謝してほしいくらいだわ」

クラーラはテーラー仕立ての上着に細身のスカート、色は控えめな緑で抑えてある。大学という最高学府への敬意だろう。それでもクラーラが来た時は学生たちもざわめいた。

「クラーラの店とはそんなお節介までするのか」

「まあね。アタシのドレスを着たお嬢さんが不幸になるのは許せないのよ。ま、これも職人のプライドだと思ってちょうだいな」

　はーっと大きなため息を吐くと、レオンハルトはマホガニーの執務机から葉巻を取り出した。先をナイフで削り、マッチで火をつける。吸い込んで、吐く。白い煙が視界を遮った。

「彼女が手強いのは承知の上だ。だからこそ好きになった。結婚したいと思ったんだ」

「あら、熱烈ねぇ」

「熱烈にもなる。……自分が生涯かけて追い求めている数式に出合ったような気分だよ」

「残念ながらその気持ちはアタシにはわからないわ。でも、本気なのね」

「もちろん、本気だ」

　だが、ローズはレオンハルトに応えることができないという。金も地位も名誉もローズは求めていない。八方塞がりだった。

「墓に入った、か。彼女は本当は、最初の夫を愛していたんだろう」

「ひとつの愛が終わろうと、次の愛に飛び立つのが女ですわよ」

「それが本当なら男には絶望しかないな」

「ええ。だから女は強くなるの」

　しばらく二人は黙り込んでいた。

　やがてクラーラが口を開いた。

「死と乙女、絵画などでは人気のテーマですわね。悲劇は悲劇であるからこそよりうつくしく演出される」

「現実はいっそう残酷だ」

「レオンハルト」

執務机に手をつき、クラーラがレオンハルトの赤茶色の瞳を覗き込んだ。

「あなたは愛を知っていて？　何もかもを焼き尽くし、滅ぼしてしまうような。誰も幸せにならないような愛に身を焦がす覚悟がおあり？」

「ローズが望んでいるのはそれだと？」

「さあ？　そんなことアタシが知るわけがない。でもね、あなたのお得意の数学では紐解けない、それが、愛よ」

言うだけ言って、クラーラはレオンハルトの教授室を出て行った。

扉を潜る寸前、振り返ったクラーラが、

「荒療治が必要なのは薔薇《ローズ》ではなく獅子《レオン》のようね」

意味深に笑ってそう言い残した。


レオンハルト・ゲードはベル子爵家に馬車を走らせていた。

彼は苛ついていた。クラーラに言われたこともそうだが、なによりもローズの存在が彼の心に魚の骨のように引っかかって取れずにいる。彼は、それを恋だと思った。心の中に棲む、大切な女性。それこそが恋だと。

しかし愛とはなんなのだろう？　結婚を申し込めば、恋が愛へと変化するのか。それはどういう公式を当て嵌《は》めれば解けるのか。レオンハルトにはわからないままだ。

「まあ、ゲード様。いきなりどうなさいましたの？」

ローズ・ベルはいつものとりすました顔で彼を出迎えた。レオンハルトの苛立ちがピークに達する。

「あなたに結婚を申し込んだ件について、お伺いしました」

ローズは見るからに緊張し、細い手が拳を握るのが目の端に映る。

「……ようやくお諦めになった？」

「はい」

はっきり肯定すると、ローズは傷ついた、という顔をした。なぜそんな顔をするのだ。遠回しに断っておいてそんな顔をするなど、卑怯ではないか。レオンハルトは彼女をさらに追い詰めようと言葉を続ける。

「色々な人から話を聞いて、私も考えを改めたのです。あなたの不幸に私が巻き込まれることはないな、と」

「それは……賢明なご判断ですわ。良い友人をお持ちですのね」

「まったくです。散々恋をしろと人を唆《そそのか》しておいて、いざ恋をしてみればやめろと言う。——ああ、最終判断を下したのは私です。こんな思いに囚われているくらいなら、数式のことを考えている方がよほど有益だ」

「あなたに本当の恋がおわかりになるのかしらね？」

「もしその時が来たら、まっさきに紹介しますよ」

「光栄ですわ。でも、わたくしに関わるのは嫌がられるのではないかしら」

レオンハルトはソファに座り、向かいのソファにいるローズを睨みつける。ほら、それだ。その顔が気に食わない。まるでこの世の不幸はすべて自分のものだと言いたげな顔。

ローズは全身でレオンハルトを見つめていた。かすかに震える指先。強く握りしめて白くなった手の甲。固く緊張した肩。黒いヴェールの向こうで潤んでいる紺碧の瞳。湿り気を帯びて熱い吐息。何もかもが失恋の痛みを訴えている。それなのに、なぜ。

「……あなたは」

低く唸るような声が出た。代わりに嘲るような笑みが浮かぶ。

「まるで、不幸を愛しているようですね。愛するものを独り占めしたい、偏執的な女そのものだ」

「なんですって……?」

「違いますか。自分の元に不幸を集めて自慢したい。そうでしょう?」

ローズは信じられない思いでレオンハルトを見つめた。彼はひどく傷つき、怒っている。酷い言葉を投げつけられているのはこちらなのに、彼はそれを否定してほしくてたまらないかのように叫んだ。

「ふざけるな。不幸なんて誰だって味わっている。自分が不幸になれば私が幸福になれるとでも思っているのか！」

「ゲード様……レオンハルト様！」

レオンハルト・ゲードの生まれは不幸だった。彼が家督を継いだのは五歳の時。母は彼と引き換えに命を落とし、男手ひとつで彼を育てた父はある朝冷たくなっていた。後見人の叔父は良い人であったが彼の財産を守ることばかりに苦心して、心は育ててくれなかった。

そんな彼が寄宿学校で出合ったのが数学だった。式さえあればどんなものでも答えの見いだせる、単純明快な爽快感にレオンハルトは夢中になった。数学は彼をひとりにしなかった。仲間ができ、彼の世界は広がった。

反対に、恋は彼に冷たかった。叔父をはじめとする親戚に勧められるまま貴族令嬢とつきあってみても、数学ほどの情熱は見いだせず、最後には振られて終わった。内心で安堵している自分に気づき、レオンハルトは諦めた。自分はこういう人間なのだ。数学に囚われ、答えを見いだせる物事しか理解できない。孤独を実感するのが恐ろしく、彼はますます数学にのめりこんでいった。

もしかしたら、ローズに惹かれたのは彼女につきまとう死の匂いに誘われたからかもしれない。ローズはレオンハルトの憧れであり、崇拝にも似た感情を抱くはじめての女性であった。それは、母に対する憧憬にも似て、触れるのが恐ろしく、しかし強烈な衝動でもってレオンハルトを苛んだ。たまらず、ローズは彼に駆け寄ると頭を胸に抱いた。濃茶の髪に指を埋める。

「レオンハルト、どうかわたくしを許して。わたくしはもう墓に入った女。三人の夫と共に、土に埋められているのです」

「私と共に死のうと言ってください。そのためだったら何でもできる」

「墓暴きは悪魔の所業ですわ。わたくしに触れれば、穢《けが》れましょう。あなたを守りたいの」

三人の夫も、それ以降にローズに触れた男たちも、社交界で何と言われているかローズが知らないはずがない。そこにレオンハルトの名を刻むわけにはいかないのだ。

レオンハルトの手が、そっとローズの背を撫でた。触れるなと言いながらこうして抱きしめてくる、ローズの矛盾がいとおしくてならなかった。

「ローズ、あなたを愛しています」

背から腕、腕から肩、肩から頬を撫でてもローズは拒まなかった。黒い霧の向こうで揺れる紺碧を見つめ、レオンハルトは顔を近づける。

ローズは、拒まなかった。

＊＊＊

やわらかなコットン。

繊細なオーガンジー。

艶やかな綿サテン。

かわいらしいレース。

華やかなリボン。

「ふさわしいのは、どれかしらね？」

クラーラは依頼に取り掛かっていた。ローズ・ベルのためのドレス。シンプルで、それでいて華があり、誰もが幸福に目を細める。彼女にふさわしいのは、まさにそんなドレスだ。

レオンハルトとローズの驚く顔が目に浮かぶ。クラーラはひとり、くすくすと笑った。

「まったく、どなたも素直じゃないんだから」

レオンハルト・ゲードは多忙な日々を送っていた。愛するローズと結婚するため、彼はあらゆる手を打った。

まず取り掛かったのが叔父の説得だ。彼には今まで面倒を見てもらった恩がある。駆け落ち覚悟で爵位の返上と屋敷の売却を申し出たが、当然のように認められなかった。ローズ・ベルの悪評が広まりすぎて、初婚のレオンハルトにはふさわしくないと断じられたのだ。ローズの実家は子爵家とレオンハルトより格上だが、財政状況は逆転している。質素倹約を旨とし、研究以外にほとんど金を掛けなかったことが功を奏した結果だ。

今まで結婚しろと口煩く言ってきた叔父も、相手が悪すぎると強固に反対した。なんといっても『あの』ローズ・ベルだ、彼女を娶れば次に死ぬのはレオンハルトになるだろうと懸念を伝えてきた。なにより今まで付き合いのあった男たちが、結婚でローズを諦めるとは思えなかった。レオンハルトは男関係について、それは彼女の意志ではなく、家の事情で止むを得なかっただけでローズ自身は素晴らしい女性だと何度も根気よく説得した。

しかしもっとも難しかったのは、ローズの父、ベル子爵だった。彼はレオンハルトとの面会を拒否し、ついでにローズと会うことも禁止した。門は固く閉ざされ、手紙さえも届かず、レオンハルトは屋敷の外からローズの姿を探した。ローズはバルコニーに立って彼の姿を求め、レオンハルトを見つけると何度も手を振った。レオンハルトはせめてと薔薇にタイを結んで高くそびえる塀の向こうに飛ばした。乳母が拾って届ける役目を受け持ってくれた。

レオンハルトのクローゼットからタイが消える頃、クラーラから連絡があった。

「はぁい。レオンちゃん。ずいぶん苦戦しているらしいわねぇ？」

開口一番実に軽い口調でからかわれ、レオンハルトはむっとした。

「そんなことを言うためにわざわざ呼んだのか」

「まさかぁ。ご依頼のドレスが出来上がったのよ」

レオンハルトは眉を顰めた。あれ以来、クラーラは何も言ってこず、依頼は宙に浮いたままのはずだ。ローズが店に行ったという話も聞かない。

クラーラはレオンハルトに椅子を勧め、紅茶を淹れた。

「……レオンちゃん、ベル家の内情は知っていて？」

「莫大な借金がある、ということくらいは」

「そうね。そういう噂ね。では、ローズが何番目の子供かはご存知？」

「……？」

カップに伸びた手が止まる。レオンハルトの知る限り、ローズに兄弟も姉妹もいないはずだ。

「九番目なんですって」

「どういう……」

言いかけて、止まる。九番目の子しか子爵家にいない、という事実から導かれる答えは。

クラーラはうなずいた。

「そう。流産と死産を繰り返し、やっと生まれてもすぐに死んでしまう。そんな中、唯一大人になれたのがローズなのよ」

珍しい話ではなかった。医療技術が発展してきているとはいえ、未だに出産は命がけである。レオンハルトも出産の際の産褥《さんじょく》で母が死んでいる。

「ご両親は、特にお母様はどれだけ苦しんだのでしょうね。子爵はなにも贅沢で散財を繰り返していたわけではなかったの。子が無事に生まれるように教会にお布施をして、国中から医師を集めた。……そうして子を亡くすたび、ドレスや宝石、絵画に演劇など、さまざまなもので妻の心を慰めようとした」

貴族の夫人となったからには跡継ぎを産むことが当然のこととみなされる。産めない女は実家に返され、不名誉な烙印を押されたまま生涯を過ごすこともあった。だが、子爵は妻を手放さなかった。

「愛情深い家系なのね。もう無理かと思われた時、生まれたのがローズよ」

「……知りませんでした」

子爵は娘を売り飛ばした悪徳な女衒《ぜげん》扱いだ。嫌がる娘を三回も結婚させ、その後も娘の寝室に男を送り込む。金に狂った男だというのがもっぱらの噂である。

「問題なのは、彼女のお姉さんの名前もローズだった、ということなの」

「え？」

レオンハルトは紅茶に落としていた目をあげた。

「そしてここからは秘密なのだけれど……姉の死亡届と、あの子の出生証明書が、出されていないのよ」

「なっ」

レオンハルトは腰を浮かし、しかしありえないと座り直した。首を振る。

「だって、彼女は結婚している。そんな、それじゃ……」

「子爵の苦肉の策ね。産まれていないから、死にもしない。神様を騙そうとしたのよ。死んでいった三人の夫たちは、姉のローズと結婚したことになっているわ」

悪魔にも祈るような気持ちだったのだろう——貴族でありながら出生証明書を出さないということは、いない子供ということになる。ローズは子爵家にまつわる何の権利も持たないのだ。あえてそれをした、ということに、子爵の苦悩が窺える。今度こそ、この子こそは、この子だけでも、生き延びてほしい。痛切に訴える声が聞こえる。

「子爵夫人は、今のローズの不幸はその罰だと、神経衰弱して倒れているそうよ」

「子爵は、何をしているんですか？　父親でしょう！」

「そうよ。娘をもっとも愛するのは父親よ。同じ女を愛する男として、あなたと同じことをしているわ」

は、とレオンハルトの口からかすれた息が漏れた。

「私財をかき集めて借金の返済。子爵位の返上とローズ・ベルの死亡届。そして愛する薔薇を実在にするために、あちこち奔走しているわ」

もはや駄目かと思っていた時に授かった、大切な命だった。死なせないために生まれたことを秘匿し、死んでしまった娘を身代わりにした。

だからこそ、子爵は娘を愛する父として、今度は何を捨てても彼女を生かそうと奔走している。レオンハルトと同じように。

幻の薔薇。いくつもの命を土台に咲き誇る。誰もが彼女を求め、手折ろうとした。しかし伸ばした先にいたのは枯れた薔薇であり、触れた男たちは散っていった。

「……どうして、そんなことを知っているんです？」

レオンハルトはもはや力なく背もたれに寄りかかっている。あまりにも非現実的すぎて頭がついていけなかった。

「依頼人から聞いたのよ。新しく生まれた子供のベビードレスを作ってくれとね。やっと生まれてくれた子供だから、何者からも守るよう、獅子にあずけることにしたそうよ」

馬車の音が近づき、店の前で止まる。

ちりりん。

場違いなほど涼やかなベルが鳴り、くたびれて枯れ果てた老人が扉を開けて入ってきた。

「いらっしゃいませ」

「……ドレスが、できたと」

「ええ。最高のドレスに仕立てたと自負しておりますわ。さ、どうぞ」

老人はレオンハルトを見つけると目を潤ませ、帽子をとった。

レオンハルトは立ち上がり、胸に手を添える。

「レオンハルト・ゲードです」

「デヴィルモン・ベルだ。さっそくだが、娘が生まれてね。ぜひ、君にも祝福してもらいたい」

「はい。義父上」

ベル子爵は首を振った。苦悩する父親は、何もかも失いながらそれでも愛だけは生かそうとしていた。

「私は、あの子の父ではない。此度の件で伯爵様に叱責され、責任を取るために領地に戻ることになったのだ。娘は伯爵様の知り合いの、養子になることが決まった。……もう、父ではないんだ」

子爵は繰り返し父ではないと言った。自分に言い聞かせているかのように。

戸籍の改竄《かいざん》は重罪である。国民の規範となるべき貴族がそれを犯せば、国民はこぞってそれに倣うようになるだろう。特に地方の農民は、子が生まれても戸籍を登録せず、税逃れをしようとする。

国に限らずどこの家庭でも、予算というものが存在する。家庭であれば年間、月間、週間にわけて予算を決め、なるべく赤字にならないようにやりくりし、予期せぬ事故や災害などのための保険や、子供の養育費などを預金しておく。だが、それはあくまでも家庭で成立する予算配分だ。

国は家庭とは違い、不測の事態に備えてもどこかで必ず足りなくなる。農村で日照りや虫害が発生すればその補填をしなければならないし、川が溢れれば整備しなければならない。それらは国民のためだからまだ良いが、毎晩のように開かれる王宮での晩餐、王家の——王妃のドレスと宝石、王子と王女の予算など、王家や貴族が消費した金額が予算を上回れば、当然のことながらつけは国民にやってくる。国家予算は、税金なのだから。

税率は同じだが、徴収は領地によって違う。だが、たいていの領主は搾り取れるところから搾り取るのが普通だった。農家であれば子が生まれれば労働力とみなされて税が加算される。王家が追加で税を徴収すれば領主の貴族が支払い、請求を配下の貴族にする。貴族はその下の役人から徴収し、役人は最下層となる一般庶民から搾り取る。もちろんそこには手数料《ピンハネ》が含まれ、結果として農民は食うや食わずの日々を余儀なくされるのだ。家族の病気や怪我などで労働力が減れば、さらに貧しさは加速する。なるべく税を軽くしたい農民は、子が生まれても戸籍を作らず、孤児院や教会に捨ててしまうこともあった。役人が目を光らせているが、ならばと子供を間引いてしまう者も現れる。負のスパイラルだ。

そこに貴族が戸籍を改竄したと公表されれば、領民の税逃れに正統性を与えることになってしまう。ベル子爵の親役である伯爵家がなんとかしようと重い腰をあげるのも無理からぬことであった。

加えて子爵本人の帰還命令は、死を命じられるよりきつい。贅の限りを尽くし、搾取し続けた領主を民は心底怨んでいる。領主の役目はなによりもまず、民を守ることなのである。子爵領がどうなっているかは現地へ行かなければわからないが、少なくとも今のこの国の状況で良いとは思えなかった。農村では労働力である若者が王都に流出し、農地は荒れて閑散としている。王都へ行ってもなんのつてもないのではろくな職につけず、仕送りもできない。守ってくれない主を守る民などどこにもいない。立て直すのは、並大抵の努力ではできないだろう。

「取り潰したんじゃ苦労をしょい込むことになるからね。伯爵も上手いことやるわ」

子爵家取り潰しの場合、領地は主筋である伯爵家に吸収される。わざわざ再興費用のかかる土地を欲しがる貴族はいないだろう。

「いや、あの子を引き取ってくれただけありがたい」

「ローズは、どうなるのです」

レオンハルトは呆然と呟いた。いないものにされた彼の愛するローズは、子爵の手を離れ、どこに行かされるのか。伯爵本人でないだけましだが、養子先によってはもはや手の届かぬ人になるかもしれない。

「養子と言ったが、正確には猶子《ゆうし》だ。相続や身分は与えられず、一時預かりとなる」

猶子は養子よりも立場が弱い、一時的なものだ。たとえばどこかの貴族に見初められた庶民の娘が、結婚するための身分を得るためにどこかの家の猶子となり、そこから嫁ぐ。男であればあえて猶子として預かり、都合が悪くなればまた他家に行ったりもする。人質より上だが、養子よりも下、という、なんとも曖昧で不安定な立場だった。

「伯爵夫人がたいそう同情してくれて、伯爵家のお抱えである医者のところに預けられる。そちらが責任を持って、嫁に出してくれる」

子爵はレオンハルトをまっすぐに見つめると、ゆっくりと頭を下げた。

「子爵」

「ろくな持参金も持たせてやれない、生まれたばかりの子だ。どうか、……どうか、あの子を頼む」

「どうぞ」

クラーラが包装されリボンで飾られた、ドレスの入った箱を持って来た。

「ああ……ありがとう」

「お支払いは分割という事で、よろしいですね？」

「ああ。感謝する」

「子爵、私が」

レオンハルトに皆まで言わせず、子爵は寂しく笑った。

「いや、あの子にしてやれるのは、これが最初で最後なのだ。私に見栄を張らせてくれ」

「……はい」

正真正銘、ローズに贈る、最初で最後のドレス。今まで彼女に贈られたすべてのものは、泉下にいるローズのためのものだった。

＊＊＊

子爵邸は閑散としていた。主が領地に帰り、戻る予定もないため、売却されたのだ。使用人たちも暇を与え、この広い屋敷にいるのは子爵と夫人、そして、生まれたばかりのローズだけだった。

乳母は最後までローズを心配していたが、レオンハルトと結婚すると知り隠居を決めた。

「レオンハルト様」

ローズは泣きはらした顔でレオンハルトを出迎えた。

黒ではなく、青のドレス。若い頃のものだろう、ずいぶんと古く、流行遅れだった。

「ローズ」

子爵が妻にドレスの箱を渡すと、妻は娘を促して隣室へと入っていった。

レオンハルトと子爵がふたりきりになる。

しばらくどちらも無言だった。

「……何度やっても慣れんな」

やがて、子爵が自嘲気味に呟いた。

「娘を嫁に出すのは、何度やってもせつないものだ」

レオンハルトは緊張を解き、薄く笑った。

「男親は婿を憎むと聞きますが、あなたもですか」

「もちろんだ。かわいい娘だ。あの子が産まれた時の感動は忘れられんよ。どんなことがあっても守る、命に代えても生かすと決めた」

「誓いは私が引き継ぎましょう」

「……やはり、癪《しゃく》だ」

レオンハルトは葉巻を取り出すと、子爵に勧めた。

「おひとつ、どうぞ」

「すまんな」

「いえ。煙が目に染みた、ということにしておきます」

「小癪な男だ」

子爵の咥えた葉巻に火をつけて、マッチを振って消す。燐の燃える臭いが紫煙に混ざり、室内を満たしていった。老いた父親の目の端に光るものを見つけ、レオンハルトは見ないふりをした。

愛する娘を犠牲にして家を守ろうとした男は、最後に愛だけは手放すことができずにすべてを失った。書類上の改竄はできても彼の薔薇は生きているのだ、生半可なことでは棘はなくならないだろう。その身に刺さった棘をものともせずに包み込むことのできる獅子だけが、彼女を愛する資格を得た。

「一＋一が、どうして二になるのか、ご存知ですか」

レオンハルトが言った。いや、と考えることもせずに子爵が答えた。

「そういうものだと思っていたが、違うのか」

「一が何であるのか、説明するのが難しいのです。たとえば私が一で、あなたも一だとする。私とあなたを足して、二になりますか」

「私と君をどうやって足すのだ？　私は私で、君は君だ」

「そうです。一が何に属する一なのか。本当にそれは一であるのか。一であることをまず証明しなければならない。非常に難問です」

「数学者はいつもそんなことを考えているのか」

「まさか。そんな疲れることなんかしませんよ」

理解できないというように首を振る子爵に、レオンハルトは笑う。数学はわかりやすいが、躓《つまず》きやすい。子供の頃に苦手とすると大人になっても苦手意識を抱く。何の役に立つのかさっぱりわからないくせに、数学がなければ何もはじまらないのだ。

「さあ、ローズ」

母がドアを開け、手を引かれてローズがやってきた。子爵がさっと葉巻を灰皿に押し付ける。

「ローズ」

子爵が感極まったような声で娘を呼んだ。

ローズは純白をまとっていた。全身を覆うコットンのやわらかなドレスに、薄いオーガンジーのケープがふわりと重なって透けている。どこも締め付けず、それでいて赤子のものを大人が着ているような滑稽さはなかった。中央に細いリボンがつき、そこから線を引くようにレースが伸びている。ケープにはちいさな刺繍があちこちに散らばっていた。化粧も施さぬ顔は涙に濡れている。

「お父様」

子爵は首を振った。私は、もう、父ではない。言おうとして喉を詰まらせる。

手を伸ばし、いとおしそうに頬を包み、肩を撫で、腕を撫でると、また頬を包んで娘の顔をじっと見つめた。

そして、言った。

「元気な、良い子だ」

その言葉に万感が籠《こも》っていた。わっと夫人が泣きだす。子爵はローズの手を引いてレオンハルトに預けた。

レオンハルトはローズの手を取ると、二人に向き直った。

「お父様、お母様、今まで育ててくださりありがとうございました」

「妻を生んでくださってありがとうございます」

揃って頭を下げた。

ローズは首で留めていたケープを外すと、頭に乗せた。留め具の飾りはそのままティアラになり、ヴェールになった。たちまちベビードレスがウエディングドレスに変化する。

「ローズ、私のうつくしいゼロ。あなたは今、一になった」

「また数学のお話?」

「そうとも。君と一緒に数えていこう」

レオンハルトは微笑んだ。ローズも微笑みを返す。二人は手を組んで、はじめの一歩を踏み出した。

第九章　リスティア・エヴァンスの初陣

春が近づいた王都は例年より華やかな雰囲気に包まれていた。

現国王エドゥアールの在位二十周年。その記念祝賀祭がはじまるからだ。

一カ月におよぶ祝賀は、連日の夜会、園遊会、舞踏会、晩餐会と、豪華な行事が並ぶ。なかでも一番のメインは、王族一家が馬車で王都を回るパレードだ。王と王妃を一目見ようと群衆が詰めかける。この時ばかりは大盤振る舞いで、王都の民にもパンとミルク、衣替えのための布地が配布されるらしい。

大通りは祝賀の客を迎えるために綺麗に掃除され、花が飾られる。観光客用の屋台や宿屋も気合が入っていた。

もちろんクラーラも例外ではなかった。祝賀会のための夜会用ドレスや舞踏会ドレスの注文がひっきりなしに入ってくる。ここが儲け時と、クラーラも張り切っていた。

「クラーラ様、ルードヴィッヒ様から手紙が届いております」

手を抜くことを許さないクラーラは、このところ断酒して店も早めに閉めている。集中して針と糸を持つクラーラに、執事のアーネストが銀盆に乗せられた手紙を出してきた。

「ルイから？」

クラーラは手を止めるとドレスを丁寧にテーブルに置き、手紙を取り上げた。ずっと目を使っていたせいか霞《かす》んで見える。目元を揉んでからひっくり返し、裏のサインを確認する。

ルードヴィッヒ・ユースティティア・クラストロ。見慣れた署名は間違いなく弟のものだった。封を解き、中を見る。

「あら、ドレスの注文だわ。奥様のお気に入りの令嬢が社交デビューでこっちにくるんですって」

よくよく見てみれば、あて先は『クラーラ』になっていた。大貴族であり軍を統率する身分のルードヴィッヒが堂々と手紙など出せば、またぞろうるさい連中が嗅ぎつける可能性がある。王家の暗部を背負っていたクラストロが沈黙していても、他のものたちが目敏く動いているだろう。

「今からか、間に合うかしら。どっちみち会ってからじゃないと決められないけど……」

ただでさえ注文が殺到し、厳選した令嬢のドレスしか引き受けていないのだ。いくらクラストロ家と繋がりのある令嬢とはいえ、ぽっと出の相手を新規に受けたら反感を招きかねない。

主の懸念を読んだ執事が進言した。

「クラーラ様の修行先はクラストロ領です。恩ある方の紹介では断れないのでは」

「それもそうか。しかしアタシも年取ったわ、目と肩の疲れが取れないのよ……」

ぼやいたクラーラはとんとんと肩を叩いた。目と肩と指先の使い過ぎで疲労が溜まっている。ゆっくりとお風呂に浸かり、寝る前にマッサージもしているが、年には勝てなくなってきた。実感するのは地味につらい。

「祝賀会が終わったら、しばらく静養に出てはいかがでしょう。クラストロの施設は充実しておりますし」

「そうね。考えとくわ」

まずは本人に会ってからだ。あの弟の奥方が気に入る令嬢ならば、必ず自分とも気が合うだろう。それは少し楽しみだった。

＊＊＊

リスティア・エヴァンスは緊張を隠せずにいた。夢の王都はクラストロの中央都市よりもずっと大きく、祝賀祭で湧いている。建物も行き交う人々も比ではなかった。

「リスティア、大丈夫？」

気遣うやさしい声色に、リスティアは我に返った。彼女の女主人、ヴァイオレット・ユースティティア・クラストロ侯爵夫人が微笑ましげに見ている。

「大丈夫です。奥様、王都はすごいのですね」

ヴァイオレットの夫、ルードヴィッヒはマクラウド公爵の実の弟だ。彼自身は軍人で、辺境軍元帥の地位にある。国境での監視や匪賊《ひぞく》の討伐などの任務が多く、今この国でもっとも実戦経験があるのが辺境軍だ。マクラウドの弟でありながら王都から遠ざけられているのは、万が一にもクーデターを起こされないようにするためである。クラストロ領の代官であり、実質的な領主。独立を防ぐためルードヴィッヒにも侯爵の地位が与えられている。王家がどれほど彼らを恐れているかがわかるだろう。

リスティアもそんな裏事情を聞いてはいるが、それでも王都の華やかさには目が惹かれた。この王都を見て国に誇りを抱かない者がいるだろうか。わかりやすい華やかな見た目に浮かれる少女にヴァイオレットも苦笑いだ。

「……王家を悪くいうわけではないけどね」

と、前置きして言った。

「一時の大盤振る舞いの後には必ずつけが回ってくるものですよ。夢は楽しければ楽しいほど、目覚めた後の虚しさは大きくなるものです」

「奥様」

「王宮の華やかさはこんなものではなくってよ。リスティア、しっかりね」

「……はい」

尊敬するヴァイオレットにやんわりたしなめられ、リスティアは気を引き締めた。ここは王都。はじまりの舞台。もしかしたら、もう二度とこの地を踏むことはないのかもしれない。予感めいたものが、リスティアの胸によぎった。

ヴァイオレット・ユースティティア・クラストロ一行が王都に持つクラストロ公爵の屋敷に辿り着くと、噂はいっせいに広がった。

ヴァイオレットの元には夜会や晩餐会の招待が舞い込み、彼女が連れてきた令嬢が社交デビューと知られると茶会や遊びの誘いがやってきた。あっという間の出来事に、リスティアは驚くほかない。ヴァイオレットは慣れた様子でさばいていた。

「ほらリスティア。あなたも読みなさい。こういうものを厳選できるようになることも貴族夫人の役目ですよ」

「はい、奥様」

十六歳のリスティアはその聡明さがヴァイオレットの目に留まり、領主館で行儀見習いとして十三歳の頃から仕えている、子爵令嬢である。だいたいの貴族の名は頭に入っているが、招待状は多く、時に紳士録を手繰りながらすべてに目を通していった。

「あら……？　奥様、これは？」

リスティアが手を止めたのは、一通の招待状だった。紙の質は良く、筆跡も綺麗なことからおそらく貴族なのだろうが、ただ名前があるだけで肝心の姓が書かれていない。筆跡だけなら代筆もある。忘れたのか故意なのか、リスティアには判断できなかった。

「ああクラーラ様！　お友達よ」

「奥様の？」

「そうね、わたくしの、ね」

――晩餐にご招待いたします。ご都合の良い日に。　　クラーラ

肩を揺らして笑うヴァイオレットに首をかしげるリスティアは、一番上に乗せられたクラーラからの招待状にどんな方なのか想像を膨らませた。

当日、ヴァイオレットとリスティアは一番良いドレスを着てクラーラの晩餐に臨んだ。

いつになく気合いの入っているヴァイオレットに、クラーラとはさぞや素晴らしい貴族に違いないと思っていたリスティアは、馬車が止まった家を見て絶句する。なにかの間違いでは、と周囲を見回すも、それらしいお屋敷は一軒もなかった。暗く細い通りにぽつぽつと立つガス灯の灯りが物寂しく見える。クラストロの屋敷がある通りとは一段も二段も違う、下町だった。

「リスティア」

「あ、はいっ」

「失礼のないようになさい。わたくしのお友達ですが、旦那様の大切な方です」

家を見て予想と違うとあからさまにうろたえるようでは、淑女として失格だ。どんなものが現れようと笑顔を崩さず、泰然《たいぜん》と受け止める。それくらいの腹芸くらいは心得ておかなくては、少なくともヴァイオレットの傍ではやっていけない。諭されたリスティアは気を引き締めた。

カンカン、と扉についたドアノッカーで叩くと、間を置かずに開かれる。きちんとした身なりの執事にリスティアは内心でほっとした。

「お待ちしておりました」

「久しぶりね、アーネスト」

「はい。奥様も、お変わりなく」

メイドがコートを受け取り、控えの間に案内される。

ソファに座ったリスティアはさりげなく室内を見回した。壁紙も床も統一され一体感があり、調度品も古いがよく手入れされている。掃除は行き届き、客によけいな気遣いをさせない雰囲気がある。外観からはほど遠い、ちいさいけれどよく手入れされた屋敷だった。

ノックの音が響き、館の主人が現れる。ヴァイオレットに続きリスティアも立ち上がった。

「ヴァイオレット、よく来てくれたわ」

「お久しぶりですわ、クラーラ様」

言葉を交わすふたりをよそに、リスティアは立場も忘れて口を開けた。ヴァイオレットもクラーラも慣れているのか気にした様子はない。

ヴァイオレットがクラーラ様と敬称をつけて呼ぶのに対し、クラーラはヴァイオレットを呼び捨てだ。いったいどういう立場の人なのか、その外見からは想像もつかない。

「それで、その子が？」

「ええ。リスティア、こちらがクラーラ様よ。クラーラ様、この子はリスティア・エヴァンス」

「はじめまして。リスティア・エヴァンスでございます」

紹介されて慌ててリスティアは礼をとった。ふぅん、とクラーラの目が楽しげに細くなる。

今夜のクラーラは黒髪を染めず、右の前髪を流し左は後ろに撫でつけるいつものスタイルだ。青薔薇の髪飾りをつけている。

ドレスは大きく肩を開けてデコルテを作り、袖を丸くしてレースが重ねられている。薔薇よりも青いドレスの胸元にも大きなレースが付けられ、腰で絞り細さを強調していた。スカートは大胆なスリットが斜めに入り、そこからもレースが覗く。スリット部分に薔薇が飾られていた。

首も肩も隠されておらず、クラーラが男であることをリスティアに教えている。だが、化粧を施した顔、ドレスを見事に着こなし颯爽とした姿は淑女そのものだった。

「はじめまして。といっても一度だけお会いしたことがあるのだけれどね」

「え？」

「エヴァンスの末の令嬢でしょう？　あなたが、そうね、一歳くらいだったかしら？　抱っこしたことがあったわ」

リスティアが慌ててヴァイオレットを仰ぐと、初耳だったのか彼女も意外そうにしていた。

「まあ、本当なのクラーラ様。わたくし知らなかったわ」

「エヴァンスといえば桑畑でしょう。養蚕にはかかせない事業だわ。調査に行ったのよ」

「ああ、それで」

ヴァイオレットも合点が行った。リスティアの父エヴァンス子爵は親役であるクラストロ公爵の命で桑畑を主要産業としている。蚕の餌となるのは桑の葉のみで、エヴァンスは重要な任務を任されたのだ。子爵がどれだけ公爵から信頼されているか、その表れであろう。父が認められたようでリスティアも誇らしくなった。

「クラーラ様は仕立て屋なのよ。クラストロの絹を宣伝する王都の総責任者といったところね」

「やだわ、おおげさよ」

そこにレオノーラがやってきた。

「皆様、支度が整いました。どうぞ食堂へお越しください」

クラーラがリスティアのエスコートをすべく腕を出した。ヴァイオレットには執事のアーネストだ。

「今夜はごく身内の晩餐会よ。練習にもならないでしょうけど、楽しんでいってね」

「はい。ありがとうございます」

館の料理長マシューは、滅多にない晩餐会に喜びおおいに腕を揮《ふる》った。人数はたった三人と少ないが、前菜からメイン、デザートまであるフルコースだ。食材選びから調理まで、マシューは張り切った。

晩餐会は夜会へと繋がる、貴族同士の見極めの場である。

女主人が指揮を執り、客の選別から料理の選定、招待客の席順や音楽まで決める。晩餐を盛り上げられないと女主人は名を下げ、会話の弾まない招待客もまたの機会を失う。いわば社交の前哨《ぜんしょう》戦《せん》となるのが晩餐会である。

クラーラの晩餐に音楽はなかった。代わりに美味しい料理と会話で満たされ、リスティアはすっかりこのクラーラという人物への信頼と尊敬を抱いてしまった。見た目は迫力ある女装の麗人(?)だが、中身はれっきとした貴族だ。しかも、物凄く事情通の貴族。仕立て屋と言われても信じられなかった。

クラーラの館を辞す時、彼は笑って握手をしてくれた。

「今度はお店に来てね。リスティアちゃんのドレスを作りましょう」

リスティアが振り返るとヴァイオレットが笑ってうなずいた。クラーラが自ら作ったという今夜のドレスはため息が漏れるほど素晴らしいもので、お世辞でも宣伝でも嬉しかった。

馬車に乗ったヴァイオレットは、背もたれに体をあずけ、ふうと息を吐いた。

「良かったわ。どうやらあなたを気に入ってくれたみたい」

「本当に作っていただけるのですか？」

「うちを出る前に依頼だけはしておいたのよ。クラーラ様は貴族相手だと気難しくてね、受けるかどうかはドレスを着る本人を見極めてからなの」

「まあ……」

リスティアも父が事業をやっているから、客ありきの商売がどれほど難しいのかわかっている。どんなに嫌な相手でも、時には取引をしなければならないこともあるのだ。

そう考えると、クラーラのやり方でよく商売が成り立っている。よほど腕が良いのか、それともコネやツテがあるのか。あるいは、両方か。

クラーラの店に行ったのは晩餐会から数日後だった。

「いらっしゃいませ」

ちりりん、と軽やかなベルを頭上に扉を潜ると、乙女の憧れの宝石箱のような世界が広がっていた。

「こんにちは、クラーラ様」

「クラーラ様、こんにちは」

「はい。どうぞ座って。お茶を出すわ」

ヴァイオレットとリスティアが来ることは前もって知らせていたため、店内には他の客がおらず、静かだった。

まずはこちらに署名を、と差し出された顧客名簿にサインする。クラーラの淹れた紅茶の香りが漂ってきた。

「それで、どこの招待を受けるか決まった？　あまり目立っても良くないでしょう？」

「ええ。でも大事なデビューだもの。さりげなく、かつ華やかに演出したいわね」

リスティア自身は子爵令嬢だが、後見するのがヴァイオレットだ。嫌でも注目を浴びる。

「リスティアちゃんは、婚約はまだ？」

「はい」

「うーん。そうするとこんな感じかしら」

クラーラが取り出したスケッチブックには、リスティアのためのデザインが描かれていた。たちまち少女は顔を輝かせる。

「まあ！　なんて素敵な……まあ！」

王都の最新流行がクラストロまで届くのは遅い。商人が馬車で行っても二週間はかかるのだ。戻ってくる頃には季節は変わり、また新しいものが発信されている。地方貴族は流行遅れになりがちだ。

「今の流行はこんな風なのね」

「派手すぎず、地味すぎず、乙女を表現する。流行を作ってるのは王妃じゃないわ。このクラーラよ」

本人の良さを引き出す。それがクラーラの店の最大の売りだ。少女はその宣伝文句に惹かれてやってくる。自分だけのもの、自分にこそふさわしいもの。付加価値を与えることで、クラーラは余計な部分を削っているのだ。

「派手な衣装もいいでしょう。豪華なドレスに輝く宝石。それはとても素晴らしいものだわ」

でも、とクラーラは続ける。

「自分の分を弁《わきま》えていないのはダメ。似合わないもの。肝心のお嬢様がかすんでドレスだけが目を惹くなんて悪趣味だわ。アタシはねぇ、その子がとっても喜ぶドレスを作りたいの。ドレスだってそのほうが幸せよ」

王家に対する痛烈な皮肉だった。どんなに豪華なパーティを開こうと、王と王妃が着飾ろうと、この国の土台はもう腐っている。王家の見せる眩しい夢から覚めた時、国民は何を思うだろう。

「さあ、リスティアちゃん。あなたに似合うドレスを作りましょうね」


王宮は権謀術数と陰謀渦巻く魔窟《まくつ》だ。リスティアは緊張から喉を鳴らした。戦うための鎧を纏って少女は王宮に赴く。

リスティア・エヴァンスは金に赤の混じった髪と、青緑の瞳、白い肌。アーモンド形の目は気品と知性を感じさせている。立ち居振る舞いも貴族令嬢にふさわしく優雅で、軽やかな足取りでステップを踏む彼女は多くの男性の目を惹いた。

祝賀祭で開かれる社交界デビューのための舞踏会は、王と王妃との謁見《えっけん》からはじまった。

ひとりずつ名乗りをあげ、二人が軽くうなずく程度だが、畏れ多くも国王陛下と王妃との対面に、少女たちは緊張と感動を隠せずにいた。

リスティアもそのひとりだ。領主が引き籠る原因になった二人とわかっているが、それでも王と王妃である。失敗しないようにするだけで精一杯だった。

その後は舞踏会に移る。たいていの男女はパートナーとなる相手を見繕って出席する。どうしても相手がいない場合は女主人が男性を女性に紹介し、女主人に令嬢を紹介された男はその相手と踊ることがマナーとされている。これは舞踏会が一種のお見合いであるからだろう。令嬢を壁の花にするのは大変な失礼にあたるのだ。

恋人も婚約者もいないリスティアは、ヴァイオレットから紹介された青年と踊っていた。ヴァイオレットの実家の親戚筋の、こちらも子爵だ。

社交デビューのドレスは白と決まっている。頭にはティアラを着け、リスティアをはじめとする令嬢たちはまさにお姫様気分を味わった。ヴァイオレットの面影を持つ青年がリスティアに微笑みかけている。音楽はワルツ。夢心地で踊るリスティアをよそに、貴族たちは品定めを開始する。

「あの子が？　そう、ヴァイオレットの……」

それぞれが。

「ルードヴィッヒが来るのなら彼も……？」

それぞれの思惑で。

「クラストロと交流を持つのは我が家の利に……」

戦いがはじまる。

第十章　リスティア・エヴァンスの参戦

朱金の髪、アーモンド形をした大きな青緑の瞳、まなざしには知性が宿り、立ち居振る舞いは淑女そのもの。

王家主催の舞踏会で、リスティア・エヴァンスは話題を攫《さら》った。

いくらクラストロ家の配下であろうと、エヴァンス家はしょせん田舎の地方貴族にすぎない。王都に一族郎党と暮らす貴族にしてみれば、吹けば飛ぶような勢力にすぎないはずだった。

それが蓋を開ければどうだろう。いまやリスティアは、ジョルジュ家の花と謳われるフランシーヌと双璧を成す存在になっていた。特に金銭面で難のある貴族はリスティアの実家が栄えていると知ると、こぞって夜会や晩餐に招待し、あわよくば息子の嫁にと望むようになった。そうでなくともせめて何らかの繋がりを得て、この危機的状況の脱出を図るように工作を開始した。

しかし、もっともリスティアに注目したのは、やはりこの女性であった。

王妃フローラは王宮の園遊会で、ひとりの少女を探していた。少女はかつてフローラの婚約者であった男の麾下《きか》貴族の娘で、彼の弟の妻が後見して王都に来ている。彼女から彼、マクラウドの様子を聞き、事態の打開を図りたかった。エドゥアール王はそんな愛妻の様子に苦いものを噛みしめつつ、それでも反対できずにいた。二十年も顔を合わせぬ親友、本来ならこの場で王と王妃を支えていなければならないはずの男の現状を今更知っても、どんな顔をすればいいのか見当がつかないのだ。

園遊会は王族一家を囲み、招待された人々をねぎらい語らう場である。第二王子のマルセルと第一王女シャルロッテも王と王妃に連れられて、華やかな祝賀にやって来ていた。マルセルは十六歳、シャルロッテは十歳。シャルロッテはまだ社交に出ていないため金色の髪を下ろし、レースとリボンのたくさんついたドレスを着てはしゃいでいる。第三王子ルドルフと第四王子のヘンリーは幼いこともあり、乳母に付き添われていた。

今日のリスティアはクラーラのドレスを着ていた。朱金の髪をあざやかに輝かせる真紅のドレスには、やや控えめなレースリボンが胸から腰まで並んでいる。縁取りを黒、メインを白にしたレースリボンはバッスルスタイルの膨らみをまとめる飾りにも使われ、リスティアの面立ちもあいまって強気な、しかし少女であることを知らしめている。バッスル下のスカートも白だ。未だ未成熟な娘が精一杯背伸びをしているような、微笑ましい可愛らしさがあった。

「王都に来て一番良かったことは」

はにかみながらリスティアが言った。

「フランシーヌ様と出会えたことですわ」

「まあ、リスティア様。こちらこそリスティア様に出会えたのを嬉しく思いますわ。クラーラ様のおっしゃったとおり、可愛らしい方ですもの」

やさしい笑みを浮かべ余裕を崩さないフランシーヌに、リスティアは尊敬の念を抱いた。うつくしさといい行動力といい、彼女に惚れ惚こんだリスティアはすっかりお姉様信者に染まりつつある。

二人の出会いはジョルジュ家で開催された晩餐会だった。ジョルジュ家はフランシーヌの婚約破棄の一件から親王家派とは一線を画し、絶縁とまではいかないものの積極的に協力しなくなっていた。それで政権の中枢から外されたかというとそうではなく、未だ権勢を保っている。

フランシーヌの力が大きかった。あの婚約破棄の夜、彼女がまとっていたドレスと首を飾った真珠のネックレス。それらの出所を辿ればクラストロに行き着く。ほぼ真円で粒の揃った真珠など、王家であってもネックレスに仕立てるには相当の資金と伝手がなければ無理だ。沈黙する宰相家はいつかの再現のような夜に不気味な手を伸ばし、ここにいるぞと主張した。うつくしい伯爵令嬢の背後に潜む影。あの場にいた貴族たちは誰がフランシーヌを守護しているのか理解した。

今日のドレスもクラーラ製だ。鮮やかな銀の髪が春の日差しに輝き周囲を明るくしていた。花の盛りを表すように淡いピンク色の薔薇の髪飾りを両脇につけ、たっぷりと巻き毛を作っている。薔薇よりも濃いピンクとも紫ともつかない色のドレスは少女と女の狭間で揺れる娘の危うさがあった。バッスルの後ろには黒に白の刺繍とドレスと同じ色のラインが入った大きなリボンがつき、フランシーヌの華やかさを抑えている。

主役はあくまで王家なのだ。リスティアとフランシーヌが並んで立つとそこに可愛らしいちいさな花が咲いたように見える。誰もが目に止めるが、王妃という大輪の薔薇には敵わない。あえてそう演出することで、リスティアとフランシーヌは一歩引いた姿勢を示した。

特にフランシーヌはジョルジュ家の令嬢であることから、この国の社交界を背負うことが期待されている。彼女はそう育てられてきたし、それだけの器量があった。だが第一王子であったアルベールとの婚約が破棄されたことにより、フランシーヌはその重荷を背負う義務から解放された。自由になったフランシーヌは今、自分の好きなことを存分に満喫している。その解放感と自己の満足により自信がついたフランシーヌは、以前とは比べ物にならないほど綺麗になった。

王妃フローラはそんなフランシーヌを複雑な気分で眺めた。

息子の嫁にと望んだ少女が息子と別れてから綺麗になったとなれば、どんな母でも苦い気持ちを噛みしめるだろう。それに加え、フローラは王妃としてフランシーヌに期待していた。次代を請け負う貴族令嬢を見出したのは自分だという自負があったのだ。

愛するエドゥアールとの間にできた第一子だが、アルベールはここにいない。わずかな側近――監視と護衛のみを連れ、他国で謹慎生活を送っている。どんなにつらいだろうと母としての自分が叫ぶ反面、すべてを台無しにしてくれた王子に対する苛立ちが混在して、フローラを苦しめた。

「リスティア・エヴァンス」

王妃が近づくにつれ、周囲の緊張が高まった。誰にお声がけするのだろうと思いながら、リスティアとフランシーヌは淑女の礼をとり、王家への忠誠を示す。

まさか自分が呼ばれるとは思わず、リスティアの返事は一拍遅れた。

「はい」

「クラストロはますます栄えているとのこと。なによりです」

「はい。ありがとうございます」

たとえ声をかけられても顔をあげて相手を見るのは失礼にあたる。目は合わせず、口元に視線を固定し、腹の中心、臍《へそ》のあたりに力を込めて返事をする。声は掠れさせても、聞き返しても駄目。言葉につかえてどもるのはもってのほか。相手が本当は何が言いたいのか、全身全霊で理解すること。ヴァイオレットの指導を頭で繰り返し、リスティアは王妃に集中した。

「これから夏に向けて、そちらでも百合が花盛りになるでしょう」

ぴん、と空気が張り詰めた。

百合は王家の紋章だ。王家から分かたれたクラストロは家紋に百合を入れ、そこに王家を守護する双頭の竜がいる。

「はい。王妃様。残念ながら、我が領では百合の咲く気配はございません」

クラストロ領に百合が花盛りとは、当主マクラウドが宰相に返り咲くかどうか訊ねているのだ。リスティアは王妃の問いに答えた。マクラウドの病が治ったという話は聞いていなかった。どんなに植えても根が腐り、百合は育たないのだ。

「そう、残念です。あそこは気候が良いのか、素晴らしい百合が咲くのですよ」

「はい。王妃様。わたくしは寡聞《かぶん》にして未だ見たことはございません」

はい、と返事をするのは王家に対し否定をしてはならないからだ。必ず肯定し、その後に意見を述べる。こちらから話しかけてはならず、王妃が何かを言ってから返事をする。王家への憧憬と会ったこともない、しかしエヴァンス家の主への忠誠。リスティアは綱渡りのような気分で言葉を返す。

「まあ、もったいないこと。クラストロの百合といえば国中にその芳香を届けるものですのに。ではリスティア、今度一緒に咲かせてみましょう」

「はい。王妃様」

リスティアは背筋が凍りつくのを感じた。一度唇を噛み、しかし思い切って口を開く。

「恐れながら、我が領の百合は枯れましてございます」

王妃から笑顔の消えた気配を感じ、リスティアは自分が大胆すぎることを言ったと後悔した。だが再び王妃が口を開く前にフランシーヌが動いた。そっとリスティアに寄り添ったのである。

「フランシーヌ……」

フランシーヌは最敬礼で王妃に応えた。

彼女が出てきては王妃もさらに言い募ることはできない。王家が彼女に与えた傷は深く、彼女が消えた穴は大きかった。娘になるはずであったフランシーヌがリスティアの隣に立った。

それがどんな意味を持つのかわからないほどフローラも愚かではなかった。ぎこちない頬に笑みを浮かべ、ゆったりと歩き出す。

不穏な空気に周囲が王妃を注視していた。フローラは微笑みを振りまきながら見回す。誰も何も言わないのは彼女が王妃だからだ。百合を枯らしたのは誰か、彼女が一番良く知っていた。

知らない者は不安げにフローラとリスティア、そしてフランシーヌを見比べ、知っているものは王妃への礼を崩さず態度を硬化させる。ヴァイオレット・ユースティティア・クラストロは遠い位置で貴婦人たちに囲まれ、王妃を見ようともしなかった。

どうしてこうなってしまったのか。フローラは唇を噛んだ。マクラウドが自分を愛してくれていることを知っているだけに、なぜ彼が許してくれないのかわからなかった。愛しているというのなら、フローラのすべてを許すべきではないのか。たしかに彼には酷いことをしてしまったが、本当に愛しているのなら幸福を願ってくれるはずだ。こんなふうに追い詰めて、彼は何をしたいのだろう。フローラには理解できない。

王宮の外ではエドゥアール王への歓声が鳴り響き、在位二十年を祝っている。花々は咲き誇り王宮は豪華に飾り付けられ、王家はその中でいっそうの輝きを見せていた。夜には来賓を招いての晩餐会がある。翌日には夜会が開かれ、この国の権勢を他国に示す行事が続く。国民は国と王家への尊敬を取り戻し、その声はきっと彼にも届くだろう。

＊＊＊

王宮から続く大通りには花や食べ物を売る屋台が並んでにぎわいを見せていた。エドゥアールの肖像画や王家一家を描いた絵画、ミニチュアの人形などもある。王宮の模型に庭園を加えて並べれば、庶民も園遊会気分を味わえるというわけだ。

「ほぉー、よくできているんだな」

無骨な指が陶器製の王妃の人形を摘み上げた。

屋台の店主が顔を上げ、相手が礼服を着た紳士と見てにこやかに笑う。

「そりゃあもう！　うちの職人は腕がいいんで！」

「じゃあひとつもらおうか」

「まいど！　旦那、王様とお子様方はどうします？」

紙袋に王妃を入れた店主は、王家全員を勧めてきた。当然だろう。王妃だけで王と家族がいないのでは役者が揃わない。

「いや、王妃だけでいいよ。僕もこんな美人を貰いたいものだ」

「旦那も言いますねぇ。家族が欲しくなったらまたどうぞ！」

代金を払い、男は王妃の入った紙袋を受け取った。

帽子をちょっとあげて店主に礼を返すと、男は紙袋を小脇に抱え、人の波に紛れ込んでいった。

夜になり、ドレスを届け終えたクラーラがくたびれた様子で家に帰ってきた。

「ただいま〜。もう疲れたわ」

「おかえりなさいませ、クラーラ様」

「どこを通っても人、人、人！　いやんなっちゃう」

大通りだけではなく、王都中心部の道は夜になって酔客で騒ぎが広がっている。パレード当日になれば王族一家を見ようとさらに人が押しかけるだろう。クラーラはうんざりという様子を隠さなかった。

「せっかく馬車を使ったのに、歩いたほうが早いんじゃないのアレ。……レオノーラ、どうかした？」

クラーラからコートを受け取り、いつもならすぐに部屋へと追い立て着替えを手伝うはずのレオノーラが、立ったまま物言いたげにしている。クラーラが愚痴を吐くのを止めて促すと、どこか困ったような顔をした。

「ルードヴィッヒ様がいらしております」

「ルイが？」

それを待っていたかのように低いバリトンが響いた。

「おかえり、兄さん」

「ルイ！」

クラーラは驚き、腕を組んでドアに凭《もた》れ掛かっていたルードヴィッヒを上から下まで見回した。

ルードヴィッヒ・ユースティティア・クラストロはクラーラ——マクラウドの実弟である。クラーラと同じ黒髪は短く切り揃えられ、黒い瞳は誇りと自信に満ちている。クラーラと比べると背が高く、肩も胸もがっしりとした体格だった。いかにも軍人らしい彼は、クラストロ特有の冷徹な知性を宿す黒い瞳で久しぶりに会う『兄』を眺めた。

「これ、お土産です」

ぽいと手に持っていた紙袋をクラーラに放り投げる。慌てて受け取ったクラーラは思いのほか軽いそれに眉を寄せた。

「なぁに？」

「来る途中で買ったんですよ。人気商品らしい」

紙袋からそれを取り出したクラーラは、歪んだ笑みを浮かべた。

「嫌な子。あいかわらずね」

「おかげさまでね」

「来るのなら前もって知らせなさい。アタシにだって仕事があるのよ」

クラーラは王妃を紙袋に戻し、弟に手を伸ばした。ルードヴィッヒは逆らわず、兄の抱擁を受ける。

「久しぶり、ルイ。大きくなったわね」

「会うたび言うのやめてください。もう子供じゃないんですから」

「アタシからすればまだまだ子供よ。兄の特権じゃなぁい」

「だったら弟の我儘もきくんですね」

軽口を言い合いながら兄弟は再会を喜んだ。ルードヴィッヒに居間で待つように告げ、クラーラは今度こそ自室に入る。レオノーラがそれに続いた。

春とはいえ夜はまだ肌寒い。クラーラは玄関に焚かれていた暖炉へ無造作に紙袋を放り投げる。

紙袋は一瞬で赤く燃え、露になった王妃の人形にヒビが入った。

第十一章　ルードヴィッヒ・ユースティティア・クラストロの回想

ルードヴィッヒ・ユースティティア・クラストロにとって、兄マクラウドは憧れの存在であり、父と同じく乗り越えるべき壁であった。

ルードヴィッヒとマクラウドは五つ違いの兄弟だ。彼が生まれた時、兄はすでに次期宰相として期待され、教育されていた。王宮で王太子と共に学び、遊び、その人生のすべてを国に捧げるべく育てられていた。

兄は情愛深い反面、敵や裏切りに容赦がない。闇が深ければ深いほど、彼の愛もまた深くなった。婚約者のフローラに対しても。

兄について語る時、思い出すのはルードヴィッヒが十三歳のグランドツアーでのことである。

グランドツアーは貴族の子弟が行う、大陸旅行のことである。経験によって知識を積むだけではなく、観光や美術品の購入、外国の貴族との交流など、目を養い、各国を巡って顔を売り知己を得て、時には妻となる婚約者も見つけることもある。将来国を背負う貴族の子弟にとって大切な行事だ。

外国を回るからには危険がつきものだ。特にルードヴィッヒはクラストロの次男。マクラウドに万が一のことがあれば彼が家を継ぐことになる。国内でも常に護衛が必須だが、必要最低限の荷物と護衛、侍従しかいないツアーは敵にしてみれば絶好の機会である。要人暗殺など国の威信に傷がつくようなことを他国が許すとは思えなかったが、警戒は必要だった。

道中では馬車の故障や贋作《がんさく》をつかまされそうになるなどのちょっとしたアクシデントこそあったが、グランドツアーはルードヴィッヒに新しい風を吹き込んだ。特に帝国では国力差はもとより極東から輸入された美術品や宝石など驚くことばかりで、マクラウドが帝国を最大日数にしろと口を酸っぱくして言っていたのに納得した。本来なら王太子の婚約者がいる国に長く滞在し、交流を深める予定だったのだ。

ルードヴィッヒは帝国で最新式の短銃を買った。貴族向けらしく装飾のほどこされた重い銃だが、一番に気を引いたのはその筒の短さと内側に掘られた旋条《ライフリング》である。

国で使われている銃はライフリングのない滑腔銃《かっこうじゅう》だ。単純な鉄の砲で、銃弾の飛距離も命中率も低かった。発射の際に出る硝煙も視界を遮り、次弾を撃つまでにも慣れない兵だと時間がかかる。集団で撃つため硝煙が晴れた頃には騎兵が目の前、という致命的な弱点があった。

対する短銃は鉄砲の短さで距離こそあまり伸びなかったが、照準を合わせるだけで正確に狙い撃ちできた。これは良いとルードヴィッヒは絶賛した。量産できれば今の銃を凌駕《りょうが》するだろう。

しかし欠点があった。ライフリング技術をもった鉄砲鍛冶がいないこと、そして、製造費用が高くつくことである。硝煙についても滑腔銃ほど改善されていない。

金はともかく技術は一朝一夕にはいかない。そもそも銃は鉄を大量に必要とするため、ただでさえ高価なのだ。一部隊作るだけで家が傾くほど高く、クラストロ領でも虎の子扱いの四部隊が精一杯だった。このうえさらにライフリングの職人を呼ぶ、あるいは調練させるのは、父でも渋るのが目に見えている。

それでもルードヴィッヒはライフリング銃に目を付けた。これで長筒銃を作れば、飛距離が伸び、狙撃ができる。部隊指揮官だけ狙い撃ちできれば勝利が確実に近づくのだ。

いずれ軍を担うクラストロの次男はそう読んだ。帝国金貨を積んで買い取ったそれを右腰に下げ、練度を高めるべく訓練を繰り返し行った。ちなみに左腰には剣を佩《は》いている。ルードヴィッヒは右利きだ。

見るものすべてが新しく、時代の移り変わりを実感する日々。ルードヴィッヒのグランドツアーが充実した終わりを迎えようとしていた、ある夜のことだった。

もうすぐ国境を越え、帰国するという日。ルードヴィッヒはふと国境の街で羽目を外したくなった。十三歳からはじまったグランドツアー中にルードヴィッヒは十四歳になった。帰国すれば社交デビューが待っている。ならば今のうちに遊んでおきたいと思うのは自然なことだろう。

護衛の目を掻い潜り、侍従のみを連れてこっそり宿を抜け出した。この街で宿にしていたのは当然貴族の屋敷だが、田舎町の貧乏貴族らしく家人の目を掻い潜るのはたやすかった。

衣服も庶民のものを用意し、意気揚々と夜の街に繰り出す。王都生まれ王都育ちのルードヴィッヒは、肌で感じる庶民の暮らしを知らなかった。道端で客寄せをする男、飲み屋を選んでいる仕事帰りだろう人々、屋台は大声で食べ物を売っていた。早くも酔いつぶれて道端で眠っている男までいる。

ルードヴィッヒと侍従は、比較的安全そうな、客入りの良い居酒屋に入った。

化粧の濃い色っぽい体つきの女中が給仕をする。お坊ちゃんとそのお守りと見たのか客たちが生温い目を二人に向けていた。

こういった店で注文したことのないルードヴィッヒは周囲を見回して、結局向かいの席で豪快に飲み食いしている大男と同じものを頼んだ。

雰囲気に呑まれた彼はすっかりいい気分で杯を重ねた。店を出る頃には足元がおぼつかず、同じく侍従もまた気が大きくなっていた。

気が付いた時には体を縛られて暗く狭い部屋で転がっていた。

後頭部の痛みで殴られたのかと気づく。とたん、いい気になって浮かれていた自分を叱咤《しった》したくなった。こうなる可能性があることを兄は忠告してくれたのに、もうすぐ終わると気が緩んだ隙を狙われてしまったのだ。

侍従は、と部屋を見回すが誰もいない。引き離されたのか助けを求めに行ったのか、それとも——すでに殺されてしまったのか。最悪の予想が浮かび、ルードヴィッヒはなんとか腕を動かそうともがいた。

剣と短銃は奪われている。こんな時、兄ならどうするだろう。必死で考える。後頭部の痛みと酔いが残っているせいで頭が回らない。このまま逃げられなかったら、殺されるか、それとも人質として国と家への脅迫材料にされるかのどちらかだ。

「くそ……っ」

兄なら。マクラウドならどうするか。そう思ったルードヴィッヒはハッとした。そういえば、兄は出発前、靴をプレゼントしてくれた。

靴に何かあるかもしれない。縛られた足を必死に捻り、エビ反りになりながら指先で探る。擦り減った木製の靴底と、踵の間に何かある。指で押すと痛みが走った。

ナイフだった。押し出された細い三日月型の刃物はするりと伸び、暗闇の中でわずかな光を反射した。

「く……っ」

腕を動かし、自分を切らないように注意して手首の縄を切った。ぷつっと解放され、慌てて足の縄も切る。

こんな時、兄なら。マクラウドならどうするだろう。ルードヴィッヒは高鳴る心臓を宥《なだ》めるように問いかけた。靴にこんなものを仕込む兄ならまずこんなまぬけな事態など起こさないだろうが、危機に際しなんの反撃もしないのはありえないはずだ。冷静に、冷酷に、脱出を図り、その上で首謀者が何者かも突き止めるに違いない。

静かに、ゆっくりと呼吸を繰り返す。靴は両足とも脱いだ。足音で気づかれてはならない。

武器は靴に仕込んだ、ナイフというには心もとない刃物だけ。部屋を見回してほかに使えるものはないかを探した。

窓には木枠がはめ込まれ、隙間から月明かりが漏れている。狭い部屋の現状が暗闇に慣れた目に入ってきた。

低い天井には蜘蛛《くも》が巣を作っている。床も窓も埃《ほこり》だらけでとても人の住む部屋ではなかった。一つだけある扉のノブを慎重に回してみたが、やはり鍵がかかっていた。

おそらく物置に使われているのだろう。黴《かび》臭い毛布と背凭れのない椅子、古い簞笥に紐でまとめられた本、緑青の浮いた青銅の燭台《しょくだい》があった。ルードヴィッヒは燭台を手に取った。溶けた蠟が付着し黴が発生しているが、使えないことはない。少なくとも靴よりは長い分有利だ。扉の横でしゃがみこみ、曲者が現れるのを待った。

木枠を外して窓から脱出することも考えたが、ここが屋根裏部屋なら落下の衝撃で足をやられ、すぐに捕まる可能性が高い。それよりは何者かが来るのを待ち、人質にとる、あるいは意識を失ったところで衣服を奪い、変装して逃げるほうが確実だろう。ルードヴィッヒは息を詰め、耳を澄ました。

扉の向こうは異様なほど静かだった。これから誰かが来るのか、それとも放置することで餓死させるつもりなのか。ルードヴィッヒ・ユースティティア・クラストロの貴重性を知っているのなら放置はないだろう。心臓の音がうるさく、外にまで漏れてしまいそうだった。

ルードヴィッヒが凝視する先で、ノブがゆっくりと回った。

足音も床の軋みも聞こえなかった。相当な手練れだ。ルードヴィッヒは背をかがめ、いつでも燭台を突きだせる体勢を取る。

うっすらと扉が開いた。極限まで緊張した目の前で、隙間は針ほどになり、指ほどになり、腕ほどに開かれる。

「…………っ」

裂帛《れっぱく》を喉の奥で殺し、黒い影の喉を目指して突き出す。瞬間手に衝撃が走り、燭台が飛ばされ、痺れが走った。ごつ、と固く冷たい金属が額に当てられる。ルードヴィッヒが購入した帝国製の短銃だった。

「っ」

ならばと隠していた靴で足を狙う。読まれていたのかすかさず蹴り上げられ、靴が後方に飛んでいった。

「ルイ、僕だよ」

「――――っ⁉」

曲者が入ってきた扉の隙間から脱出しようとしていたルードヴィッヒは、かけられた声にバッと顔をあげた。

「にいさん……？」

「そう。ずいぶん楽しそうなことをしているな？」

「……ど、して」

暗闇に浮かび上がったのは間違いなく兄だった。一気に力が抜け、ルードヴィッヒは埃だらけの床に尻をつく。マクラウドは屈みこむとそんな弟の頭を撫でた。

「話は下で。お前のアルスも無事だよ」

「アル……！　アルは無事なのですね！」

ルードヴィッヒを捉えるのが目的なら、侍従は殺されてしまうはずだ。無事という言葉を聞き、ルードヴィッヒは希望に顔を輝かせた。靴を履くのももどかしく階下に降りる。思った通り、ここは三階建ての屋根裏だった。

「アル！」

「ルードヴィッヒ様！　ご無事で……っ」

従者はルードヴィッヒの顔を見てたちまち涙ぐんだ。殴りつけられたのだろう、頬や瞼《まぶた》が腫れあがっている。血を拭ったあとが鼻から頬に伸びていた。

「申し訳っ、申し訳ございません、私がついていながら……っ」

「アル、アルス、僕こそすまなかった。気を抜いて遊びに行こうなんて言ったのは僕だ、お前のせいじゃない」

「ルードヴィッヒ様……」

互いに詫びあい喜び合う主従をよそに、マクラウドはひと塊にされた男たちの拘束を解いた。蹴り上げて立ち上がることを要求する。

「ルイ、無事を喜ぶのは後にしろ。今はコレの始末だ」

「…………」

よろめきながら立ち上がった男は、どこかの屋敷の庭師か下働きといって風貌だった。苦痛に満ちた顔を諦めと絶望に染め上げ、示された椅子に力なく座る。残りの三人も同じような有り様だった。

ルードヴィッヒは男たちがそれぞれ足や指を折られていることに気が付いた。そっと兄を見る。

マクラウドは何食わぬ顔をして、これから楽しいゲームが始まるとでもいいたげだった。

「兄さん……」

「お前もお座り」

これだけのことを声も物音も立てずにたったひとりでできるものだろうか。薄く笑う兄はルードヴィッヒの視線に気づくと、顎で扉を示した。なるほど、向こう側に兄の手の者が控えているのだろう。彼らも使ってのことだったのだ。

「さて、ルイ。お前はどうしたい？」

「え？」

「被害者はお前だ。コレをどうするかの話をまずしないとな」

兄が男たちから聞きだした話によると、男はルードヴィッヒ・ユースティティア・クラストロを誘拐監禁するよう依頼された、本業者だという。従者を殺さなかったのはルードヴィッヒに対する人質にするためで、依頼人も背格好のよく似た従者とセットでならば報酬を上乗せすると言った。

実際、ルードヴィッヒと従者はよく似ている。アルス・チェルニーはそのためにクラストロに雇われ、いずれ影となるように教育されているのだ。従者を殺されてもすぐに代わりが見つかるはずはなく、見つかってもそのように教育するのは大変な労力だ。

コツ、とマクラウドがテーブルを指で突いた。

「選択肢は三つ、ある。一つめはこのまま殺し、どこかに捨てる。あるいは同士打ちにでも見せかけて、事件そのものをなかったことにする」

死体処理の手間はかかるが、事件をなかったことにすることで、ルードヴィッヒは何事もなく帰国できる。

「二つめは通報。ここは僕らの国ではないからな。外国人同士の誘拐未遂事件としてはクラストロは大物すぎる。センセーショナルに報道されて首謀者にも知れるだろう」

この国の法に則って裁きを受けさせる。ただしルードヴィッヒは誘拐された本人として事情を聞かれるし、滞在している館の貴族にも迷惑がかかる。足止めは必至、その後もルードヴィッヒはグランドツアーで羽目を外して失敗した貴族として叱責されるだろう。

「三つめはコレを連れかえって首謀者との取引に使う。とぼけられるだろうが、弱みを握っていることをこちらが知っているだけでも効果はある」

誘拐してクラストロを脅迫しようとしていたが失敗し、逆に実働部隊を押さえられた。クラストロがどんな反撃をしてくるか想像するだけで震えあがるだろう。

「さて、どうする？」

「…………」

ルードヴィッヒは考えた。一番楽なのは一つめだが、最も悪手なのがこれだ。こちらのメリットがひとつしかない。殺人を背負うのと帰国ではむしろデメリットだ。

二つめは法的に正しい。ここが外国である以上自分たちがでしゃばるのではなく、国際問題として扱うほうが良いだろう。だがそうすればルードヴィッヒの評判、ひいてはクラストロの評判が落ち、国にも迷惑がかかる。滞在している貴族の名にも傷をつけ、ルードヴィッヒの護衛や従者も職務怠慢としてなんらかの罰を受ける。

三つめ、最も腹黒いのはこれだ。首謀者に失敗を悟らせるだけではなく、クラストロが弱みを握ったと思わせることができる。生かしたままという違いはあるが、一つめと同じくルードヴィッヒは無事に帰国できるだろう。

「兄さん、それで、首謀者は誰なの？」

「親王家派――いや、反クラストロの一派だ。クラストロが政治を牛耳っているのが気に食わんらしい」

ルードヴィッヒの予想通りだった。親王家派は裏を返せば反クラストロ派である。王家の影であるクラストロが王を操り、自分に都合の良い政治をしていると思い込んでいる。いくらクラストロであろうとも、議会を無視して政治を進められるはずがないのだが、彼らはクラストロさえいなければ自分たちの思い通りにできると信じているのだ。

「まぬけな話だよ。慎重に慎重に事を進めすぎて、こちらの張った網にかかったんだから。外国に別荘を買うのはおかしくないけど、こんな国境付近、しかも使用人を置いたのは数日前。企んでますって言っているようなものだ」

馬鹿にしてる。マクラウドは心底呆れかえって言った。

建国以来、クラストロは宰相として国のために動いてきた。長すぎる権勢は嫉妬を買うには充分で、クラストロを排除した後、ハイエナのごとく利権を食い荒らす様が想像できるだけに、ここで引くわけにはいかない。

「できるなら三、できなければ一で」

「それでいいのか？」

「いいも何も、他に手はないんだろう」

兄はまじまじと弟を見て、長い息を吐いた。

「それでクラストロが務まると思っているのか。たしかに僕は三つある、と案を出した。だが三つしかないとは一言も言っていないぞ」

「なっ、ずるいぞ！」

「なにがずるいだ。自分で考えなくてどうする。相手に乗せられて諾々《だくだく》と提案を受けるなど愚の骨頂、引き摺《ず》りこむんだよ」

クラストロの象徴は双頭の竜だ。清濁《せいだく》を飲み込み国に安堵をもたらす。そのためにはあらゆることを考えておかなくてはならない。

「まぁ、お前が非情な判断も下せるとわかっただけで上出来か」

「兄さん」

マクラウドが政治を、ルードヴィッヒが軍事を、将来担うことになる。いざという時に殺せない指揮官では軍は動かせない。時に非情に、しかしどこまでも冷静に冷徹に、命令を下す。それがルードヴィッヒに求められる役割だった。

「軍を統括する以上、必要以上に殺さないのは良い判断だ。だがもう一歩踏み出すことも考慮しろ」

「兄さんならどうするの？」

「僕なら、こうする」

言ってマクラウドは懐から葉巻を取り出した。口に咥えて火をつけると一度吸い込み、ふうと紫煙を吐き出す。そして、葉巻の吸い口を正面にいる男、ルードヴィッヒの誘拐を依頼された頭目に向けた。

「僕が君たちを雇おう。毒を飲む覚悟があるなら吸いたまえ」

「……こちらの、メリットは」

驚いたことに男は話に乗ってきた。仕事に失敗した以上、こういう裏稼業のものは始末されるか安く買い叩かれるかのどちらかだ。そんなことになるよりはクラストロに与《くみ》したほうが良い。賢明な判断だ。

二人の間に甘い香りが煙る。

「一家全員の保護。しかるべき報酬。これは成功失敗を問わず出す。成功すれば上乗せしてやる。衣食住の保証。それと、裏切りの自由だ」

「……裏切りもか」

「裏切ればどうなるかわかるだろう？　だから自由だと言った」

「断れば？」

「ルードヴィッヒが選んだ通り、三だな」

マクラウドは頭目の後ろにいる、足の折れた男に目をやった。脂汗を流し、椅子の背もたれに手をついてなんとか立っている。

「お孫さん、三歳だって？　リリィちゃん。良い名前じゃないか」

黒い瞳をさらに黒く輝かせ、マクラウドはやさしく微笑んだ。隣に座っているルードヴィッヒでさえ聞いた事のないやさしい声――だが絶対零度と思えるほど温度のない声であった。

真正面から受け止めた男は暗闇でもわかるほど蒼ざめ、目を見開いてマクラウドを凝視していた。

「君の名前は？」

マクラウドはどこまでも穏やかだった。男は震える手を伸ばし、不自然な方向を向いている青い指で葉巻を摑んだ。口元に持って行く。がたがたと震えが激しくなり、男は指を口で追いかけて、吸いこみ、吐いた。マクラウドの目が三日月のように細くなった。

「アーネスト。姓はない」

「では、カイエンの姓を与えよう。これからはアーネスト・カイエンと名乗るがいい」

「へ……？」

男はぽかんとし、ルードヴィッヒもぎょっとした。男の後ろにいる彼の息子と部下、侍従のアルスも驚いている。

姓を与えるのは貴族の特権だが、たいていは功績を立てた者への褒美として与えられるものだ。農民などの庶民に姓はなく、たいていは何々村の誰それだ、と出身地を名乗る。当然裏稼業の者に姓などあるはずがない。姓がある、というのはそれだけである種の尊敬を集める、いわば勲章なのだ。

「なんだ、不足か？」

「と、とんでもねえ……。けど、なんでです？ 俺、いや私らは裏のもんですぜ？」

「一家揃って裏稼業」

「それが?」

裏稼業、暗殺や諜報を仕事とする者は、それを家族にすらひた隠しにする。いつ何が起こるかわからず、失敗は死に直結するからだ。裏を知ればそれだけ危険が高くなる。そんな仕事をしている者を伴侶にしたがる女はいないだろう。報酬こそ良いが安定しない上に、裏切りと陰謀の世界だ。そんな稼業を継がせたいと思う親もいない。

「その根性が気に入った。僕も家督を継げば自分だけの黒後家蜘蛛《ブラック・ウィドウズ》を持つし、どうせだったら面白いやつのほうがいいだろ」

黒後家蜘蛛――その名の通り黒い後家蜘蛛である。糸を張り巡らせて獲物を待ち伏せし、食い殺す。牙には猛毒があり時に人を殺すこともあった。クラストロ家における諜報部隊の総称である。もちろん、時と場合によっては暗殺も行う。

「そ、そんな理由で?」

「他人に紹介されたよく知らない人間より、自分で確かめたやつのほうがいい。それに……」

唖然《あぜん》とするアーネストに、マクラウドは今度こそやさしい瞳で言った。

「孫の名を出されて言葉に詰まるような、人間らしい男のほうが、信用できる」

心を失った人間はけだものだ、餌に釣られてなにをしでかすかわからない。ならばどれだけ非道であろうとも、心を持って進める人間のほうが良い。

「は、はは……っ。さすがはクラストロの坊ちゃん、俺、みてぇなやつを、信用なんて……」

乾いた笑いを漏らしたアーネストは、しだいに涙で言葉を詰まらせた。青く腫れあがった手で目を覆い、男泣きに泣きだす。見れば後ろの男たちも泣いている。

裏稼業に信用はない。あるのは成功か失敗であり、金か死である。迂闊に信用して話したことをどこで誰に漏らされるかわからないのだ、他人が信用できなくなるのは当然だった。依頼人すら秘密を握った者として、仕事が終われば暗殺しようと企むこともある。誰も信用できず、誰からも信用されない。しかも彼らの仕事は誰からも褒められることも、認められることもなく、依頼人は蔑みを隠そうともしないのだ。暗く冷たい職業である。

「三カ月の試用期間を設ける。それまでにクラストロに来い。一家全員でだ。わかるな?」

「はい」

三カ月以内に怪我を治せということである。うなずいたのを確認し、マクラウドは懐から帝国金貨を六枚取り出した。逃げればたちまち蜘蛛の糸が絡まり、獲物を喰い殺すだろう。

「先払いしておく。一枚は怪我の慰謝料、一枚は引っ越し代、二枚で今回の賠償をしておけ、残りの二枚は三カ月間の生活費だ」

「はい」

金貨二枚あれば五人家族が一年は生活できる。帝国金貨は信用が高く、取引に有利だ。帰国して彼らがクラストロに行けば、首謀者も失敗を悟り追手をかけてくるだろう。同業者ならどうすれば退けられるか知っている。金で済むなら安いものだ。ルードヴィッヒは唖然としたまま二人のやりとりを見ていた。

＊＊＊

クラーラの執事であるアーネスト・カイエンは二代目だ。あの時に足を折られていた息子である。

「アーネスト、どうして兄さんについたんだ？」

カイエン一家はその後マクラウドの目となり足となった。国の内外を回り、情報収集を務めている。

マクラウドがクラーラになる際、ルードヴィッヒはアーネストを誘ったのだ、軍に来ないか、と。

軍でもアーネストの諜報は役に立つ。表舞台から消える兄につくのは無駄のように思えた。

アーネストはまっすぐに答えた。

「私共はあの時マクラウド様に生かされたのです。ならばこの命、あの方のために使うのは当然のことです」

ためらわずに手を伸ばしたこと。人間として認められたこと。欲しい、と求められたこと。すべてがアーネストには感動だった。マクラウドがルードヴィッヒ救出のために突撃した時、彼は最低限の労力だけで制圧した。誰が首謀者なのか、誰が実働部隊なのか調べた時から、マクラウドはアーネストを手に入れることを決めていたのだろう。あの後かかった医者が驚くほど綺麗に骨は折れていた。おかげで後遺症もなく、今もこうしていられる。

「それに」

言葉を続けたアーネストは少年のようにはにかんだ。

「お笑いください。はじめてだったのですよ」

私を人間として扱った主人は――。

ルードヴィッヒはその時はじめて、人が人に心酔している姿を見た。

ルードヴィッヒ・ユースティティア・クラストロにとって、兄とは尊敬と憧憬の対象であり、越えるべき壁である。

だからこそ、彼からマクラウドを殺し、クラーラにした女を許すことができない。

第十二章　クラーラの見物

ぱん、ぱぱん、と空砲が鳴る。

良く晴れた空に白い煙がいくつも咲いていた。

大通りは払い清められ、花があちこちに飾られている。国中から集めたような花々の香りが王都に満ちた。

沿道には人の群れ。ひしめきあった人々は期待に顔を輝かせながらその時を待っている。幼い子供は父親に肩車され、あるいは母親としっかり手を繋いで、見慣れた王都が華やかに様変わりしたことにはしゃいでいた。

今日は、王族によるパレード当日だ。

「クラーラ！　あんたも来たの！」

クラーラが沿道の人ごみに紛れていると、聞きなれた声が呼びかけてきた。

とにかく人が凄い。せっかくはりきっておしゃれしたのに、これでは台無しだ。ドレスが破けなければいいけど。パレードがはじまる前からうんざりしはじめたクラーラは、声の主を探して周囲を見回した。

群衆の最前列に陣取っている八百屋一家の娘、チェルシーだ。懸命に背を伸ばし、クラーラに向かって手を振っている。

「こっちおいでよ！」

「身動きがとれないのよ！」

「なんのための図体なのさ！　割り込んで来い！」

「無茶言わないでちょうだい！」

怒鳴りつけるような会話は人が多すぎるせいだ。人々が口々にしゃべっているため、声を張り上げないと聞こえない。

チェルシーとクラーラの会話に周囲から笑いが漏れた。まったく、レディが大声出すなんて、とクラーラは乱れた髪に手をやって整える。そろそろはじまるはずだ。

王宮の方角から音楽が鳴り響き、パレードがはじまった。

王族一家は雲の上の存在だ。新年か国王の生誕祭くらいでしか滅多にお目にかかれない。それも城のバルコニーから遠い姿を望むのみで、護衛付きとはいえこれほど近くで拝する機会など早々ないだろう。

おまけに今回は最強軍団と呼び名も高い辺境軍の元帥がわざわざ召喚され、王族の護衛に就く。彼は美男としても知られており、彼の人気もあいまって観客が詰めかけた。護衛騎士もそれなりに顔の良い男たちが選ばれて、アクセサリーとしてパレードを飾るのだ。

「来たぞ！」

誰かが叫び、人々は王と王妃の名を呼んだ。第二王子のマルセルは多くの女性たちの声を集め、シャルロッテ王女と下の王子方は初お目見えとあって彼より少ないが、それでも名を呼ばれていた。

先頭は国旗を捧げ持った騎士と楽団だった。脇に馬に乗った護衛騎士をつけ、列になり国歌を鳴らしながら進んでいく。

「国王万歳！」

「エドゥアール王万歳！」

「王妃様！」

次に護衛騎馬隊。見事な体躯の白馬に乗った騎士たちが均一に並び、蹄《ひづめ》の音も高らかに通り抜けていった。馬は怒号や鐘、銃声に驚かないよう耳あてに慣らされているため、群衆の歓声にも悠然としていた。

「国王エドゥアール、王妃フローラ万歳！」

「マルセル様！」

「万歳！」

転ぶのを防ぐため、クラーラはヒールの高い靴は履いてこなかった。それでも人々の頭より目線は高い。四頭立ての馬車の音が近づいた。

「エドゥアール王に祝福を！」

「王妃フローラに祝福を！」

「シャルロッテ様、万歳！」

「マルセル様、ルドルフ様、ヘンリー様、万歳！」

「国王陛下万歳！」

万歳の歓声の中、王族一家が現れた。

先導にルードヴィッヒ・ユースティティア・クラストロ。護衛騎士とは違い、辺境軍正式礼装に身を包んでいる。白い詰襟に階級章、頭にも羽飾りのついた軍帽を被り、マントには辺境軍を示す交差する剣とアザミの紋章が入っていた。黒い革手袋が白馬の手綱を握り、一欠片の笑みもなく、冷たい眼差しをただ前に向けている。一瞬だけクラーラを映したが、それだけだった。

仕事中、と書いてある顔にクラーラは苦笑した。そして少し顔を傾け、次の馬を見る。

天蓋を降ろしたバルーシュタイプの馬車。屋根がないのが特徴で、車体も低く、乗っている人が良く見える。見せることを目的とした馬車だ。白く磨かれた車体には王家の紋章である百合紋が描かれ、彫金の飾りが付けられている。四頭の馬も白馬、御者もこの日のために誂《あつら》えた白い御者服を着ていた。

「いてっ」

「あら、ごめんなさい」

クラーラは一歩足を引き、後ろに立っていた男の爪先を踏んだ。彼は足の痛みもさることながら、一瞬でも王族一家を見逃したことに怒りを覚えたらしく、背の高いクラーラにぶちぶちと文句をつけた。クラーラは申し訳なさそうにひたすら謝った。

「本当にごめんなさい」

「ちっ！」

男は舌打ちしてクラーラを睨みつけると、王妃への万歳を叫んだ。クラーラは頭を下げた。馬車が正面を通り抜ける。視界の隅でフローラが手を振っていた。

座席に詰め物をしてあるのか、一般のバルーシュと比べると座高が高くなっている。フローラは白を基調としたドレスとマント、エドゥアールは国王の礼装。こちらも白だ。第二王子のマルセルは白に青の刺繍が入った三つ揃いのスーツ、王女シャルロッテは子供らしい花模様のドレスだった。続く馬車には第三王子と第四王子が乗っている。国民の万歳に幼い顔を感激で赤くさせた彼らは微笑ましく、幸福な王家一家の図がそこにあった。

「エドゥアール王万歳！」

「王妃フローラ万歳！」

国王と王子はともかく王妃と王女はずいぶん重そうなドレスだった。重量もそうだが、国庫に重く響くだろう。

フローラのドレスには宝石が使われ、胸元を飾るネックレスと揃いの耳飾りは大きなエメラルドだった。割れやすいエメラルドをあの大きさで、となると、相当な金額になる。

シャルロッテも同様だ。アクセサリーこそ小ぶりだったが、花模様には宝石が縫い込まれていた。王が被る王冠と王妃の冠は代々伝えられているものだ。それだけはさすがに守ったかとクラーラは内心ほっとした。時代に合わせて王が独自の冠を作ることもあるが、エドゥアールにそれだけの予算はないはずだ。勅命を出したところで無い袖は振れず、ツケを払うのは国民になる。

「ごめんなさい、失礼しますね」

見るものは見た。クラーラは人の隙間を縫うように身をよじった。小声で呟く。

「早くしないとパンがなくなっちゃう」

その言葉は驚くほど早く伝播した。パレード当日の今日は、待ちに待ったパンの配給日である。群衆ははっと我に返るや一斉に動いた。王宮に近い場所にいた者たちはとっくに配給所に向かっているだろう。職のない浮浪者はもちろん、観客としてやってきた者も並ぶに違いない。パレードに興味のないものたちは言わずもがなだ。

動き出した波に乗ってクラーラは沿道から脱出した。クラーラ本人はパンなど必要としていない。ただ群衆が集まったのが一瞬で、誰も余韻に浸らなかったという事実のみが必要だった。

エドゥアールが狙った『王家の威信』など、パンの一切れを前にしたら何の意味もない。憐れなものね。微かに同情しながらクラーラは家路を急いだ。

良く晴れた春空に、また空砲が鳴った。

＊＊＊

家に帰りつくや、クラーラはアーネストを呼んだ。

「アーネスト、手配は済んでるわね？」

「はい」

「市場の相場は？」

「現在の市場相場はこちらに。こちらが冬を予測したものになります」

アーネストは主人が求めるものをすぐさま差し出した。着替えもしないクラーラは受け取った書類を睨み、熟考をはじめる。

今でこそクラストロといえば養蚕が有名だが、もともとは豊かな穀倉《こくそう》地帯として知られていた。代々の領主が土壌改良に励んだ結果だ。クラストロは公爵であり、王家の剣であり盾でもある。初代が王から賜った領地は、国境に面し荒れ土に乾いた風が吹く、不毛な大地であった。生まれたばかりの国で、臣籍降下した弟が国を逼迫《ひっぱく》させてはならぬと、もっとも豊かな土地を王家の直轄としたのである。そして引き連れてきた民に告げた。我が領民には三年の貯蓄をさせよ。それが民を守り、国を守ることになる。

クラストロ家の家訓にもある。どんな飢饉《ききん》が起こっても、三年分の蓄えがあれば民は飢えずにすむ。飢えれば人は動けず、働けなければ大地は荒れる。その家訓を守り、クラストロ領は蝗《いなご》や旱魃《かんばつ》の時にも餓死者を出さなかった。民を安堵させての領主、これがクラストロの誇りなのだ。

今はまだいい。どこの畑でも麦の植え付けがはじまったばかりだ。だが今回の大盤振る舞いで、収穫を早めるところが必ず出てくる。あるいは野菜を植える予定の土地に麦を植えろと命令が下るかもしれない。貯蔵庫で保管のできる麦とは違い、野菜は季節ものだ。わずかな畑にジャガイモなどを植えて、飢えを凌ぐ農民に無理を強いる領が出る。

今回の配給のために、クラストロは要求された以上の麦を出さなかった。市場は高騰していたが沈黙を守り、一時の荒稼ぎに走らず他家の失笑を買った。

冬が来るのだ。ただでさえ地方の貧しい庶民は冬の死亡率が高いというのに、わずかな麦さえも手に入らなかったら子供や老人だけではなく、働き手となる青年さえも死んでいくだろう。彼らに必要なのは一瞬で消えていくパンではない。食いつないでいけるだけの余裕なのだ。

やがて飢えた民衆が、王都に押し寄せて来る。

二十年あった。

エドゥアールが王になって二十年。その間、彼は時候の挨拶のようにマクラウドに宰相の任に就くよう要請し、クラーラの傷を抉《えぐ》ってきた。マクラウドさえいればなんとかなると頑なに信じ、自分で改善しようとは考えることもなく。それが彼なりの謝罪のつもりだったのだろう。しかし、エドゥアールからの出仕要請が来るたびにクラーラは忘れかけていた傷の痛みを思い出し、発狂しそうな夜を思い出す。

愛しいフローラ。嫋《たお》やかでやさしいその姿。彼女が傍にいる未来を思うだけで、マクラウドは自分が身を浸している闇に呑まれずに済んだ。彼女は癒しであり、愛の象徴であった。女神ではないかとマクラウドは本気で信じていたこともある。

今日、見ることができたフローラは二十年前と何も変わっていなかった。変わらずに美しく、すべてを許し包み込む微笑みを浮かべ、民衆に手を振っていた。顔を伏せたクラーラに気づくことなく。

マクラウドとフローラの婚約は家同士による政略的な意味合いの強いものであった。クラストロ家と繋がりを得たいフローラの実家は侯爵であり、貴族議会の議長を務める家であった。議長であるフローラの父は、癒着《ゆちゃく》というより個人的にマクラウドが気に入ったようで、ぜひ娘を、と請われてのことだった。

マクラウドも議長に対しては好感を持っていた。議会を取り仕切るからには公正であれ、という信念を持つ男は、だからこそクラストロの在り方に感銘を受けたという。このご時世には珍しい、まっすぐな人柄である。帝国王室と血の繋がりを持つ彼の人柄とこの先のしがらみを考えれば、一度も会わずに断ることはできない。マクラウドはフローラと会うことにした。

フローラはその名の通り、花のような少女であった。愛を注ぐことで成長し、愛によって花開く、花のごとき麗人。ただそこにいるだけで人の心を慰める少女だった。

いつ会ってもフローラは花だった。マクラウドが父の手足となってエドゥアール廃嫡に蠢《うごめ》く貴族どもと対峙し、裏工作をこなした直後に会っても、何ひとつ気づくこともなく彼に微笑んだ。闇を寄せ付けぬ、闇の存在すら知らぬような人であった。

宰相という重荷と背負う闇に潰されそうになっていたマクラウドには、フローラの光が救いだった。彼女であれば人に死ねと命ずる時でも微笑んでいてくれるだろう。嘘、欺瞞《ぎまん》、謀略、暴力。それらを呑み込んだマクラウドを愛し続けてくれるだろう。マクラウドはそう信じ、信仰に似た愛情をフローラに注いだ。他国の王女との婚約に不満を漏らすエドゥアールにのろけさえした。

エドゥアールについては、よく知っている。おそらく彼の周りにいる重鎮の誰よりも、クラーラのほうがその考えを読めるだろう。

エドゥアールが欲しかったのはフローラその人ではなく、マクラウドの婚約者であるフローラだった。親友が愛する女を自分も同じく愛することで、エドゥアールはマクラウドとより近くなろうとした。

自分の結婚と比べて嫉妬と羨望もあったのだろう。しかしそれならば別に恋人を作っても良かった。婚約者は変えられないが、恋まで否定されていたわけではない。結婚前に別れておけば良いだけの話だ。

エドゥアールにとって、マクラウドは共に育って来た親友であり、自分の影だった。育つにつれてマクラウドが自制し、エドゥアールから一歩引いた態度を取るようになったことに焦り、この優秀な男を自分に引き留めておく方法として、フローラを愛したのだ。

歪んだ愛情である。だがエドゥアールはそれを真実の愛だと思った。親友から婚約者を奪うのではなく、同じく愛する。フローラと言葉を交わし、わずかな隙を縫って愛を告げ、思いの丈をぶつけた。

エドゥアールの誤算はフローラが愛情を量る女だったことだ。結ばれるべきマクラウドより、苦悩するエドゥアールのほうが自分を愛してくれている。フローラの理想の愛は共に成長するものではなく、溺れてゆくものだった。何もかもを許し、互いのことだけを見つめて生きていくことこそ愛であると信じていた。マクラウドであれば彼女が溺れそうになるたびに引き上げてくれただろう。女の本能で彼の聡明さを察知した彼女は息苦しさを覚えた。エドゥアールであれば、しがみついて離れず抱き合ったまま沈んでくれる。

二十年前、そうしてふたりは飛び込んだ。底なしの泥沼であることなど知りもせず、簡単にマクラウドを裏切り、捨てた。エドゥアールの隣から親友が消え、フローラへの愛情は息絶えた。

「なにも変わっていなかったわ」

「……主様」

「化け物みたい。信じられない。アタシとアレが同じ人間だなんて……」

レオノーラとマシューも集まっていた。主人の心境を思い、フローラをはじめとする王家への表情を露わにしない。

レオノーラはクラーラがパレード見物に行くことを反対していた。わざわざ自分から傷口を抉る必要はない、と。クラーラが王妃のドレスを見たいと言った時も、どこの職人が仕立てたのか突き止め、その詳細まで報告した。支払額までわかっているのだ、見に行くまでもない。

マシューは王都のパン屋を探り、彼らに労働の対価が支払われていないことを突き止めた。王家は小麦を用意してパンを焼けと命じればいいが、パンを焼く際に使うバターや窯に火を燈《とも》す薪の必要性をわかっていなかった。彼らの労働力も。祝賀の裏で一部の者たちだけに負担が集中したのだ。

「ご主人様」

「レオノーラ、今注文が残ってるのはドレス三着とティアラとネックレスだったわよね？」

「はい。貴族令嬢の社交デビュー用ドレスとティアラが二件、それから令嬢付き侍女のウエディングドレスとネックレスです。祝賀のための注文はすべてお届けも支払いも済んでいます」

「それが終わったらクラストロに帰るわ。名目は、そうね、静養と絹地の仕入れってことにしておいて」

「はい」

これから店を訪れる令嬢たちに、休業案内を出さなければならない。レオノーラは頭の中で常連の令嬢たちを数えた。

「アーネスト、この家とお店の調度品を預ける銀行の手配を」

「はい」

店を閉めている間は見本品のドレスや宝石も片付けて、泥棒に入られても被害のないように手配する。家の調度品も良いものばかりだ、奪われるならともかく破壊されてはたまらない。

「マシューは道中のことを頼むわね」

「はい」

王都からクラストロまでは長旅だ。道中の安全を確保し、宿と食事を手配し、無事にクラストロまで帰還しなくてはならなかった。

「焦んなくていいわ。仕事は確実に、ね」

言って、クラーラは立ち上がった。群衆に揉まれたせいで傷んだドレスを確認し、哀しそうな顔になった。

「レオノーラ、これもう駄目かしら」

「生地がだいぶ引き攣《つ》れていますね……。あ、ほつれまで。これは何かしら、食べ物の染み？」

あーあ、とクラーラは天を向いた。

クラーラのドレスをチェックしながら、レオノーラが訊ねた。

「それで、クラーラ様。いつまでクラストロに滞在する予定ですか？」

決まってるじゃない。クラーラは答えた。

「冬までよ」

＊＊＊

月夜の晩、ウエディングヴェールの裾を地面に引き摺ってその人は歩いている。

虚ろな瞳。裾長の寝間着姿はどこかの令嬢のようにも見え、しかし短く切られた黒髪と体躯《たいく》がそれを否定する。

何かを呟きながら、その人は庭を歩いていた。月光、ウエディングヴェールは発光しているかのようだ。

繊細なレースでできたヴェールはすっかり汚れ、ほつれてきている。もう毎晩、この人はこうして夜を歩いていた。ひとり、月明かりの中。

本来なら幸福に包まれていたはずだった。神の前に愛を誓い、その愛を永遠のものにしていたはずだった。

ひらり、ふわりとヴェールが揺れる。青白いその頬。血の気を失ったその唇。紡ぐは愛しい人の名前。

――フローラ。

耐え切れずに飛び出した人影。にいさん。にいさん。呼びかけてもその人が呼ぶのは愛しい名前だけだった。

抱きしめた弟の腕の中、主人は虚ろにただ一人を呼び続けている。しだいに弟の声に涙が混じり、見ている彼らの胸が締め付けられた。

夜が明ければその人は何も覚えていない。夜だけに許される呼びかけ。囁くように、睦言《むつごと》のように、その人は愛を呼んだ。

――フローラ。

青白い人はそうして彼を埋葬した。ひどく不釣り合いなウエディングヴェール。さようならやさしい月明かり。

やがて腐って骨になり、いずれ天へと還るでしょう。

第十三章　リスティア・エヴァンスの敗戦・前

どうやらリスティアに、気になる相手ができたらしい。

憂い顔でため息をつくヴァイオレットにクラーラは苦笑する。

「いいことじゃないの。王都でデビューさせたんだもの、そのつもりがなかったなんて言わないでしょう?」

「それはそうですけど、主な目的は社会勉強よ。恋にうつつを抜かされても困るわ」

ヴァイオレットが小言を漏らすほどリスティアは相手に夢中になっているようだ。恋は盲目。あの賢い少女であってもそうなるのかと思い、可愛らしさについ口元が緩んだ。

地方貴族の娘がわざわざ王都をはじめとする主要都市で社交デビューをする目的は、第一に結婚相手を探すことにある。茶会や晩餐などで経験を積み、満を持してということだ。リスティアとて例外ではない。ヴァイオレットもそのつもりで連れてきた。

だが、ヴァイオレットの目から見て、年頃の青年でまともな相手はほんの一握りだ。リスティアはこれからヴァイオレットの腹心として、ルードヴィッヒの侯爵家を支えていく予定である。迂闊な男に引っかかって身を持ち崩されてはたまらなかった。

「レティには男の子しかいないから余計可愛いのかもしれないけど、エヴァンスの奥様を差し置いて出しゃばるのは良くなくってよ？」

「わかっていますわ」

だが後日、下町にあるクラーラの家にやって来たルードヴィッヒも同じことをぼやいた。

「あんたまでそんなことを言い出すなんて。そんなにリスティアちゃんの相手は悪いの？」

「リントン家は知っていますか？」

「もちろん。クリューゼットの腰巾着でしょ。ああ、もしかしてあそこの三男？」

「その通りです。少し調べただけでくだらない色恋沙汰ばかりが集まりました。そんなろくでなしのどこがいいのかさっぱりわかりませんよ」

「リスティアちゃんがねぇ……」

リスティアのお相手、ヴィクトール・リントンはリントン家の三男だ。ハニーブロンドの髪とブルースカイの瞳に甘いマスク。そこにやわらかな笑みを湛《たた》えて女性を落とす。色男として王都ではちょっとした有名人だった。

だが問題は、彼の主家であるクリューゼット家が反クラストロの先鋒であるということだった。

ヴィクトールはどうやらクリューゼットの意を汲んで動いているらしく、彼の毒牙に引っかかった女性はことごとく政敵の令嬢ばかりだった。将を射んと欲すればまず馬を射よとはいうが、やり方がどうにも汚い。

「クリューゼットの長男はたしかニコラス・クリューゼット。二十四歳で、父親のヨハネスがまだ家督を継いでいないわ」

「あそこは爺さんが健在ですからね。あれには譲れませんよ」

「コーネリアス様は立派なお方ですもの」

ニコラス・フー・ゼ・クリューゼットの祖父であるコーネリアス・フー・ゼ・クリューゼットは司法長官の任についている。自分より年下のマクラウドとルードヴィッヒの父とも対等に戦い、二十年前の騒動の時もむしろマクラウドを庇う発言をした。今クラーラが自由に動き回れるのはコーネリアスの進言によるところが大きい。

マクラウドの家督の放棄を、王家はクラストロが独立に動くのではと危惧して認めなかった。代案として出された完全なる自由も、最初は却下されるはずだったのだ。

だがコーネリアスは、エドゥアールとフローラをクラストロの私刑にかけないのであれば最低限譲歩すべしと訴えた。なにより司法の長として、王家の法を無視したやり方に憤っていた彼である。ここで王家が法を蔑ろにしたら、国民がそれに倣い、犯罪が横行するだろう。なによりマクラウドと同じく婚約者を奪われた王女は彼に共感しているだろうし、落とし前を付けない限り戦争だと宣戦布告を通告されている現状で、クラストロに屈辱を舐めろというのはその国を侮辱しているのと同義と取られかねなかった。宣戦布告をすることで、クラストロを支援していたのだ。

結局王家はマクラウドに自由を認め、免状まで発行せざるを得なくなった。いつまでもマクラウドにこだわって、本当に戦争に突入したらたまらない。非がこちらにある以上、同盟国も援助はしても軍を動かしてはくれないだろう。

クラストロ領に帰るマクラウドに、コーネリアスは会わなかった。代わりに手紙と、酒を寄越した。

ローランタンの三十年物。そして「あなたの輝かしい未来に」という餞別《せんべつ》の言葉。長年クラストロとやりあってきたクリューゼットらしい、皮肉と、そして激励であった。それを見たマクラウドの父はあの男らしいと笑った。

『これはお前が宰相の任に就いた時に一杯やるつもりだったと言っておったやつじゃないか。わしには何も寄越さんくせに、あいつはまったく素直じゃない』

好敵手が去るのが自分の力であればこれほど嬉しいことはない。だが、自分の力の及ばぬ場所で、戦いにもならず、なにもかも奪われて失意のうちに去っていくのは、男にとって自分が辱めを受ける以上の憤りとやるせなさを感じるものだ。あの頃のクラストロとクリューゼットはそういう関係であった。

それを思い出し、クラーラはふっと遠い目になる。

「……立派過ぎる親を持つと、子も大変ね」

「そうですね。期待が大きすぎて潰されかねません」

ちなみにクラーラとルードヴィッヒの父も健在である。あの狸親父はマクラウドの騒動後、実にあっさり家督を彼に譲り、自分は引退して知らぬ存ぜぬを決め込んだ。今クラストロの実権は、マクラウドの代理としてルードヴィッヒが握っている。

だが、何もしていないわけでは当然なかった。二人の息子の目の届かないところで何やら画策している気配がある。気配だけで尻尾を掴ませない、実にクラストロらしいやり方だ。

「ヨハネスは何をやっているんですか？」

「貴族様らしく、観劇、絵画のコレクション、夜会、慈善活動なんかをなさっているわね。評判は息子程悪くはないわ」

「実に貴族趣味ですね」

「むしろ足場固めに必死よぉ。子供が成人しているのに家督を譲渡されないなんて、資格なしと烙印を押されたようなものだわ」

家督を譲る時期は決まっているわけではない。当主がふさわしいと思えばマクラウドのように十代でも代替わりすることもある。だが、歳をとっても代替わりがされないのは、次期当主の資質が問われる事態だ。

代替わりは複雑な人間関係を孕《はら》む。家督を譲られれば当然それまで当主に仕えてきた使用人もそのまま引き継ぐ。頭が代わっただけでそう簡単に家の方針が変わるわけではないからだ。

だが、息子には当然息子の代の家臣がいる。代々仕えている家中の者ならいいが、次期当主が自分で見つけてきた者が彼のそばで仕えるとなると反発を生み、家内で壮絶な冷戦が繰り広げられる。それを抑えられる者ならいいが、ただ単に気に入りだと、嫉妬を買い最悪殺されてしまうこともあった。今まで支えてきた者たちの矜持もある。代替わりは慎重に、しかし確実を期して行うものなのだ。

コーネリアスが息子に家督を譲らないのは、家中での戦争を避けるためもあるのだろう。耳良い言葉ばかりに囲まれて育ったヨハネスでは、司法を司る者としての公正を理解せず、善悪の区別もつかず、ただ自分の感覚で決めてしまうかもしれない。司法とは人の一生を左右する、重要な国家の軸だ。政治とはまた違った部分で国家を守っているのだ。

「結局ウチ関係ないじゃなぁい？　逆恨みは止めてほしいわ」

「誰かに恨みをぶつけていないと自己を保っていられないんでしょう」

「軟弱者。アタシ、そういうお方は嫌いだわぁ」

ルードヴィッヒはちらりと目を上げた。クラーラはコケティッシュに微笑んでいる。

そういうことか。ふっと息を吐いてルードヴィッヒは出された紅茶を飲みほした。

「そうだ、コーヒーがあるから少し持って行きなさい」

「コーヒーなんて飲むんですか」

「帝国で禁止されて、価格が暴落してるのよ。マシューが目敏く買って来たわ。販路を確保しようと必死みたいね」

「ふぅん。売れそう？」

「独特の香りとこくがあるから、好むものははまるわね。ただ、やっぱり強いわ。女性と子供にはおススメできないわ」

「大人の男の、妻にも内緒の趣味ってところですか」

「そうね。ふふ、男の方ってそういうの好きよね。秘密基地みたいなものかしら？　可愛いわぁ」

クラーラがころころと笑った。

＊＊＊

リスティア・エヴァンスは今日、何の予定も入っていなかった。奥様であるヴァイオレットもそうだが、王都での晩餐と夜会、お茶会続きで疲れたのだ。

「休養日も必要よ。さ、リスティア、女だけでお買い物でもして遊びましょう」

「はい、奥様」

そうしてやってきたのは王都一の百貨店『ティアーズ』だ。ドレスから家具まで何でも揃っている。毎年何かしらの催しが開かれ、改築や増築も行われるため、いつ行っても楽しいと評判だった。

「お世話になった方にお礼と、お土産も買わなくっちゃね。リスティア、あなたも好きなのを見つけたら言いなさい」

「はい、ありがとうございます。奥様」

リスティアは嬉しさと申し訳なさが半々の笑顔で頭を下げた。リスティアの実家は裕福ではあるが、王都の百貨店で大盤振る舞いできるほどではない。支払いはヴァイオレット、つまりは主家であるクラストロが持つのだ。

入店してしばらくはただ眺めるだけで胸がいっぱいだったリスティアも、若い娘らしくきらびやかな宝飾品や小物に目を奪われた。懸命に自制し、必要なものだけをそっと告げてくるリスティアに、ヴァイオレットも苦笑ぎみだ。

「お礼も贈り主の品格が現れるものよ。特に女性あてはね。どこで買ったか、製造元はどこか、値段はいくらか、下品な話だけれどそういう細かいことまでチェックされて噂されるわ。ただ、見栄を張りすぎるのも駄目。返礼合戦になって相手の財政を圧迫しないように気を付けること」

「上過ぎず、下過ぎず、という見極めが試されるのですね」

「それもあるけど、自分の家と相手の家の差がありすぎると嫌味になるでしょう？　だからといって安物を贈ればあそこのお家は、と言われる。大切におつきあいをしていきたい相手なら、本当に嬉しいもののランクを上げたり、そこそこで良いのなら相手の事情に合わせて。侮られず、けれど見下されないように」

「難しいのですね。本当に親しい、大切に思っている方でなければ貰って嬉しいものなど見当がつきませんわ」

「そう。それよ。あなたのことを想っています、という気持ちを伝えるのが贈り物なのよ」

なるほど。リスティアが感心している間にもヴァイオレットは買い物を済ませていく。夜会や晩餐に呼ばれたすべての家の事情を把握しているのだろうか。リスティアは感心しきりだ。

贈答品をそれぞれ送るように依頼し、ヴァイオレットは今度は自分の番と再び店内を巡り始めた。

リスティアは気を張りすぎて疲れているというのに、ヴァイオレットはますます生き生きしている。

「さあリスティア、今度はわたくしたちの番よ！　さっき見たイヤリング素敵だったわ、あなたに似合っていてよ」

「お、奥様……！」

もう三人の子供を産んだというのにヴァイオレットは少女のようだ。リスティアと腕を組み、先程の『奥様』の顔とは一転実に楽しそうに店を回った。

「やっぱり女の子はいいわね。うちは男ばっかり三人で、もう母親にかまってくれないのよ。寂しいわ」

「男性は、そういうのは恥ずかしいとお聞きしますわ」

「そうなのよ。親離れも大切だけれどね。もうひとり、頑張ってみようかしら?」

「お、奥様、そんな、このようなところで」

子供の話題が性的な連想に繋がるのは思春期ならずともそうだが、リスティアはまだ十六歳だ。未経験の少女にあからさまな言葉は刺激が強すぎた。真っ赤になったリスティアに、あらあらと微笑ましい気分になったヴァイオレットだが、はしゃぎすぎた自覚もあった。人の多い場で言うことでも、少女の前で言うことでもない。

「ごめんなさい、はしゃぎすぎたわね」

「いえ、その、申し訳ありません」

「少しお茶にしましょうか」

百貨店に併設されている喫茶店に入り、リスティアはほっと息を吐いた。奥様の前ではあるが、怒濤の勢いに押されて疲れていたのだ。

「疲れた?」

「大丈夫です」

「女同士でお買い物なんて久しぶり。つい振り回しちゃったわ」

「いいえ。わたくしも……」

リスティアの言葉が途切れた。笑みを浮かべていた顔が驚愕にこわばる。

「リスティア？」

二人が通されたのは窓際の見晴らしの良い席だった。リスティアの目は店内を通り越し、百貨店へと向いている。ヴァイオレットは視線を追った。

「ヴィクトール・リントン……？」

遠目ではあったがヴァイオレットの聞き及んだ通りの金髪と高い背丈、そして、離れた場所からもわかるほどの華やかさ。リスティアがゆっくりとうなずいた。

「リスティア、肩を丸めて、目線を落として、顎《あご》を引きなさい」

リスティアは反射的に従った。そうして肩を丸めてうつむいただけで、驚くほど印象が変わる。特に猫背になると途端にリスティアは少女ではなく、老けて見えた。そうでなくても衝撃に怯えて震えるリスティアは先程の溌剌《はつらつ》さが消え、蒼ざめて今にも倒れてしまいそうだった。

ヴァイオレットは顔を戻すと目だけでヴィクトールを確認した。視線に気づいたヴィクトールが顔をあげてこちらを見る。そっと視線を彼から店にずらした。

ヴィクトールは女連れだった。いかにも恋人ですというように、彼女の腰に手を回している。宝飾コーナーでイヤリングを見繕っていたのか、時々彼女の耳に触れていた。

リスティアの手が震えている。

どうやらヴィクトールに気づかれなかったようで、彼らは店員の丁寧な挨拶を受けて去っていった。

「……行ったわ。よく頑張ったわね、リスティア」

「奥様。わたくし、わたくし……」

「噂はあてにならないとはいうけれど、外れてほしいことほど事実なのよね」

リスティアの目から耐えていた涙が落ちた。彼女は三日前、ヴィクトールに結婚を申し込まれたばかりだった。

出会ってひと月と経っていないが、恋に時間は関係ない。別荘地で出会った男女が結婚を決める、というのもよく聞く話だ。

ヴィクトール・リントンの色恋話はリスティアも聞き知っていた。フランシーヌお姉様信者の間では要注意人物として知れ渡っていることもある。リスティアは王都では新参者だ。だからこそ、目を付けられるかもしれないと忠告してくれたのだ。リスティアも警戒していた。

だがヴィクトールはその噂を否定するどころか自分でも楽しんでいるようであった。出会った時のヴィクトールの第一声などひどいものだ。

「やあ。君を落とせたら賭けに勝てるんだけど、一口乗らないか？」

あろうことか、男たちの間でリスティアが賭けの対象であると暴露してきたのだ。ヴィクトールが口説いて何日で落ちるか。そして、リスティアにイカサマを誘って来た。これにはリスティアも絶句した。

実をいうとリスティアは、ヴィクトールが声をかけてきたらリントン家並びにクリューゼット家の情報を得ようと秘かに意気込んでいた。ヴァイオレットが言いつけたわけでもなんでもない。王都でのデビューのお礼に、何かひとつでも役に立ちたかったのだ。

だがヴィクトールの遊び人ぶりはリスティアの度肝を抜いた。すっかり毒気を抜かれ、代わりに怒りが込み上げてきた彼女は、それはもうきっぱりと断った。

「人の心を弄ぶようなお方と賭け事などできませんわ。リントン様、そのようなお遊びは他の方となさってください」

扇で顔を隠し、つんとそっぽを向いたリスティアに、ヴィクトールは口笛を吹いた。そうした仕草が逆に嫌味なほど似合っていた。顔が赤くなるのを感じ、リスティアはその場を立ち去った。逃げたのだ。自分でもわかっているだけに悔しく、リスティアの心にはヴィクトールへの対抗心が芽生えていった。と、同時にヴァイオレットほど洗練されていない自分への羞恥が込み上げる。彼女であったら、ヴィクトールなど歯牙にもかけずに笑ってあしらったに違いない。

再会は、次の夜会でのことだった。

「こんばんは。リスティア」

「あなたに名前を呼ぶことを許した覚えはありませんけれど」

リスティアは扇で顔を隠し、嫌悪を隠さずに言った。ヴィクトールはくっと肩を揺らして笑った。

「失礼、つい。友人の間ではあなたの話でもちきりですので」

「まあ。男の方はずいぶんデリカシーがありませんのね」

「そうですね。王都では珍しい朱金の髪や、夏の海を連想させる瞳、艶やかな唇に白い肌が閨《ねや》ではどう泳ぐのか、みんな想像していますよ」

「な……っ!?」

さっとリスティアの頬が染まった。こんなにあからさまに性的な部分を揶揄《やゆ》されたことは一度もない。硬直したリスティアに笑みを深くした男は、すかさず距離を詰めた。

「その強気な瞳を恋で潤ませたい……私もそのひとりです」

耳に甘く囁かれ、リスティアは鳥肌をたててヴィクトールから離れた。ひっぱたいてやりたかったがあいにく人目が多すぎる。こんなところで醜聞など起こしたら、ヴァイオレットにも迷惑がかかるだろう。リスティアは拳を握ってぐっと耐えた。

降参、というようにヴィクトールが両手を上げる。

「もっと警戒したほうがいい。恋人を作るのも、ひとつの手ですよ」

「リントン様が虫よけになってくださる、と？　余計なお世話ですわ」

「少なくとも私だったら、他の男も諦めます」

「ずいぶんな自信ですこと」

「事実に基づいた客観的な評価です」

にこりと微笑むヴィクトールはまったくむかつくほどの美男だった。自分がどう微笑めば女がときめくか、理解しているのだ。リスティアは深呼吸し、心を無にして彼を無視することを徹底した。

それからもヴィクトールはリスティアの行く先々に現れた。さすがにそこまでいくと恐怖を感じ、どこからか情報が洩れているのかと怪しんだが、色男で弁の立つ彼は夜会や舞踏会での盛り上げ役で、主催側に重宝されているようだった。

華やかな席ではヴィクトールはリスティアをからかうように声をかけてきたが、一応場を弁えているらしく、晩餐などの際は鳴りを潜めていた。

「こんばんは。エヴァンス様」

「こんばんは。リントン様」

お互いにパートナーを連れての晩餐である。ヴィクトールの隣には美女がつき、リスティアはデビューの時に踊ったヴァイオレットの親戚が来てくれた。

交わしたのは挨拶程度で、彼はパートナーをエスコートしていた。漏れ聞こえる話の内容もたわいのないものばかりで――誰それの家に仔犬が産まれたとか、今年のワインの出来だとかで、リスティアは物足りなさを感じつつほっとした。

女主人の挨拶で晩餐がはじまると、リスティアの目は自然とヴィクトールに向かっていた。何の悪戯か、正面だったからだ。そう自分に言い聞かせ、あら探しの気分で彼の所作を見た。ヴィクトールのマナーは完璧で、あの悪戯っ子のような男がと驚くほど静かに、丁寧に、綺麗に口に運んでいた。唇が開き、銀のスプーンからスープがそっと彼の舌に乗る。意外と太い喉が動き、ヴィクトールの瞳が味を素直に喜んでいた。

あのひとは、ああやってものを食べるのか。さも美味しそうに食べるヴィクトールを見て、リスティアも急に空腹を覚えた。同じく銀のスプーンを持ち、そっとウミガメのスープを口にする。舌触りはさらりとしたスープだが、旨みが強く、喉を通る時にとろりと絡んだ。苦みとコクのぎりぎりのバランスがとれている。

「美味しい」

呟きが聞こえたのか、ヴィクトールがリスティアを見た。ゆっくりと青い瞳が笑みを浮かべる。隣でリスティアのパートナーが返事をし、リスティアは我に返ると会話を続けた。何を話したのか、覚えていなかった。

次に会った時、ヴィクトールは案の定リスティアをからかってきた。

「ずいぶん素直な感想でしたね。子供みたいで可愛らしかったですよ」

「まあ。レディを不躾に見ているなんて、失礼ですこと」

「あなただってずっと私を見ていたじゃありませんか。緊張して、味なんかわからなかったくらいだ」

リスティアは頬を染めた。気づかれていたという焦りと、気づいていてくれたと喜ぶ心が同時に込み上げる。

いつものように扇を開こうとして、止めた。代わりにすっと息を吸い、ヴィクトールを見つめる。

「リントン様、どうしてあなたは真面目になさらないの？」

「これが私ですので。いたって真面目なつもりですが？」

「仲間内の賭けにしろ、こうしてからかうにしろ、あまり良いご趣味とはいえませんわ。女が男の方に望むのは誠実さですわ、あなたにはそれがありません」

ヴィクトールは一瞬真顔になり、すぐに笑みを浮かべた。ひょい、と肩を竦める。

「誠実、ね。まるでプロポーズのようだ」

「そんなつもりはありません」

「私もですよ。その気もないのに恋人になってくれとは言いませんし、結婚してくださいとは言えません。そもそも一緒に遊んで楽しい相手かどうかもわからずに結婚するなんて、それこそ賭けと一緒だ」

「それがあなたの誠実さですか？」

「そうなりますね」

そう、とリスティアはうなずいた。

「では、決別ですわね。わたくし、自分を賭けの対象になさる方も、一時の快楽に身を委ねるような方も、信じることはできません。もうわたくしに声をかけるのは遠慮してくださいませ」

「リスティア」

「ごきげんよう。リントン様」

リスティアは背筋をぴんと伸ばし、まっすぐに前を向いてヴィクトールから去っていった。勝った、と思った。

それからも何回か、ヴィクトールはリスティアの行く夜会に現れた。もの言いたげに見つめられて良心が痛んだが、リスティアは徹底した無視を貫く。ここで甘い顔をして図に乗らせてはダメだ。彼はリントン家の者であり、クリューゼット家の息がかかっていることを思えばなおさらである。リスティアから何らかの情報を得るのが目的か、もしかしたらヴァイオレットを揺さぶって、内部分裂でも狙っているのかもしれない。リスティアは軋《きし》む胸を抑えてヴィクトールを視界から外した。

＊＊＊

ヴィクトール・リントンがリスティア・エヴァンスに声をかけたのは、彼女の考えたとおり、主家であるクリューゼット家の嫡男の息子、ニコラスの指示だった。

ニコラスはヴィクトールと正反対の男で、劣等感の塊だった。常に出来物《できぶつ》の祖父と比べられ、父は嫡男にも関わらず未だに家督を継げぬと囁かれている。リントン家の三男としてあまり期待もされず、自由に過ごしてきたヴィクトールとは違い、競争心と劣等感、そして敵愾心《てきがいしん》のみを育ててきたような男だった。

「おい、ヴィクトール。まだあの女を落とせないのか」

苛立ちを隠そうともしないニコラスに、ヴィクトールは困り顔で返事をする。

「申し訳ありません。ああいう身持ちの固い女は、あえて離れて揺さぶりをかけ、こちらを意識させるのが重要なんですよ」

「さっさとどこかの宿にでも連れ込めばいい」

モテる男の余裕を見せるヴィクトールに、ニコラスはさらに苛立ちを募らせた。一人掛けのソファに深く腰かけ、強い酒を煽る。

劣等感と敵愾心が顔に現れたニコラスは、はっきりいってモテない。親から紹介された女性は、ニコラスの卑屈すぎる上から目線に呆れるか恐れるかして誰もが去っていった。承認欲求が強すぎるくせに自分からは何ひとつ動かず、常に相手を見下すことで自己を保っている。そういう男を選ぶ女はよほど見る目がないか、弱みを握られているかだ。まれに母性の強い女性が選ぶこともあるが、自分が生んだわけでもない大きな子供を育てなおすことに疲れ、しだいに嫌気がさして去っていく。ヴィクトールはニコラスのそんなところを充分知っていた。そして、見捨てられなかった。主家ということもあるが、自分が彼を見捨てたら、ニコラスはどうなるのだと心配する気持ちが大きい。どんなに物扱いされようとも、ヴィクトールはニコラスに一種の友情を抱いていたし、憐憫《れんびん》と優越感を抱いてもいた。

「あの女を抱いたらすぐにクラストロが出てきて結婚を迫られますよ」

冗談じゃない、とヴィクトールが言った。

クラストロの名に反応したニコラスが、持っていたグラスを彼に投げつける。グラスは避けたが入っていた酒がヴィクトールの顔にかかった。

「クラストロの配下なんか、弄んで捨てればいいだけだろう！　そうだ、仲間を集めて攫ってやったらどうだ。地方貴族の娘風情がずうずうしくも王都に来て、男に遊ばれて捨てられる。最終的に娼館にでも売り飛ばしてやったらクラストロも思い知るだろう」

「それは無理ですね、今の王都にはルードヴィッヒ閣下が居座っている。彼の部下も目を光らせているし、実行してもすぐに捕まるでしょう」

ヴィクトールは顔にかかった酒をそのままに言い放った。ここでニコラスに与えられた酒を拭えば余計に怒りを爆発させる。彼の好む、被虐的な表情を浮かべた。

「だったらどうする！」

「だからこそじっくり時間をかけるのですよ。想像してみてください。私に本気になった女がはじめての夜、期待に胸膨らませて閨で待っている。そこにニコラス様、あなたが行くのです。私も承知の上だと告げればどれほどの絶望でしょうね？」

　酔ったように言葉を紡ぐヴィクトールに、ニコラスは想像を膨らませ、興奮に顔を赤らめた。べろりと厭らしく舌なめずりをする。ひひ、と笑い声をあげた。

「そいつはいい！　傑作だ！　そうだ、その場にお前も居ろ。俺に抱かれる姿を見ていてやれ」

「はい」

　私にお任せ下さい。ヴィクトールが胸に手を当てて一礼する。

　ニコラスは満足げにうなずき、足を伸ばした。心得たヴィクトールが膝をつき、うっとりとした表情を浮かべて靴に口づける。いつもの儀式だ。ちろりと舌を伸ばし、泥を舐め、飲み込んだ。

　ヴィクトールに満足して帰って行ったニコラスを見送ると、ヴィクトールは顔からいっさいの表情を消した。彼が投げたグラスを片付け、酒で濡れた絨毯やソファを拭く。舌にざらついた泥の味が残っていた。唾液を溜めて飲み込む。

　憐れな人だと、ヴィクトールは思う。何ひとつ思い通りにならない現実から目を背け、嗜虐《しぎゃく》の妄想に取り憑《つ》かれている。昔からニコラスはああだった。幼い頃は目立つ顔を避けて暴力を受け、汚い言葉で罵られた。ニコラスはヴィクトールの暴君であり、逆らうなどという発想そのものがなかった。

　それが変わったのは社交に出てからだった。暴君であったニコラスは誰からも見向きもされず、ニコラスに暴力を受けぬよう常に言葉や態度に気を遣っていたヴィクトールが脚光を浴びた。自分の顔が女性に受けると知ったのもこの時だ。やさしい笑みを浮かべてニコラスが好むような甘い言葉だけを与えてやれば、女は彼に夢中になった。

水面下の逆転劇に気づかれぬよう、ヴィクトールはさらに張り詰めてニコラスに仕え続けた。ニコラスの劣等感はますます膨れ上がり、やがてヴィクトールを使って女性を遊びの道具とすることを思いついた。ヴィクトールは、それに乗った。ニコラスなりに家のことを考え、政敵の娘を堕とすのならばこれも一つの政争だ。そんな言い訳をした。

リスティア・エヴァンスはそんな遊びに飽いていたヴィクトールには新鮮だった。リントン家とクリューゼット家の事情を知り、ヴィクトールの背後にニコラスがいることを承知の上で、そして、ヴィクトールがしていることも把握していながら、それでもまっすぐに見つめてきた娘。彼女はヴィクトールの政争《あそび》に乗ってきた。警戒する子猫のように、やるならやってみろと毛を逆立て、しかしヴィクトールのからかい混じりのやさしさに驚いてぴょんと跳ねて逃げる。その可愛らしさにヴィクトールの笑みはいつしか本物になっていった。

あのような一途で真摯《しんし》な瞳を向けられたことは一度もなかった。彼の家族はヴィクトールをニコラスに差し出すと家の存続に駆使し、自由という名の放置を決め込んだ。ニコラスはいわずもがな彼を道具扱いで、壊れたら不便くらいにしか思っていないだろう。

だが、リスティアは違った。彼女は賢明で、まっすぐだった。世の中の不条理を知りつつも懸命に自分の道を進もうとしている。彼女の瞳がしだいに警戒から気を許した友人、そして恋の火を灯した時、ヴィクトールは今まで感じたことのない感動に包まれた。そして、はじめて今までのことを後悔した。

自分には、リスティアの瞳に映る資格はない。たくさんの女性たちの恨みを買い、いくつもの家を醜聞で貶《おとし》めてきた。彼女は駄目だ。利用するのなら利用してやるといいながら、それでも信じたいと訴えてくる瞳は。

今さらニコラスと離れても、周囲は認めないだろう。ヴィクトールほどニコラスを上手に操れる者がいないのだ。コーネリアスに訴えて憐憫に縋ることも考えた。だが跡取りの長男に頭を悩ませているのはコーネリアスも同じはずだ。リスティアと引き換えにすることが家の断絶と家族の不幸では割に合わない。いやそんなのは言い訳だ。ヴィクトールがニコラスから離れられないのだ。

ニコラスに虐待された幼少期から、彼はヴィクトールの世界だった。正義のない世界を支配する暴君。それから解き放たれた時、果たして自分が自分を保っていられるのか。怖いのだ。もしかしたら自分の中に、ニコラスと同じ暴力的な自分がいて、か弱いリスティアをヴィクトールがされたように支配しようとしたら。

耐えられなかった。リスティアの瞳が恐怖と軽蔑に染まって自分を見る。そんなことになるくらいなら、徹底的に酷い男を演じて逃がしたほうが良い。クズになりきれ、とヴィクトールは自分に言い聞かせる。彼女の幸福を願うなら、きっとそれが正義なのだ。

ごくりと喉を動かす。この泥は、自分で選んで舐めた泥の味だ。

ヴィクトールがリスティアに結婚を申し込んだのは、翌日のことだった。

第十四章　リスティア・エヴァンスの敗戦・後

ヴィクトールがリスティアに結婚を申し込むのは、当然のことながら障害が伴った。まず、リスティアに会えなかった。面会を求めてクラストロ邸に行くも、門前払いで約束さえ取り付けてもらえない。

これは想定内だった。それなのになぜヴィクトールがこの日を選んだのかというと、雨が降りそうだったからである。

ヴィクトール・リントンは自分の容姿に自信がある。立ち居振る舞いも言葉使いも完璧で、今まで狙った女性を逃したことはなかった。文字通り命がけでニコラスに仕え続けてきたのだ、いくら裕福とはいえ田舎貴族の令嬢にすぎないリスティアなど敵ではない。たとえ彼女がクラストロの庇護下にあったとしても、落とす自信があった。

今までちょっかいをかけてきた男を一蹴していても、今までのことがあるだけに邪険にしても心が痛む。ヴィクトールはその隙を見逃さなかった。拒んだ男がそれでも自分を想い、雨に濡れても立ち尽くして会いたいと訴えている。これを無視できる女は鋼鉄でできているか、不感症のどちらかだ。ヴィクトールは会ってくれるまで待つと門番に告げ、少し離れたところでひたすら待った。

夕方には霧雨が降り始めた。時折メイドがクラストロ邸の大きな玄関を開け、こちらを窺っているのを遠目で確認する。さすがはクラストロ邸というべきか、門から屋敷まで遠く、人影は点ほどにしかわからなかった。

夜になると雨は本降りになった。屋敷を囲うフェンス沿いに付けられたガス灯に火が灯り、ぐっしょりと濡れたヴィクトールを幽鬼《ゆうき》のように浮かび上がらせる。門番は雨避けの外套《がいとう》を着て、主の帰りを待っていた。ヴィクトールを見ても顔色一つ変えない。それどころか、立ちっぱなしだというのに疲労や怠慢の欠片すらなかった。クリューゼットや実家にいる門番とは質が違う。ヴィクトールは内心で唸りを上げた。

春の最中でも夜中の雨に濡れているのは辛い。足元から冷えが伝わり、ヴィクトールは震えはじめた。これくらいで死ぬほどやわではないつもりだが、風邪はひくかもしれない。濡れて落ちた前髪をかきあげ、灯りのついた屋敷を振り返った。夜の闇を雨がいっそう暗くしている。それがリスティアの心のようで、ヴィクトールは演技ではないため息を漏らした。

どれくらい経ったのか、ガラガラと馬車の音が近づいてきた。門番がすかさず持っていたランプに火を入れ、上にかざして左右に揺らした。音がゆっくりとなり、止まった。

「おかえりなさいませ」

どうやら暫定当主であるルードヴィッヒ・ユースティティア・クラストロが帰宅したらしい。門番と馬車が二言三言言葉を交わし、門が開かれる。遠い玄関が開き、にわかに明るさを増した。

「ヴィクトール・リントン」

低い声がヴィクトールを打った。

びくりと体が竦み、ヴィクトールはハッとして馬車に乗った人を見る。御者が馬車の扉を開けた。

「乗りなさい。そんなところに居られたら迷惑だ」

「……はい、閣下」

立ち尽くして冷えた足をなんとか動かし、馬車に乗りこむ。予定とわずかに違ったが、正直なところありがたかった。ずぶぬれで上質な座席に座るのをためらうヴィクトールに、ルードヴィッヒは鷹揚に着席を促す。どうやら濡れたくらいで賠償請求される心配はないらしい。ヴィクトールが座ると馬車が動き出した。

動き出した馬車にヴィクトールは感動した。出発時にもたいして揺れず、速度を落としてあるとはいえこうして走っていても尻が痛くならない馬車ははじめてだった。座席だけではなく車輪、車軸、スプリングも上等のものを使ってあるらしい。馬車というのは一種のステータスでもある。金をかけるべきところにかける貴族の余裕というものを、ヴィクトールは思い知らされた。

ニコラスなら、と考える。雨に濡れたまま数時間待たせておいても「走って来い」と言うだけで馬車に乗せてはくれないだろう。むしろ馬車と競わせ、追いつけなければ折檻《せっかん》されるに違いなかった。追いつけないとわかっていて、ニコラスは平気で命令する。

ヴィクトールはルードヴィッヒを見た。腹に置かれた手指を組み合わせ、ゆったりと座り静かな佇まいを見せているこの軍人は、政敵ともいえるヴィクトールを乗せても警戒すらしていない。この場でヴィクトールが自分を殺すとは思っていないし、ヴィクトールに自分が殺せるはずがないと知っているがゆえの余裕であった。

どちらかというと危険なのはヴィクトールのほうである。相手は敵と判断すれば殺すことにためらいのない軍人なのだ。ヴィクトールは緊張し、ルードヴィッヒの機嫌を損なわないよう口を噤んだ。

馬車が玄関前に着くと、メイドと近侍が数人走り出てきた。彼らは手に持った傘を差し出し、主人と、それからヴィクトールが濡れないようにしてくれた。

「おかえりなさいませ」

「彼にホットワインを。着替えと湯も用意しろ」

「はい。ただいま」

彼らは素早く動き、ヴィクトールの濡れた体をタオルで拭き始めた。現れた女主人、ヴァイオレットがヴィクトールを見て眉をひそめる。

「おかえりなさい、あなた」

「ただいま」

軽く抱擁を交わした夫婦は、それから妻が拗ねた顔をして会話を続けた。

「あの男をどうして入れたの？　リスティアはどうした？　リスティアにまとわりつく悪い虫よ」

「そう言うな。リスティアはどうした？」

「部屋から出るなと厳命しました」

「着替えてくるように言いなさい」

「あなた……！」

「男の純情をそう振り回すものではないよ、レティ」

ルードヴィッヒがそっとヴァイオレットの頬にキスをする。目の前で行われた恋人同士のようなやりとりにヴィクトールは目を丸くした。やがてヴァイオレットがため息をつき、それでもヴィクトールを一睨みして、夫の言いつけを守るべくリスティアの部屋に向かった。

「リントン様、こちらへどうぞ」

メイドに促され、ヴィクトールは客間に案内された。

着替えを持って来たのは侍従だったが、ホットワインや湯桶を運んできたのはメイドだった。陶器製の桶に湯が注がれ、そこに足を入れる。冷え切った爪先にじんわりとした痒みを覚えた。どうやら自覚していたよりも冷えていたようで、なかなか体温が戻らない。ありがたくホットワインを啜《すす》った。ハーブや蜂蜜を入れたホットワインは甘く香りの良い飲み物だ。アルコールはそれほど強くないが、ハーブの効用で体の内側から温まっていく。ヴィクトールはほっと息を吐いた。

「お着替えが済みましたら旦那様がお会いになるそうです」

クラストロ邸の使用人だけあって、メイドも侍従も美男美女揃いだった。接客対応するメイドや侍従、フットマンたちはどれも容姿を重視される。彼らは主人の持ち物として、なにもかも心得ていなければならないのだ。美形で立ち居振る舞いも完璧な使用人は、主人の財力を知らしめるアクセサリーでもある。先程からヴィクトールはクラストロの底力に圧倒され通しだった。リスティアは普段から、彼らに傅《かしず》かれているのだ。結婚相手としては見ないだろうが、ちょっと自信を失いそうである。

体温を戻してから着替え、メイドに案内されてルードヴィッヒの待つ応接室へと向かう。まさか辺境軍元帥と対面することになるとは思わず、ヴィクトールは緊張してきた。

メイドが仕草も優雅にノックをした。

「お連れいたしました」

「入れ」

部屋のドアが開かれ、ヴィクトールが入室する。応接室にはルードヴィッヒとヴァイオレット、そしてリスティアがドレス姿で待っていた。

「ヴィクトール・リントン」

リスティア、と呼びかける前にルードヴィッヒが牽制を放った。

「もしも本当に手に入れたいものがあるのなら、一度死を思ってみることだ」

「それは、ご自身の経験からですか」

声は穏やかだったが、ルードヴィッヒの表情はそれを裏切って何の感情も浮かべていなかった。代わりにヴァイオレットが厳しい目でヴィクトールを睨みつけている。

「そうだ。ヴァイオレットは良い女だからな。結婚するまで苦労したよ」

ぬけぬけと言ってのけ、ルードヴィッヒは妻を促して立ち上がった。

部屋を出る直前、ヴィクトールの耳元に囁く。

「我が家の龍は嘘や裏切りがお嫌いだ。それが心を殺すものであれば、容赦はしないよ」

夜の雨よりも冷たい声がヴィクトールを凍えさせる。横目で出て行く夫婦を見送れば、ルードヴィッヒは宥めるように妻の髪にキスをしていた。

部屋の戸は完全には閉められなかった。未婚の令嬢とふたりきり、ということをこれでもかと意識させる。この場でリスティアが悲鳴のひとつもあげればすぐにメイドが駈け込んでくるだろう。

「リスティア」

「ご用件を、伺いましょう」

リスティアは極度に緊張し、固い顔をこわばらせてヴィクトールの一挙手一投足に集中していた。一歩近づくたびにびくりと肩を跳ねさせ、それでも来るなとは言わなかった。

リスティアが座っているのは一人掛けのソファだった。ヴィクトールは彼女から一人分開けて片膝をついた。

「以前、言われたことは覚えています。ですがリスティア、私にはあなたのいない人生など耐えられそうにありません」

左手を胸に、右手をリスティアに差し出す。

「私と結婚してください」

ヴィクトールが見つめる前で、リスティアはしだいに蒼ざめていった。息苦しくなったのか肩が上下し、それでもかっと目を見開いてヴィクトールを見ている。鮮やかな青緑の瞳が雨に濡れた。

「どの、口でそのようなことを言うのです……っ。あなたの言葉が信用できるとでも？」

「女関係はすべて清算しました。あなたが望むのなら、クリューゼットと離れてクラストロに行ってもいい」

「それをどう証明するおつもりかしら。言葉も態度も過去も、わたくしにはあなたの真心というものを信用するすべがありません」

「では、これからの未来を。信じてくれとは言いません。ですが、見ていてください」

リスティアの震えが激しくなり、とうとう瞳から涙が零れた。宝石のような雫《しずく》はぽつっと彼女の握りしめられた拳に落ち、砕けて散った。

「わたくしと奥様は、もうすぐクラストロに帰ります……。もう、遅いのです」

「いつまで、ですか？」

「あと七日。お別れのお茶会と、夜会の予定が入っていますわ」

ヴィクトールに会う時間はなかった。ヴィクトールはうつむき、そして厳然と顔をあげた。

「せっかく閣下がお膳立てしてくださったのです。私の本気をお見せしましょう」

せつなげに微笑んだヴィクトールは素早くリスティアに近づくと、その手をとって口づけを落とした。一瞬呆然としたリスティアはすぐに我に返り、ぱしんと彼の頬を打った。たった一瞬のキスで体の奥が反応したことに対する、本能的な恐怖と嫌悪であった。

「無礼な方。お帰りになって」

ふいと顔を背けたリスティアの横顔を見つめ、ヴィクトールは一礼して部屋を出て行った。

＊＊＊

「七日、か」

「はい」

ニコラスは残り少ない日数に不満げな顔をした。

「クラストロ家の出発前の夜会の招待状を入手しました。当日は私が乗り込み、まずリスティアを誘惑します」

「どうするんだ」

ヴィクトールには確信があった。プロポーズの場で、リスティアははっきりと断ることも、悲鳴をあげてヴィクトールを叩きだすこともしなかった。ヴィクトールへの恋心と主人への忠誠で揺れる女心を彼は正確に読み取っていた。

「おそらく彼女は、はじめのうち私を無視するはずです。その隙にこっそり抜け出してニコラス様を迎えに行きます。ニコラス様は会場に入らず隠れていてください。それから私が彼女をダンスに誘い、連れだします。思い出が欲しいとでも言えばリスティアも同意するでしょう」

「そう上手くいくか」

「上手くいかせるのが私の役目です。ふたりきりになったらリスティアを気絶させ、私とニコラス様が交代です」

ヴィクトールが自信たっぷりに計画を述べると、ニコラスは早くも成功したかのように興奮した。

その後はニコラスが好きにすればいい。ヴィクトールの見ている前で乱暴され、絶望した少女など狼の前の子羊よりもたやすい獲物だ。

「その後のことですが、彼女は曲がりなりにもクラストロの庇護にある娘です。あまり無下《むげ》に扱えば連中も黙ってはいないでしょう。ひとまず婚約を交わし、ニコラス様好みに調教するか、あるいは他の男に下げ渡すか。ご自由にどうぞ」

夜会の場で既成事実が暴かれれば、どんなにリスティアが拒絶してもニコラスとの婚約が成立する。そうなってしまえば彼女は王都滞在を延期しなければならなくなり、ニコラスが我が物顔でクラストロ邸に出入りすることをルードヴィッヒも止めることもできないだろう。そこまで聞いたニコラスが、堪らず笑い声をあげた。

「あっははは！　最高だ！　あのクラストロの顔が歪むのが見物だなぁ？　ひひひ、ヴィクトール、この悪党め」

ヴィクトールは優雅に微笑み、ニコラスに一礼した。そんな気障《きざ》な仕草が嫌になるほど似合う男だ。

クラストロ家の夜会招待状は、顔馴染みの女性を買収して入手した。彼女は貴族ではないが社交的な性格で情報通、自分の不利益にさえならなければ平気でこういった融通をしてくれる人間だった。クラストロは王都に屋敷を持っているが住んでいるのは使用人のみで、ヴァイオレットたちも短期の滞在だ。貴重な情報源としてこういう人種とも付き合いがあるのだろう。

ニコラスが機嫌よく出て行き、ヴィクトールはホッと息を吐く。リスティアは今頃どうしているだろう。そんなことが頭をよぎり、頭を振って彼は込み上げてきた感情を消した。

＊＊＊

フェドゥーダ夫人に送った招待状が、無事ヴィクトールの手に渡った、とクラーラが言った。

「愉快でお付き合いの楽しい方だけど、どうにも善人なのよねぇ」

にこにこ笑っているクラーラとは対照的に、ヴァイオレットは渋い表情だ。

「善人だからこそ余計に悪いわ。良かれと思って、と言えばなんでも許されると思っているのかしら」

「思っているのよ。ヴィクトールが人生をやり直したい、リスティアと生きていきたいと甘えて縋れば簡単に絆《ほだ》される程度にはね」

「ちゃっかり見返りを受け取っているじゃないの。それで善意？」

「見返りじゃなくて、ヴィクトールなりの誠意なんでしょ」

あれからリスティアは見ていられないくらい沈んでいた。ヴィクトールとフェドゥーダ夫人のデートを目撃した彼女は、やはり自分は騙されていたのだとショックを受け、そういう男だとわかっていたはずではないかとショックを受けたことにまた衝撃を受けていた。今まで真面目に生きてきた令嬢が悪い男に惹かれるのは恋の定番とはいえ、自分だけは違うとリスティアは思っていたのだろう。

「すぐに立ち直ったけれど、今度は何か無茶をやらないか心配よ」

ヴァイオレットの憂いも無理はない。リスティアはあくまでエヴァンス家の娘なのだ。ヴァイオレットに気に入られ将来は彼女の補佐となるべく教育しているが、結婚までは口出しできない。エヴァンスもヴァイオレットだからこそ安心してリスティアを預けたのだ、悪い男に騙され手を出されて傷つけられるためではない。

「そう思うならいっそ直接対決させたらどうかしら？　ほら、こんなのを作ってみたのよ」

クラーラが取り出したのは、ドレスに付ける花飾りだった。キラキラと光っているのは所々取り付けられたガラスビーズだ。

「これが何ですの？」

「ちょっと触ってみて」

言われた通り、ヴァイオレットが花飾りに触れる。花の部分は本物そっくりに作られたリボンレースの造花で、花の雫をビーズが彩り、葉の部分にも冷たく固い石が付いている。

「クラーラ様？」

「じゃあ、今度は少し強く握ってみて？」

ヴァイオレットが花を握りしめた。尖ったビーズが掌に刺さり、痛みですぐに離してしまう。

クラーラは笑いながら花飾りを取り上げると、丁寧な手つきでそっと整えた。

「よく見ないとわからないけど、この先端部分を削って鋭くしてあるの。大昔に兵士が着ていた帷子《かたびら》と一緒ね。男の人が女性に手を出すとしたら掴むのは胸元、あとはスカートを破いてくるかしら？　ナイフで切り裂こうとしても防いでくれるわ」

「クラーラ！　あの子を囮にするつもりなの⁉」

「囮《おとり》じゃないわ」

クラーラはヴァイオレットをまっすぐ見つめ、笑みを深くした。

「戦乙女《ヴァルキリー》よ」

ヴィクトールがクラストロ家主催の夜会招待状を手に入れたということは、そこで最後の詰めをするつもりだろう。おそらくはニコラスもどこかに潜んでいるに違いない。

ニコラスは今まで、格下の相手しか貶めてこなかった。クラストロと繋がりのある令嬢だけではなく、ニコラスの気に障った、あるいは手を出そうとしてすげなく拒否された娘ばかりだった。クラストロと繋がりのある娘たちはこちらでさりげなくフォローし、醜聞が広がる前に事を収めているが、受けた傷は深く残っている。

そして、まさにクラストロの庇護を受けたリスティアを陥れようとするのは、負けを知らないがゆえの驕《おご》りだろう。今まで彼らは敗北したことがない。ヴィクトールがしくじっても彼が責任を取ればよく、ニコラスは痛手を受けなかった。もともとニコラスは名門クリューゼット家の嫡流だ、どれだけの悪事を働こうが、結局家が守ってくれると思っている。

リスティアを呼んで、クラーラは計画を告げた。

「ヴィクトールのことだからリスティアとふたりで抜け出そうと画策するでしょう。そこを突くわ」

「誘い出されたと見せかけて、誘導するのですね」

「そうよ。いくらクラストロのお屋敷でも、夜会となればメイドや侍従の手が足りなくなる。ヴィクトールとニコラスもそれをわかっているでしょう。ふたりきりになって、薬で眠らせるかしてリスティアに乱暴でもするつもりだわね」

「リスティア、大丈夫？　あなた無茶しない？」

ヴァイオレットはむしろ頭に血が上ったリスティアが夜会の場で暴露してしまわないか心配だ。本来呼ばれてもいないヴィクトールを見て、カッとなって計画を台無しにしてしまうかもしれない。

リスティアはそんなヴァイオレットに毅然として言った。

「大丈夫ですわ。ヴィクトール様のことは、わたくしも許せません。わたくしだけではなく、多くの令嬢をあの方は踏みにじってきたのですもの。ここで一掃できれば彼女たちも少しは救われるでしょう」

「部屋には私兵を潜ませるし、すぐにアタシたちも駆けつけるから、気を付けるのはふたりきりになっている時よ。くれぐれも油断しないでね」

「はい」

リスティアがヴィクトールとニコラスを部屋に誘導する。部屋にはクラストロの私兵が待ち構えている手筈だ。なんの罪状もなければ逮捕などできないが、今回の彼らには言い逃れができない決定的な証拠があった。

「ニコラスが持つ別宅に怪しげな男たちを集めているらしいの。武装までして、リスティアを人質にしてクラストロのお屋敷を乗っ取るつもりかしらね？」

王都での私的な戦闘行動は当然のことながら禁止されている。クリューゼットとクラストロの全面戦争にでも発展すれば、民衆もただではすまないだろう。そんなことも理解していないニコラスに、ため息も出なかった。

「武装兵を集めているとなれば国家反逆罪に問えるわ。ニコラス確保と同時に別宅に警官隊を突入、一掃してしまいましょう」

リスティアの喉が緊張で張り付いた。ごくり、と動かし、唾液を流し込む。

ヴィクトールはどうなるのだろう。ニコラスが捕まれば、彼の手先として動いていたヴィクトールもただではすまない。国家反逆罪は斬首と決まっている。あの残酷な、けれどどこか迷子の子供のような瞳をしたあの方は。

「リスティア、いいわね？」

ヴァイオレットが決意を込めた表情で確認した。当日、彼女は常にリスティアについてはいられない。主催側として、招待客をもてなさなければならないのだ。

「はい」

リスティアはきっぱりと答えた。話をしてみよう。最後だと、どちらもわかっているその瞬間であればきっと彼も真情を吐露してくれる。あの求婚のすべてが嘘だとリスティアは思いたくなかった。

＊＊＊

その夜のリスティアはまさにきらめく星だった。たっぷりとったデコルテに盛られた胸がふんわりと乗り、そこに例の花飾りを付けて慎ましく演出している。彼女の髪と同じ色を水で濡らしたようなドレスには、さらに濃い色のリボンが左右から後ろにかけて並び、バッスルのふくらみが腰から尻にかけてのやわらかなラインを強調していた。スカート部分の花飾りはちょうどリボンに添って付けられ、リスティアが今まさに花開く少女であることを教えている。

「んん〜っ、完っ璧！　綺麗よリスティアちゃん！」

「ありがとうございますクラーラ様！」

「我ながら惚れ惚れしちゃうわぁ。ああもう、これでしばしのお別れなんて辛すぎる……！」

「またお会いしてくださるのでしょう？」

「そうよ、そうよね！　クラストロで会いましょうね」

店に来ていた少女たちが漏らした文句を、今度はクラーラが言っている。そのおかしさにリスティアはくすくすと笑った。今日ですべてが終わると緊張していたが、クラーラの素直な絶賛に解《ほぐ》れていった。

「リスティア、支度できた？……まあ、素敵！　可愛らしいこと！」

ヴァイオレットが様子を見に来た。ドレスで着飾ったリスティアを見て、頬を染めて喜ぶ。

「でしょ？　レティの見る目はさすがね、これだけのお嬢様のドレスを作ることができたのはあなたのおかげよ」

「あら。そこはわたくしのドレスも作りたかったというべきではなくて？」

「人妻のドレスは気乗りしないのよねぇ。一番似合うものは何か、選ぶ目を持ってるでしょ」

「うふふ。ルイのことね？　でも、そうね。わたくしに似合うのはあの人が一番喜んでくれるドレスですものね」

「そうよぉ。アタシより鋭い審美眼で奥様のドレスを見極めちゃうんだもの。これだから人妻は」

ひとしきりころころと笑いながら会話を続けていたふたりは、それからリスティアに向き直った。

「リスティア、彼が来てるわ」

びく、と肩が震えた。何も心配はないと信じているが、いざとなると、やはり、怖い。戻ってきた緊張に蒼ざめるリスティアの細い肩を、ヴァイオレットがそっと撫でた。

「未練のないようになさい。あなたの心を、彼に教えてあげればいいわ」

「はい、奥様」

コンコン、とドアがノックされ、ルードヴィッヒが顔を覗かせた。

「良いかな、女性方。そろそろ時間だよ」

「はい。行きましょうリスティア」

「はい」

ヴァイオレットとリスティアが腕を組んで部屋を出て行く。ドアのところでヴァイオレットがルードヴィッヒの腕を取り、彼は部屋に残されたクラーラをちらりと見て妻をエスコートして行った。

今夜の夜会の趣旨は舞踏会だ。ダンスホールの他にも軽食の用意された部屋やゲームルームがあり、思い思いに食事を楽しんだり、ゲームやダンスをして楽しむ。主な目的は王都を去るヴァイオレットとリスティアとの別れを惜しむためで、特にリスティアは貴公子たちからダンスの申し込みがひっきりなしだった。

とはいえリスティア本人は、どちらかというと友人となったフランシーヌをはじめとする令嬢たちとの会話が楽しみだった。

「夏にはぜひ、クラストロにお越しください。避暑地の森は散策にうってつけで、川遊びもできますわ」

「ぜひお伺いしますわ。またお会いしましょうね」

「クラストロの温泉は病を癒すだけではなく美容にも良いとお聞きしますわ」

「お別れするのは寂しいですけれど、またお会いできますわよね」

ダンスを申し込まれて踊っていたフランシーヌが戻ってくると、リスティアは彼女にそっと耳打ちした。

「あの、フランシーヌ様。こんなことをお願いするのはお恥ずかしいのですが……。その、踊っていただけませんか?」

「まあ、リスティア様」

顔を赤くするリスティアにフランシーヌは優雅に微笑み、「喜んで」と彼女の腕をとった。

テラスに行き、どちらも女性パートしか知らないためぎこちないダンスを踊りながら、ふたりは秘密の行為をしていることに笑いあう。

「ありがとうございます、フランシーヌ様」

「いいえ、どういたしまして。とても楽しいですわ。わたくし、一度男の方のように踊ってみたかったの」

「フランシーヌ様。わたくしも、フランシーヌ様のようになりたいです」

「リスティア様……」

パートを交代して、今度はリスティアがフランシーヌをリードする。一度笑みを収めたフランシーヌは、やがてやさしい眼差しでリスティアに向き直った。

「リスティア様、では、まず自分の心を知ることですわ」

「自分の心を?」

「ええ。自分が何をしたいのか。本当は何を望んでいるのか。心に嘘をつくのはとても苦しいものですわ。真実を見誤るのも。自分の心を見極めておかないと、きっと、後悔いたします」

「フランシーヌ様……」

アルベール王子との婚約破棄騒動はフランシーヌの心に深い傷を残していた。アルベールに恋していた時間はあまりにも長く、すでに諦めている心を認めることができずにいたのだ。諦めてしまえば、今までの自分は何だったのだとなる。アルベールのための教育や、社交での顔見せも、すべては彼のためだった。自分を無駄にしたような悔しさと、恋への未練、そして、選ばれなかった屈辱がフランシーヌの心を引き裂いた。

「クラーラ様のドレスを着た時」

その時を思い出したフランシーヌは夢見るような表情を浮かべた。

「ああ、わたくしはここにいたんだ、と思いました。幼かったわたくしの心が泣いていたのを素直に認めることができたのです。まるで生まれ変わったような……、いいえ、蛹《さなぎ》から新しく生まれ出た蝶のような。今まで見てきた景色がまるではじめて見るもののような感動を覚えたのです」

フランシーヌは踊るのを止め、リスティアを胸に抱き寄せた。

「リスティア様、心が死んでしまってはおしまいですわ。クラーラのドレスを着たあなたに、できないことはありません」

「フランシーヌ様」

「生まれてくるのは怖いでしょう。ですが、居心地のよいそこは、何の変化もない場所なのです。

リスティア様、必要なのは勇気ですわ」

そっと肩を押されてリスティアは振り返った。

今まで見ているだけだった、ヴィクトールが立っていた。一歩、近づいてくる。

「私と踊っていただけますか」

リスティアは全身に震えが走ったのを知り、足を叱咤した。知らなくてはならない。本当のことを。ヴィクトールの心と、自分の心を見極めなければ、ここから前に進めない。たとえ、どんな結末が待っていようとも。

「……喜んで」

今夜のリスティアはヴィクトールにとってまさしく星だった。どんなに手を伸ばしても届かないとはっきりヴィクトールに教えるドレスも、こちらに目線ひとつ寄越さない彼女の態度も、すべてが彼に諦めろと告げていた。

大声で喚きだしたい気分だった。リスティアが他の男と踊るたび、そんな男をその瞳に映しているのが許せず、もぎ取ってやりたくなった。お前が好きなのは俺だろうと言い聞かせ、他の誰にも会えないように閉じ込めてしまいたくなり、そんな凶暴な熱に戦慄《せんりつ》した。やはり自分はニコラスの側なのだ、とヴィクトールは絶望的な気分で悟ったのだ。

こうして踊っていても、リスティアは頑なにヴィクトールと見つめ合おうとしない。添えられた手袋越しの指先から熱は伝わらず、彼女が抱いているのは恋ではなく恐怖であるとヴィクトールに思い知らせていた。リードする手に力が入る。細い指を包む絹の手袋がきゅっと悲鳴をあげた。

「先日、『ティアーズ』でお見かけしましたわ」

固い声でリスティアが言った。王都一の百貨店の名にヴィクトールはぎくりとこわばった。招待状と引き換えに、フェドゥーダ夫人のおねだりを叶えた店である。あそこにリスティアが行くとは思わなかった。

「ずいぶん親しい女性がいますのね」

「彼女には今夜の招待状を譲ってもらった恩がありまして、そのお礼をしていただけです」

「あら、あなたはお礼で女性の腰を抱き寄せ耳に触れますの」

ヴィクトールは舌打ちしたくなった。こうしたリスティアの態度を可愛いと思っていたが、今はタイミングが悪すぎる。これでは愛を囁いてふたりきりになるどころではない。

「リスティア……」

「ヴィクトール」

はじめて彼女がヴィクトールを呼んだ。それも家名ではなく、ファーストネームで。

リスティアは意を決して彼を見つめた。握られた手をしっかりと握り返す。

「信じさせてください。わたくしに、あなたを信じさせて。わたくしとあなたの心がひとつなのか、確かめたいの」

信じられない思いで凝視するヴィクトールに、リスティアははっきりと瞳を向けた。震える唇がきゅっと引き結び、そして、彼女のやわらかな体がヴィクトールに寄り添う。

「おねがい……」

潤んだ声がヴィクトールに恋を確信させた。甘やかなそれは瞬く間にヴィクトールの凶暴な嵐を鎮め、いたいけに瞬く星を隠していた雲を振り払った。大きく息を吸ったヴィクトールの胸に、リスティアの香りが広がった。開いたばかりで雫に濡れた、新鮮な花の香りである。

たまらなくなった彼は一瞬リスティアを強く抱きしめた。音楽が遠く聞こえる。くるりとターンを決めたヴィクトールの目に、こちらを窺っているニコラスが一瞬映った。

「っ！」

「ヴィクトール？」

そうだ。これから自分は、彼女を誘い出し、ニコラスに差し出さなければならないのだ。ここに来た目的を思い出し、彼の頭に冷や水を注す。ニコラスに抱かれる彼女を眺め、その絶望を絶対のものにしなければならない。

「いえ。どこか、ふたりきりになれる場所へ行きましょう。ここでは愛を語るには邪魔が多すぎる」

「では、客用寝室へ。こっそり用意させましたの」

うっとりとヴィクトールを見つめるリスティアはすでにその気になっているのか女の顔だった。恥ずかしそうに頬を染め、しかし期待と、恋の成就への喜びを現している。ヴィクトールはそんなリスティアに精一杯微笑んだ。

ふたりのダンスは一曲で終わった。互いに一礼して離れる。同時に出ては怪しまれるからだ。

リスティアは計画通りにいったとヴァイオレットに報告した。

「客用寝室へ行くよう言い付けました」

「よくやったわ、リスティア。あなたはもうここまでで良いのだけれど……」

「いいえ、やらせてください。わたくしは見届ける義務があるはずです」

リスティアに迷いはなかった。ここまで来たからにはヴィクトールが本当にニコラスを招き入れてこちらを陥れるつもりなのか、確かめなければならなかった。揺れ動く心をぐっと抑え、ヴァイオレットに懇願する。

ヴァイオレットはじっと彼女を見つめていたが、やがて仕方がないとため息まじりに許可した。

「わかったわ。でも、くれぐれも気を付けるのよ」

「はい。奥様にお借りした扇もありますし、大丈夫ですわ」

今夜の扇はヴァイオレットに借りた特別製だ。扇の飾り部分を引くと、仕込んだ小刀が飛び出して来るようになっている。そのため開くことができず、鋼の重みはあるものの、リスティアにはその重さが頼もしかった。

ヴィクトールはダンスホールを抜け出すと、リスティアに言われていたらしいメイドに案内されて客用寝室に向かった。

「こちらでお待ちください」

質の良い絨毯の敷かれた床を踏みしめ、ごくりと喉を鳴らす。ゆっくりと部屋を見回した。

部屋の中央にテーブルと、ソファがあり、小物類が入っているのだろう箪笥が一棹《ひとさお》あった。上には東洋趣味らしい陶器の花瓶が飾られている。壁には誰かの肖像画や風景画がかけられていた。

そして、天蓋で区切られた大きなベッドが壁沿いに鎮座している。きちんとベッドメイクされたそこは妙に生々しく、目に痛かった。

ヴィクトールは素早くテラスに出ると合図を送った。すぐにニコラスがやってくる。

「中には誰もいません。お早く」

彼の手を引いて部屋に引き入れる。まるで泥棒の真似事だ。ニコラスはこれからのことを想像し、すでに興奮しきっていた。

「よくやった、ヴィクトール」

「はい。ひとまずベッドに隠れていてください。すぐにリスティアが来るでしょう」

ニコラスをベッドに潜り込ませ、天蓋を引いて隠す。ヴィクトールはドアの前でリスティアを待った。

異様に静かな時間が続き、コツコツと数人の足音が近づいてきた。

耳を澄ますヴィクトールに「ここでいいわ」とリスティアがメイドに言う声が聞こえた。ついでノックが響く。控えめなおとないを告げるその音は、破滅の幕開けだった。ゆっくりとドアノブが回り、リスティアが囁くように呼んだ。

「ヴィクトール様……？」

リスティアが顔を覗かせた瞬間、ヴィクトールは彼女を抱き寄せた。驚愕に目を見開く彼女の瞳に、今にも泣き出しそうな自分の瞳が映る。

ヴィクトールはリスティアの額にキスをした。

「リスティア……！」

ヴィクトールは悲鳴をあげる自分の心を聞いた。これからあのニコラスに彼女を差し出さなければならない自分がひどく惨めで、それを認める権利すらないのだと思うと心臓に痛みが走った。いとおしいリスティア。彼女に愛されているのは自分だというのに、なぜこんなことをしなければならないのか。ヴィクトールは全身を貫く痛みに耐えながら、用意のハンカチを彼女の口に当てた。即効性の睡眠薬を染み込ませた布で口を塞がれた彼女は驚き、次に絶望に瞳を染め上げて涙を浮かべる。何かを言おうとしたのだろう、ヴィクトールが塞いだ口が動き、そして力を失った。

「…………っ」

ずるりと倒れそうになる体を抱きしめ、ヴィクトールはうずくまった。彼女の左胸に頬を寄せ、耳を当ててその鼓動を確かめる。ひとつ、ふたつ。彼女の心が動いている音を聞き、ヴィクトールはやわらかな胸に口付けを落とす。今すぐ自分の胸を切り開いて、この心臓を彼女に捧げたかった。代わりに死ぬのは自分だけで良かったのに。

「ニコラス様」

ヴィクトールはリスティアの軽い体を横抱きに抱えてベッドに向かった。すぐにでも飛び出してくるかと思われたニコラスはベッドの中で身じろぎをする。リスティアをベッドの端に横たわらせ、ヴィクトールは上掛けをめくった。

「ニコラス様？」

「はぁい、かわいこちゃん。待ってたわ」

そこにいたのはニコラスではなく、クラーラだった。

何が起きたのかわからずぽかんとするヴィクトールににっこりと微笑み、クラーラは腕を伸ばして彼を引き寄せた。

「なっ⁉　なに、がっ？」

「のこのこ敵陣に現れてくれて感謝するよ」

パニックに陥ったヴィクトールの背後からルードヴィッヒが現れた。後ろにはクラストロの私兵を引き連れている。

ヴィクトールはリスティアを見た。謀られた。こんな小娘に、してやられたのはこちらだったのだ。

ここは王都にあるクラストロの拠点である。初代の頃から増改築を繰り返し、その度にいくつもの抜け道や隠し扉が付け足されていった。王の右腕にして国家の主柱クラストロ。襲撃に備えた訓練や暗殺防止の罠などは当然館の守りに入っているのだ。むしろ、そんなことも想定せずのん気にふたりだけでやってきたほうが驚きである。

「君の大切なご主人様なら、今頃は隣の部屋でお爺様に折檻されているよ」

「リスティアちゃん。リスティアちゃんしっかり！」

ベッドから降りたクラーラがリスティアの頬を叩き、肩を揺らした。即効性の眠り薬の効果は急激だがそのぶん抜けやすい。むずがるような声を漏らしてリスティアが目を覚ました。

「リスティアちゃん！　良かったわ。気分はどう？　どこか痛いところはない？」

リスティアはぼんやりとクラーラを見ていたが、ハッとして起き上がるとヴィクトールを探した。

ルードヴィッヒに後ろ手に拘束された彼を見つけ、大きく目を見開き、その頬から血の気が引いていった。

「ヴィクトール……」

「君の勝ちだ、リスティア」

リスティアはうなずくと、立ち上がりヴィクトールの前に立った。扇を握りしめ、渾身の力を込めて彼の頬を打つ。

「これは、わたくしの分ですわ。今まで令嬢たちを弄んだ分は、ご自分でお支払いくださいませ……！」

薄い刃とはいえ鋼鉄の入った一撃はヴィクトールの秀麗な顔に痛打を与えることに成功した。たちまち頬が腫れ、赤みが差す。口も切れたのか唇の端から血が垂れた。

音もなくベッド側の壁がスライドした。狭い出入り口から現れたのは、散々打たれたのか顔を腫らせて体中に足跡のついたニコラスと、よく見れば彼に似た面影を持つ老人だった。

「クリューゼット卿、ご協力感謝いたします」

「礼を言うのはこちらだ。クリューゼットの嫡流ともあろう者が婦女暴行で警察に捕まるなど、あってはならんことだ。おかげで我が家の裁きを受けさせることができる」

ルードヴィッヒが礼を言うと、老人――コーネリアス・フー・ラ・クリューゼットは首を振った。

未遂で済んだとはいえリスティアが暴行されそうになったと警察に駆け込めば、取り調べや裁判でクリューゼットも大打撃を受ける。司法長官のコーネリアスも監督不行届きを問われるだろう。

ルードヴィッヒがコーネリアスに始末を任せることで、この一件は敵対する貴族同士の争いではなくなったのだ。内々に収めてしまえば国内の動揺も抑えられるだろう。

『雨の首飾り』はコーヒーが評判の喫茶店だ。クラストロが王都に張り巡らせた蜘蛛の糸のひとつである。店の奥にある秘密の部屋でルードヴィッヒはコーネリアスと面会していた。

齢六十を超えたコーネリアスはコーヒーの愛飲者で有名だった。頭が冴えると仕事の前には必ず飲んでいるという。噂を聞いて来店するのは不自然ではなかった。

「なんだよっ。元はといえばお爺様が悪いんじゃないか！　お父様にいつまでも家督を譲らないから」

「いらぬと言ったのはあやつだ」

ニコラスの言葉に被せるように、コーネリアスが言った。嫌悪を隠そうともしない老人からは、孫に対する無条件の愛情など欠片もなかった。

「クリューゼットも、司法長官の地位も、荷が重すぎると投げ出したのはそなたの父だ。貴族として遊び暮らしていたいと言うくせに、いつまで経っても当主になれぬと愚痴ばかりで逃避する。儂《わし》がなぜ、引退もせずにいたと思う」

一歩足を踏み込み、コーネリアスがニコラスを覗き込んだ。

「死ぬのを待っていたのだ。息子が身を持ち崩し、妻子まで堕落させているのを儂がどんな思いで見ていたと思っている！　逃げるのは良い。できもせぬ役職に就いて国家に迷惑をかけるよりよほどましだ。だがな、自分で逃げ出しておいてずるいずるいと我儘を言う、それを認めるものがいると思うな！」

コーネリアスが当主のままニコラスの父が死ねば、彼の弟が家督を継ぐ。息子の死を願わなければならないほど追い詰め、自分の尻拭いさえもできない孫に、どれほど落胆しただろう。涙さえ浮かべて叫ぶ老人には、絶望した者にしかわからない苦悩があった。

「ニコラス・クリューゼット。あなたは誰かを笑顔にしたことがある？」

クラーラが前に出た。コーネリアスは老体に堪えるのか肩で呼吸を繰り返している。

はじめて面と向かって祖父に叱られたニコラスは呆然としていた。

「笑顔？」

「そうよ。誰かを一瞬でも幸福にしたことはあるかしら？」

クラーラはリスティアを立たせると、ニコラスに見せた。

「このドレスを見て。リスティアちゃんは、これを着た時にとっても綺麗な笑顔になったの。ドレスは女の子をお姫様にする魔法よ。アタシは誰かを幸せにすることに、生きがいを感じているわ」

クラーラが何を言いたいのかわからないニコラスは、ふてくされたようにそっぽを向いた。ケッと乾いた笑いを漏らす。

「そんなの、たかがドレスじゃないか。脱いでしまえば単なる布だろ」

「ええ、そうね。たかが布でさえ誰かを幸福にできるのに、あなたにはできないのよ」

ヒールの音が絨毯に沈む。ニコラスの前で彼の目線に合わせてしゃがみこんだクラーラは心からの憐れみを込めて言った。

「誰かを幸福にするのは難しいのよ。でも、誰かを不幸にするのはとっても簡単なの。誰も、あなたに教えてくれなかったのね」

「……っ、この、男女が！　偉そうにするんじゃない!!」

クラーラを蹴飛ばそうとしたニコラスの足を、コーネリアスが容赦なく踏みつけにした。ニコラスが醜い悲鳴をあげる。

「他人の不幸を喜ぶ人間に、クリューゼットも司法職も務まらん！　クリューゼットの家法で裁かれることを幸運と思え！」

息子のヨハネスを殺さず、廃嫡もせずにいたのはコーネリアスも通った道だからだ。人が人を裁く重みに何度も潰されそうになった。

だが、コーネリアスはそれに耐えてきた。国家の根幹として、人の罪深さをまざまざ見せつけられてきたこの老人は、人が裁くことによってしか得られない救いがあることに気づいていた。人を許すのは神ではない。それもまた、人が生まれながらにして持つ宿命なのだ。

「違う！　俺じゃない！　ヴィクトールがやったんだ！　あいつがやった！　悪いのはヴィクトールだ！」

ニコラスは見苦しくあがき、ヴィクトールにすべての罪を被せてきた。ヴィクトールはただ静かにそれを聞いていた。

わかっていたことだ。自分の役目はニコラスを守ることにある。失望も絶望もしなかった。ただ悲しかった。ニコラスの本性がここに至っても変わらない事ではない。こんな男のために、リスティアを使おうとした、後悔だった。

コーネリアスは眉を吊り上げ、憤怒の表情を消すと黙ってニコラスの顎を蹴り上げて黙らせた。

「裏口から連れていけ」

気絶したニコラスを抱えた兵士にルードヴィッヒが命じた。引き摺られていくニコラスに続いてヴィクトールも引っ立てられていく。

「ヴィクトール」

リスティアが声をかけた。彼が振り返る。

「ヴィクトール、少しはわたくしを愛していて？　あの言葉の中に、少しでも真実はあった？」

ヴィクトールはリスティアを見つめ、笑い出した。笑いは大きくなり、兵士に後ろ手に縛られたまま身をよじって笑い続ける。

「……まさか！　こんな小娘に本気になると思ったのか？　なんだ、そこだけは私の勝ちだったのだな」

ヴィクトールは片側だけ頬を腫れあがらせた顔いっぱいに嘲りを浮かべた。リスティアが立ち竦む。それを満足そうに見つめ、ヴィクトールは連行されていった。

「最低だな」

ルードヴィッヒが言った。歩きは止めず、ヴィクトールを見もせずに続ける。

「だが、評価してやる」

ヴィクトールはようやく笑いを収め、子供のように顔を歪めて泣きだした。ひっく、としゃくりあげる。

「感謝、します……っ」

やってやった。演じきった。これでリスティアは完全にヴィクトールを憎むだろう。一片の情さえ残さず、新しい恋をはじめることができるはずだ。こんなクズのことなどすぐに忘れてしまうはずだ。あなたは私の輝ける星。どうか、幸せになってください。

愛しています。

祈りの言葉は、心の中でだけ捧げられた。

「リスティアちゃん。いらっしゃい、お化粧を直しましょう」

「……はい」

リスティアは泣かなかった。去っていくヴィクトールを憎むように睨みつけている。クラーラの言葉に肩を落とした彼女は、疲れた雰囲気も見せず気丈に振舞ってみせた。

夜会から抜け出したリスティアを、フランシーヌが気を揉みながら待っていた。

恋は頭で考えてするものではない。彼女は身に染みて知っていた。心が勝手に動き、落ちるものなのだ。リスティアに限って駆け落ちなどはしないだろうが、一夜の恋の相手にはヴィクトールでは悪すぎる。

ヴァイオレットを見れば、変わらぬ笑顔で客人と接している。さすがに女主人の貫禄があった。

そこにリスティアとルードヴィッヒが戻ってきた。リスティアはどこか晴れ晴れとした表情だった。

「リスティア様、良かった」

「フランシーヌ様！」

リスティアはフランシーヌの手をぎゅっと握り、悪戯《いたずら》っ子のように笑ってみせた。

「わたくし、あの男をとっちめてやりましたわ！」

「まあ」

「うふふ、内緒にして下さいませ」

「わかったわ。ふたりだけの秘密ね？」

「そうですわ」

笑うリスティアに悲壮感はない。そっと入ってきたクラーラはそんな彼女を見つめ、かすかなため息を漏らした。

やがて夜会が終わり、リスティアは入浴を終えて部屋に戻る。部屋はすでに出立の準備が終わり、がらんとしていた。寝間着と明日の着替え、化粧箱くらいしかリスティアの物はなかった。ぽつんと立っていたリスティアは気が抜けたような気分でベッドへ向かう。まだ興奮が残っているのか、疲れているのに眠気はまったく来なかった。

ベッドに座るリスティアの耳に、かすかなノックが届いた。

「どなた？」

「リスティアちゃん、アタシよ」

「クラーラ様？」

立ち上がり、ドアを開けようとするリスティアをクラーラが制した。

「開けなくていいわ。すぐに行くから」

クラーラは扉の向こうにいる、涙すら流せない少女を思った。

「リスティアちゃん。あなたの負けね」

涙を見せないのは彼女の強さだ。だが、負けを認められない人間は、結局弱く、脆くなっていく。

勝利はたしかに美酒の味がするだろう。しかし勝利には酔えるが、成長の糧となるのは敗北の苦さなのだ。美酒に酔うために勝利を求め続けるか、敗北を認め、自分を成長させていくかは自由である。

だからクラーラは言った。リスティアはまだ十六歳。彼女はこれから盛りを迎えうつくしく咲く花だ。愛でる手を間違えなければ、いつまでも甘く香るだろう。

「昔から言うでしょう——惚れたほうが負けなのよ」

「…………」

「今夜くらいは、許してあげなさい」

ヴィクトールをたしかに愛していた、あなたを。

リスティアは立ち竦み、やがて震えだした。クラーラが去っていく気配を感じ、ぱちんと何かが弾ける。

「……トール。ヴィクトール……」

酷い男だ。最低の男だ。男の風上にも置けないクズだ。人の心をこんなにも揺さぶっておいて、ぜんぶ嘘だと言ってくれた。こんなに好きにさせておいて。

彼との愛に未来はない。わかっていたのだ。必ずどこかで破綻し、もしかしたら憎みあう結末だったかもしれない。これで良かったのだ。

「わたくしも、あなたを愛しています……」

熱いものが頬を伝う感触を妙に頼もしく感じながら、リスティアは目を閉じた。

翌日、ヴァイオレット・ユースティティア・クラストロ一行は領地への帰路についた。長い祝賀が終わりを迎えた、初夏のことであった。

第十五章　ヴィクトール・リントンの終戦

ヴィクトール・リントンはすべての罪を認めた。

ニコラスが行った非道の数々、彼自身が犯した罪、そのすべてを背負って彼は逝《い》くことが決定したのだ。もともと彼は、その予定でニコラスに付けられた人間だった。

ニコラスが私邸に集めていたごろつきどもは即日逮捕された。ただし、王都の警察ではなく、クリューゼットの私兵によって。人の恨みを買うことの恐ろしさをよく知るクラストロは、処分をクリューゼットの当主であるコーネリアスに委ねることで二十年前の恩を返した。

国家反逆罪ではなく、ニコラスによる私闘の策謀。クラストロ対クリューゼットの二大巨頭が一触即発であったところをコーネリアスが発見し、矛を収めたという筋書きである。法で禁止されている王都での戦闘行動を、準備段階とはいえ企んでいたとして、コーネリアスはニコラスを嫡流から外した。同時にニコラスの父でありコーネリアスにとっては嫡子であったヨハネスも、追放こそされなかったが廃嫡が確定し、相続から外されることになった。

ニコラスは王都からクリューゼットの領地に戻り、家内で精神に異常をきたした――家族として認められないものを住まわせる『癒しの塔』と呼ばれる牢獄に入れられた。ここに入れられたものは異常な精神が元に戻るまで外には出られず、医者による治療を受けることになる。司法を司るクリューゼット家は、その重みに耐えきれず、精神を病んで逃げるように塔に籠る者が多くいた。そしてたいていの者は元に戻ることなく塔で一生を終える。塔の住人は、優雅な囚人であった。

ニコラスは自分が塔に幽閉されることに納得せず、初日から大暴れした。クリューゼット領に着くまでも縄で縛りつけておかなくてはならないほど抵抗し、宿では伽《とぎ》の相手を呼べと横柄な態度で官吏を辟易とさせた。官吏はこういうことに慣れた者が選ばれている。ニコラスの要請は一切叶えられることはなかった。

塔の世話人はニコラスと関わりのない者ばかりであった。時たま訪れる優雅な囚人のために雇われている彼らは義務的にニコラスの世話をし、塔の掃除をし、食事を用意した。貴族らしい食事ではあったが味は王都のそれと比べ物にならない。ニコラスは世話人を殴りつけ、口汚く罵倒した。翌日から食事は質素なものに変えられた。暴力はいっそう酷くなり、世話人がやってくる間、ニコラスには手枷《かせ》と足枷がつけられることになった。

「ヴィクトールを呼べ」

思い出したようにニコラスが言ったのは、一カ月後だった。別々に逮捕されて以来姿を見せない彼の唯一の部下は、別の場所に収容されている。当然のことながらニコラスの命令はにべもなく却下された。彼は納得しなかった。

ニコラスにとって、ヴィクトール・リントンは彼が呼べばすぐにやってきて膝をつき尾を振る犬である。来るのが当然であり、来ないほうがおかしかった。ニコラスはヴィクトールを呼んだ。

「ヴィクトール！」

何度呼んでもヴィクトールがニコラスの元に駆けつけてくることはない。ニコラスがそれを理解するまでにさらに三カ月もかかった。その間ニコラスは暴れ、時には死んでやると狂言自殺の真似事をし、泣き喚いた。

病人の治療に来た彼の医者が何度も根気よく言い聞かせ、納得せずとも事実であると来ない現実を突きつけ、ようやく認めざるを得ないと諦めたのである。

もうニコラスの元に、ヴィクトールは来ない。それを知った彼は、途端に無気力になった。暴力は鳴りを潜め、言葉を失ったように何も言わず、食事すらもままならない。死なせるわけにはいかない世話人はニコラスを椅子に括り付け、漏斗《ろうと》を彼の口に固定するとどろどろに煮溶かした流動食を彼の喉に流し込んだ。

ヴィクトールを失った自分には何もない。ニコラスはその事実に愕然とし、優秀だと信じている頭脳をなんとか働かせようとした。しかし脱出の算段を巡らそうとしても隣にいるはずの存在が空白で、上手く頭は働かない。今までずっとヴィクトールありきの作戦しか練ったことがない彼は、頭はあっても手足がないという状態に堪えられなかった。

せめてヴィクトールに手紙でも出せないか。ある日ニコラスはそんな要望を世話人に訴えた。来なくても良い、せめてヴィクトールと繋がっていたい。虚ろな瞳をしたニコラスを傷ましげに見つめ、世話人は言った。

「ヴィクトール・リントンはすでに処刑されました」

ニコラスが、そうしたのだ。自分の罪を認めず、ヴィクトールに押し付けることで逃れようとした。そして彼の望んだとおり、ヴィクトールはすべての罪を背負って処刑された。

ピシ、とどこかにヒビが入る音を聞き、それが合図だったようにゆっくりとニコラスは壊れていった。

「ヴィクトール」

ニコラスは彼を呼ぶ。母を呼ぶ幼子のようにひたすらに繰り返した。今度会ったら彼と何をしようか、夢物語を架空のヴィクトールに語る。果たされることのない約束を、ニコラスはヴィクトールと結んだ。彼の脳裏には、あの夜のクラーラの言葉が何度も木霊していた。

——あなたは誰かを笑顔にしたことがある？

記憶にあるヴィクトールはいつもとってつけたような笑みを顔に貼り付けていた。幼かったころは怯えた表情で常にニコラスを窺い、彼が何を好みどうすれば心から幸福な笑顔を浮かべるのか、ニコラスは知らないままだった。

この頃からニコラスは小説を読むようになる。物語の世界の中をヴィクトールと駆け巡る妄想に取り憑かれはじめた。子供向け冒険小説の中でニコラスは悪い竜を退治に行く勇者、ヴィクトールは彼を支える魔法使いになり、あるいは賢者が残した財宝を求めて大陸を探索する冒険者にも、謎を解き明かす探偵とその助手にもなった。ヴィクトールはいつも、いかなる困難にもニコラスを支えて傍にいた。彼がいてくれればニコラスは無敵だった。

ニコラスの妄想の中、ヴィクトールは笑い、幸福そうに礼を言う。ありがとうございますニコラス様。あなたがいてくれて良かった。今まで生きてきて、そんなことを言われたのは一度もない。もちろんヴィクトールにそんな瞳で見られたこともなく、ただ諦めと恐怖を笑顔で隠すだけだった。それでもヴィクトールはニコラスと離れたいとはただの一度も言わなかったし、事実最後まで離れなかった。ヴィクトール・リントンはニコラスのための犬であり、彼が好きにしてよい奴隷であった。だからこそあの最後の夜、ヴィクトールはニコラスの言葉を一切否定せず、罪をすべて引き受けたのだ。

「ヴィクトール」

ニコラスの妄想はしだいに言葉にならなくなり、やがて彼はそれ以外を忘れたかのように、時折ヴィクトールの名前を呟くだけになった。

＊＊＊

ヴィクトール・リントンはニコラスとは別の、貴族専用の監獄に収容された。

「ヴィクトール、気分はどうかね」

ある日面会に訪れたのは、なんとコーネリアスその人だった。まさか主家当主直々のおでましに、ヴィクトールは恐縮し、姿勢を正した。

「おかげさまで、元気でやっています」

あの夜のコーネリアスとは違い、目の前の彼はどこから見ても好々爺《こうこうや》とした老人だ。しかし彼こそがこの国の司法を司る者であり、この監獄の総責任者なのである。

貴族専用の監獄は、平民が収容されるそれとは建物そのものから部屋の内装、食事の質まで違う。身分が考慮され、丁寧な扱いをされていた。むしろニコラスに振り回されないぶん快適である。

「リントン家の処分が決まった」

「……はい」

ヴィクトールの実家であるリントン家は、ニコラスとヴィクトールの悪事にかこつけて実に姑息《こそく》に動いていた。ヴィクトールに惑わされた令嬢の実家には醜聞をばらまくぞと脅迫し、ヴィクトールを諦めきれずに泣く令嬢には仲を取り持つ謝礼として金品を要求していたのだ。実家が三男ごときに期待していないのは知っていたが、まさか捨てたはずのヴィクトールを利用してそんなことまでやっていたとは知らず、彼は呆れると同時に実家への情が消えるのを感じた。そこそこ裕福なのはどうしてかと疑問に思っていたが、そこまで腐っていたとは思いたくなかったのだ。

「複数の貴族を脅迫した罪で、リントン家は取り潰し。家財を処分して被害にあった家への賠償にあてさせる。残った財産はヴィクトール、君の監獄での生活に使うよう取り計らった」

「では、両親や兄たちもここに?」

「いや。彼らは爵位を剥奪された元貴族だ。平民用の監獄に入れられている」

「しかし、私は」

「そうだな。君もリントンではなくなった」

リントン家が取り潰しとなれば当然ヴィクトールも平民用の監獄に行かなくてはなるまい。しかしコーネリアスは、ヴィクトールを貴族のままにした。

よくある話である。爵位を剥奪された貴族が金を積み、平民ではなく貴族の扱いを求める。地獄の沙汰も金次第を地でいく話というだけのことだった。

「クリューゼット家からの詫びの意味もある。ヴィクトールにニコラスを押し付けてやり過ごそうとしていたのは私も同じだ。すまなかった」

　ニコラスの名前にヴィクトールが反応した。わずかに肩が揺れ、顔色が悪くなる。

「ニコラス様、は……」

「あれはここにはおらん。君と切り離さねば、あれは自分の罪を理解すまい」

　コーネリアスが眉を寄せ、苦々しい表情を隠そうともしない理由は、何もニコラスのことだけではない。嫡子のヨハネスの廃嫡とニコラスを嫡流から外す、という、名門クリューゼット家の処分に対し、王が何も言わずに了承したことにあった。

　ニコラスが今回計画したクラストロ襲撃は、国家反逆罪に問われるべき事態だ。それを、コーネリアスは深く理解している。ニコラスの私邸に集められた武装集団がもしもクラストロではなく王宮を襲っていたら、せっかく祝賀で回復したはずの王家への信頼と尊敬が粉々に砕ける。それほどの事態である。

　だが、王であるエドゥアールはコーネリアスが廃嫡を申し出た時、何も問わなかった。叱責すらしなかった。むしろ他の貴族のほうがコーネリアスの責任を問い、司法長官の任を降りるべきだと糾弾した。彼はそれを一蹴したが、王から言われたら素直に解任に応じるつもりであったし、そのための用意もしていたのである。息子も孫も司法には向かなかったが、彼は部下を育ててきた。適任を見つけ出し、いずれ自分の後を継げるように教育してきた。それは、クリューゼットのためではなく、この国のためを思ってのことであった。

　爵位を継ぐと同じく官位まで子孫に継がせるのは貴族にとって理想の形態である。国が続く限り家は続き、繁栄が約束される。しかしそれは、ヨハネスとニコラスのような、重荷に耐え切れない精神の子が生まれてしまうとたちまち弊害となり、国内を悪化させる原因ともなるのだ。

司法長官のコーネリアスは、ここでクリューゼットがその旧態を壊すことで、新しい流れを作ろうとした。王はそれを汲むことなく、鷹揚に廃嫡を認め、今後もクリューゼット家が司法を守るようにと言うだけだった。

王が命じなければならないのだ。この国を国家たらしめるのは王であり、王妃は王を支え、国民の平和を見守る存在であらねばならない。そのためのお膳立てにエドゥアールは気づくことができなかった。

ニコラスと同じだ、とコーネリアスは思い、ニコラスよりも酷いと考えを改めた。エドゥアールはいつまでたっても親友の幻想を忘れられず、彼に縋り続けている。

「ニコラス様は、私などもう忘れてしまっているでしょう」

ヴィクトールは本気でそう思っていた。ニコラスにとってヴィクトールなど道端の石ころと同じで、使いようがあれば拾って投げるし、なければ蹴飛ばしておけばいい。その程度の存在だった。そのほうが気楽でいいとヴィクトールもそれを拒まなかった。

コーネリアスは呼んでも来ないヴィクトールにニコラスが大暴れしていることを彼に伝えなかった。ヴィクトールもニコラスも、互いから離れ、客観的に自分を見る必要がある。ヴィクトールにはリスティアが現れて彼の心を救ったが、ニコラスにはヴィクトール以外誰もいない。父も母もニコラスを見捨て、尊敬できる師もおらず、友と呼べる人さえいないのだ。

「リスティア・エヴァンスはクラストロ領に帰った」

「……っ！　そう、ですか」

ヴィクトールの顔に一瞬せつなさが宿り、次に安堵が広がったのを見て、コーネリアスはようやくほっと息を吐いた。重い任に堪えて自分を殺し続けてきたヴィクトールが、最後に本当の愛を知ることができただけでも、救われた気分だった。身勝手だとわかっているが。

「これを」

別れ際、コーネリアスが渡したのは、無地の冊子だった。

「日記でも書くといい」

好きに使えと言って、コーネリアスは去っていった。

ヴィクトール・リントンの犯した罪はそう重いものではなかった。しかしなんといっても数が多く、しかもニコラスの罪まで背負ったため、最終的な罪状は複数の詐欺罪と脅迫罪に加えて王都での私闘禁止罪まで重なった。国家反逆罪にならなかったのは、これをクリューゼットとクラストロだけで収めてしまったからである。それでも終身刑ではなく、死罪もやむなし、という判決が下った。婦女暴行がなかったのは、令嬢たちはあくまで合意の上で事に及んだからだった。リスティアについては彼女自身で事を済ませてしまっていたため問われなかった。

ヴィクトールはコーネリアスに貰った冊子を開き、何を書こうかと思案した。日記も詫びも、違う気がした。今更自分の想いなど誰にも伝える気はないし、女性たちへの詫びなど書いても虚しくなるだけだ。

「リスティア……」

ヴィクトールは宝物のように彼女の名をそっと形の良い唇に乗せた。彼女を想う時、ヴィクトールの胸は今でもせつなさと恋を訴えてくる。ヴィクトールに罪と誇りを自覚させてくれた少女。輝く朱金の髪は朝日にも似て、希望を抱いていた。

ヴィクトールはペンを取り、リスティアを描き始めた。貴族令嬢とは違い男子のヴィクトールにスケッチの習慣はなく、はじめは丸に線がくっついたいびつな棒人形のようだったが、何度も描くうちにしだいに人に見えるようになっていった。

リスティアを描く時、ヴィクトールの脳裏に甦るのはラストダンスの彼女だった。別れを知りながら、それでもヴィクトールの心を知りたいと告げてきた彼女。叶わぬ恋とわかっていても一縷《いちる》の望みに縋るように見つめてきた青緑の瞳。みずみずしく花開いたリスティア・エヴァンスを描く時、知らず彼は微笑みを浮かべていた。子供が宝物を眺めているような、嬉しくてたまらないという笑みは、ニコラスが最後まで彼に与えることのなかった幸福であった。

冊子をリスティアで埋め尽くし、満足のいかなかったヴィクトールは次の冊子を買い求めた。こういうことができるのが貴族用の監獄である。金さえ積めば何でも手に入れることができる。

ヴィクトール・リントンの処刑は彼が死ぬまで執行されなかった。彼のいた部屋はリスティアの肖像で埋め尽くされ、それは床にまで描かれていた。彼はリスティアに色をつけず、黒のみで陰影をつけ、まるで写真のようだと錯覚させるほどであった。

貴族用監獄は後に破壊されるのだが、ヴィクトール・リントンが収容されていた部屋に踏み込んだ襲撃者は部屋を埋め尽くすリスティア・エヴァンスの絵姿に息を飲み、この部屋だけは破壊せずに残したという。

書き下ろし　セシル・アルヴァマーの覚醒

The Secret Tailor

セシル・アルヴァマーの祖母クラウディア・アルヴァマーは悲恋の主人公として有名な女性だ。

若き日のクラウディアにはヒース・ハリスという恋人がいたのだが、両者ともに政略結婚の相手となる婚約者がいた。親の定めた婚約を破棄できる時代ではなく、ふたりは泣く泣く別れることになった。

その際にひとつの約束を交わした。

いつか互いに子供が生まれたら、きっと結婚させましょう。

約束の証にクラウディアはエメラルドの指輪を、ヒースは金時計をそれぞれ交換した。

悲劇の恋物語はこの時点では美談として伝わった。その後両家には男子しか生まれず、約束は次の代に持ち越されることになる。クラウディアの孫のセシルは十三歳。ヒースの孫アレックは十五歳。年頃も充分。家柄は両家とも伯爵家として申し分ない。なによりセシルは祖母から何度も繰り返し言い聞かされていた。祖母の語る悲しい恋の物語はおさない少女の胸を打った。涙ながらに思い出を綴る祖母にセシルはうなずき、未だ見ぬ未来の夫に想いを馳せた。

悲恋の物語を聞いているだけなら良かった。自分が叶わなかった夢を孫娘が叶える美談も当事者でさえなければ胸ときめかせていられただろう。十三歳になったセシルは社交デビューが近づくにつれ現実味を帯び始めた婚約に慄いた。セシルにとって恋物語は架空のものではなく、現実なのだ。顔も知らぬ、人となりもわからぬ相手と結婚しなくてはならないなど、セシルにとっては悲劇でしかなかった。

クラーラの店をセシルの母ソフィー・アルヴァマーが訪れたのは、娘をなんとか助けたい一心であった。

「クラーラは少女の味方であると聞き及んでおります。なにとぞ娘をお助け下さいませ」

「アタシは仕立て屋であって乳母《ナニィ》じゃないわよぉ……？」

ハンカチを噛みしめて嘆き悲しむアルヴァマー伯爵夫人を前に、クラーラは途方に暮れた。

「話を聞いてくださるだけでも良いのです。クラーラ殿は、こう申すのはなんですが、男性でありながらその魅力的なお姿にセシルも何かしらの感銘を受けるでしょう。このままではあの子は身を持ち崩してしまいます」

「セシル嬢の気の病はそんなに重いのですか？」

「はい……わたくしが何を言っても放っておいてと部屋に閉じこもるばかり。社交デビューも近いというのにこれではとても社交界には出せません」

将来の不安に押しつぶされ精神的に病んでしまう娘はいるものだ。セシルは口約束とはいえ社交デビューと同時に結婚すると周囲には思われている。恋や結婚に憧れて夢を見る年頃の少女にはあまりにも辛いことだろう。クラーラもセシルの心境を思うと強くは断れなかった。

「わかりました。一度お屋敷に赴いてセシル嬢にお会いしてみましょう」

「ああ……！　ありがとうございます！　どうかセシルを勇気づけてくださいませ！」

部屋から一歩も出ず、気を使った母親が開いた茶会にも顔を見せずに気鬱《きうつ》に閉じこもる少女。せめて部屋から出てきてほしいと望むアルヴァマー伯爵夫人はクラーラの手をしっかと掴んだ。逃がさないとばかりに籠った淑女らしからぬ力に、クラーラは額から冷や汗を流した。

夫人と共に馬車に乗り行き着いたアルヴァマー伯爵邸は、どこか奇妙な雰囲気だった。

「セシル嬢のお部屋はどちらかしら？」

伯爵夫人が連れてきた客だというのに、セシルへの面会だと知るとメイドの反応が分かれたのだ。セシル付メイドはどこか嘲りの表情を浮かべ、他のメイドはそ知らぬふり。これは相当よろしくない事態にまで進んでいる。クラーラは気を引き締めた。

「こちらでございます」

案内されたのは屋敷でも奥まったところにある部屋だった。先導を務めたメイドは他のメイドに指示して茶の用意をさせていた。

メイドが丁寧にノックをする。部屋の中から涙でくぐもった声が返ってきた。

「どなた？」

「お嬢様、お茶の用意をいたしました」

来客を告げないのは、言ってしまうとセシルが鍵を開けないからだろう。ドアに手を伸ばしたメイドを制してクラーラがノブを摑んだ。解錠された瞬間に勢いよく開ける。

「きゃあ……っ？」

驚く声を無視してクラーラは体を滑らせた。そして、突然の闖入者《ちんにゅうしゃ》に怯えるセシルを見て目を丸くする。

「え……？　あなたがセシル・アルヴァマー？」

「きゃあああっ。どっ、どなたっ？」

勢いに尻餅をついた音がどすんと響き、床が振動した。

部屋から出ないというように日に当たらぬ肌は白いを通り越して血色が悪くなっている。丸い頬に丸い唇は蒼ざめ、目は肉にうずもれて細くなってしまっていた。顔にはニキビが浮き出ており、長い黒髪は脂ぎって見るからに不潔だった。かろうじて見苦しくない程度の部屋用ドレスは着ているものの、サイズが合わないのか体形に合わせてぴちぴちに突っ張り、今にも破けてしまいそうである。胸と腹に食い込んだ肉がたゆんたゆんとセシルの動きに合わせて揺れていた。

セシル・アルヴァマー伯爵令嬢は、控えめに表現すればふくよか。率直な言い方をするならデブだった。

「ほらほらお嬢様。果物たっぷりのタルトでございますよ。まずはお召し上がりになってくださいませ」

メイドがティーセットを運んできた。3段のケーキスタンドには一口サイズのタルトが乗っている。任せろというようにクラーラに目配せしたメイドは手慣れた様子でテーブルを用意した。

「さあ、落ち着いてくださいお嬢様。あの方はクラーラ様と仰って、お嬢様のドレスを仕立てるために来てくださったのですよ」

「ドレス……?」

「クラーラ様もどうぞ」

「ありがとう」

クラーラが対面に座ると、両手にタルトを持っていたセシルが気後れしたように身を縮ませた。それでもタルトを口に持って行っている。クラーラは紅茶を飲み、濃さに眉を寄せた。

「ドレス、なんて。今のわたくしには必要のないものですわ」

ぐすっと涙を堪え鼻を啜った。鼻が詰まっているのか「ぶひ」という音になっている。笑うわけにもいかず、クラーラはぐっと唇を噛んだ。

「まあ、そんな。お嬢様、クラーラといえば王都中の娘が憧れる仕立て屋ですのよ。きっとお嬢様に似合うドレスを作ってくれますわ」

ねえ、と振り返ったメイドは自分の言葉をお嬢様が否定することを読んでいた。そしてこう言うはずだ。ならあなたが作ってもらえばいいじゃない。

決定的な言葉を言われる前に、クラーラが口を開いた。

「あなた、ちょっと奥様を呼んできてくださる？」

「え……」

「早くしてちょうだいな。アタシも暇じゃないの」

澄まし顔で紅茶を飲むクラーラにメイドはわずかに迷い、従った。

クラーラは改めてセシルを観察する。

太った体を包んでいるのは淡いピンク色のドレスだ。同じく淡いイエローのリボンがところどころについており、大変可愛らしい。だがそれを着るセシルがすべてを台無しにしていた。少しでも痩せて見せようというのかぎゅうぎゅうに締め付けられ、息をするのも苦しいのか呼吸音がクラーラにも聞こえてくる。

セシルの背後にある壁にはまだ痩せていた頃のセシルの肖像画、隣にあるのが祖母のクラウディアだろう。黒髪と紫の瞳は同じだが、今は見る影もない。

さりげなく部屋を見回したクラーラの眉間に皺が寄る。女性の部屋なら必ずあるはずの鏡がどこにもなかった。化粧台の鏡は閉ざされ、セシルに現実を拒否させている。

これはダメだわ。クラーラはさっきから食べる手を止めないセシルに痛感した。早くなんとかしないとこの少女はダメになる。

コンコンコンと忙しないノックが響いた。

「クラーラ殿、お呼びと伺いましたが」

「奥様、せっかくですが今回の件はお断りさせていただきますわ」

「えっ⁉」

セシルが咀嚼《そしゃく》を止めて固まった。口元についたタルトの欠片に今度こそクラーラが顔を顰める。

「奥様のご心配は痛いほど理解できますけれど、アタクシ綺麗になるつもりのない娘には食指が動きませんの。セシル嬢ではとてもとても……」

大げさに肩を竦め、セシルを見て首を振りため息をついてみせる。アルヴァマー伯爵夫人は固まったままの娘と軽蔑を隠さないクラーラにうろたえた。

「そ、そんなこと仰らずに。どうか、クラーラ殿」

「奥様、アタクシの言えるアドバイスはひとつだけですわ」

立ち上がったクラーラはセシルを見てフンと鼻でせせら笑った。

「なるべくお早めに、養豚業を廃業なさることをお勧めします」

「よ……っ⁉」

「養豚⁉」

あまりといえばあまりの言い草に、泣きそうになっていたセシルが一瞬で沸騰した。椅子を尻で倒しつつ立ち上がり、タルトを噴き出す勢いでクラーラに反論する。

「なっ、なによ人のこと豚だなんて！　あんたなんてオカマのくせにっ‼」

「あらぁ、自分が豚だって自覚あったのねぇ？　そちらこそ、お年頃の娘のくせにその体形はなぁに？」

ふふん、と笑ったクラーラはすらりとポーズを決めた。

今日のクラーラはチョコレート色のドレスだ。バッスルは使わずに腰をリボンで締めて細さを強調し、ドレープで尻の膨らみを作っている。首を飾るレースはリボンと同色の赤煉瓦色。髪は右側だけ下ろすいつものスタイルだが、毛先は青から濃紺に染めていた。落ち着いた雰囲気のドレスに比べ、唇に引かれた橙色の口紅が鮮やかな色気を生み出している。わざとらしく髪をかきあげた。

「そのオカマにも劣るお嬢様なんて、ねぇ……？」

アルヴァマー伯爵夫人を呼びに行ったメイドに同意を求める。彼女は主の手前はっきりうなずくことはなかったが、笑いを堪えきれず肩を震わせていた。

「あ、あなたに、なんてっ。わたくしの気持ちはわからないわ……！」

「わかるわけないじゃない。バッカじゃないの？」

セシルの泣き言を切って捨て、クラーラは三歩で彼女に近づくとぐいとその頬を掴んだ。

「好きなだけ泣いて食べてなさい。そんなんだからメイドに見下されるのよ」

メイドがさっと蒼ざめた。それを横目で見ながらクラーラが続ける。

「そのドレス、似合ってると思うの？　体に全然合ってないじゃないの。腕もお腹もぴちぴちで、息をするのも苦しいでしょう？　普通はね、お仕えしているお嬢様がこうならないようメイドが諫めるものよ」

「………」

セシルがうつむいた。メイドの悪意に薄々気づいていたのだろう。セシル付きのメイドが青い顔を強張らせながら笑みを浮かべた。

「そんな、何を根拠に仰ってますの？」

「お仕えする主人の恥はすなわちメイドの恥よ。品位を疑われるわ。そんなこともわからないのかしらぁ？」

メイドがぐっと言葉を詰まらせた。

自分の仕事に誇りを持つメイドであれば、主が恥をかく前にさりげなくフォローする。主に何の不自由も感じさせないのがメイドや執事の役目なのだ。ただおべっかを使い、気鬱に沈み込むおさない少女に菓子さえ与えておけばいいという心構えのメイドでは、クラーラの言う通り品位を疑われる。

「あなたもよ、セシル嬢。メイドに虐められて叱ることもせずにされるがまま。ぶくぶく太って不幸を嘆いて、それでさらに虐められる。いつまでもそんなんで良いと思ってるの？」

「わたくしはっ。わたくしはどうせすぐに家を出るのです。構いませんわ、放っておいて！」

「あのねぇ、セシルちゃん」

クラーラはむぎゅっと押さえつけていたセシルの頬をぐりぐりと撫でまわした。

「生まれた時から決められた婚約者ね？　彼が本当にあなたをお嫁さんにするか聞いたの？　あなたが理不尽だと思っているように、あちらだって自分の好きな人と結婚したいと思うに決まってるじゃなぁい」

「んぶ？　ぶふっ？」

「もしも結婚したとしても、すぐに浮気されるでしょうね。でも誰もあなたに同情しないわ。誰が見たってあなた可愛くないんだもの。無理もないと旦那様に同情が集まって、離婚を薦められるかもしれないわ。一度結婚したのなら約束は果たされたと言い訳ができる。離婚しなくても旦那様の娼館通いで病気をうつされ、腐った体を医者にも見放されてひとり寂しく死ぬんだわ。それでも誰もあなたに同情なんかしないわよ。よくあの豚と結婚したなって、あなたが死んでみんながほっとするの」

それでもいいの？　やけにリアルなクラーラの未来予想にセシルは蒼ざめた。今まで彼女は我が身の不幸を嘆くだけだったが、親の決めた相手と結婚させられるのは相手のアレック・ハリスも同じなのだ。もしかしたらと期待を抱いていたとしても、今のセシルを見たら絶望するだろう。クラーラの言う通り、浮気されても仕方がないと周囲に思われる。

「いや……、いやよ、そんな。ぶひっ」

泣きながら何度も首を振る。セシルが鼻を啜るたび豚の鳴き声のような鼻息が聞こえた。

「娘を思ってアタシにまで頼んでくるお母様がいるのに、泣いているだけのお嬢様にできることなんかないわ。助けてほしいと思うのなら、自分から助けを求めなきゃ。言葉にしなければ伝わらないことのほうが多いのよ」

さすがに言いすぎだとクラーラに抗議しようとしていたアルヴァマー伯爵夫人が息を呑んだ。

「諦めるのはいつでも、誰にでもできるわ。セシル、あなたはまだ若い。人生に絶望するにはちょっと早すぎるのではなくて？」

十三歳のセシルはクラーラを見て、母を見た。いつもセシルを守ってくれていた母は、娘の視線に気づくと厳しい顔をしてうなずいた。

「どう、すればいいの……？」

「戦うのよ！　決められた婚約にじゃあないわ。負け犬根性の自分、弱音を吐きたくなる自分、堕落と怠惰に傾きそうになる自分と。いいこと？」

セシルは目の前が開けていく気分だった。今まで誰も、そんなことを言ってはくれなかった。祖母は自分の夢をセシルに託すばかりで心境を思いやってはくれず、両親はそんなセシルを憐れむばかりであった。友人もメイドも太っていく彼女に表面上はやさしいが、どこか蔑みを含んでいた。セシルは自分を守るために、閉じこもるしかなかったのだ。

「戦う、わたくしが……」

「そうよ。言っとくけどアタシは美のプロよ。この顔と体を磨くのにどれだけの努力を重ねたか。男だってここまでできるのよ、生まれながらに女のあなたが綺麗になれないはずないわ！」

クラーラの言葉には実感を伴った説得力があった。セシルははっきりと、顔をあげた。頬を摑んでいたクラーラの手を握りしめる。

「わ、わたくし、変わりたいのです。自分の運命を変えたい。綺麗になって、自信をつけて、自分の恋をしてみたいのです」

「よく言ったわ。その意気よ。さあ、ならまずは何をすればいいか、わかるわね？」

クラーラがセシルの肩を撫で、固まっているメイドに向けた。セシルは肥え太った体を震わせながらキッと彼女を睨んだ。

「イザベラ、今までありがとう。わたくし甘えてばかりなのはもう終わりにします」

「お、お嬢様……っ」

「わたくしのような者に仕えているのは辛いでしょう。紹介状を書くわ」

伯爵令嬢付きのメイドとなれば、それなりの家柄の出身である。行儀見習いも兼ねて家を出され、伯爵家と交流のある家の男性と知り合い結婚するのが定番だった。結婚による退職ではなく途中で暇を出されるのは、何か問題があったといっているようなものだ。イザベラはまさに主に対する不敬と虐めという事実がある。紹介状があっても次の家は格が落ちるだろう。

「奥様、セシル嬢はしばらくアタクシのところでお預かりします。奥様はクラウディア様の説得を試みてください」

「お義母様の？」

「気鬱の原因はクラウディア様ですわ。お婆様が諦めてくれない限り、この子の心はいつまでも晴れない。自分の夢を叶えるのはご自分でどうぞとお伝えくださいな」

自分の身代わりが幸福になったとしても、それは自分ではない。クラウディアは新たな夢をセシルに託してくるだろう。満たされることのない渇望は、自分で叶えない限り満足することはないのだ。

「孫に自分の夢を託す。言葉だけなら綺麗だわ。でもこの子の心を殺してまですることではないでしょう。それは夢ではなく、犠牲というのよ」

クラーラは容赦なく突きつけた。セシルが太く短い指でクラーラの指をぎゅっと握っている。彼女がしゃくりあげるたびに肉が揺れ、母の心を打った。夢の結果が今のセシルなのだ。これ以上、娘を犠牲にされてたまるものか。

「わかりました。セシルをよろしくお願いいたします」

＊＊＊

下町にあるクラーラの家に着いたセシルは、伯爵邸と比べて質素すぎるそれに驚いた様子を隠さなかった。

「こ、ここですの……？」

「そうよぉ。なぁに？　まるで豚小屋みたい？」

「い、いいえっ。そんな……」

セシルが支度をしている間にレオノーラたちには連絡しておいたので、万事心得て待っていてくれた。出迎えたレオノーラはセシルを見て、畏まる必要はないとクラーラに言われていたこともあり、歯に衣着せぬ感想を漏らした。

「まあ、これはずいぶんと絞りがいのありそうなお嬢様ですこと」

レオノーラはセシルの母と同じ年代だ。伯爵夫人ほどの華麗さはないが、メイド服をきっちり着こなし、背筋を伸ばしてきびきびと動く彼女からは気品が感じられた。気後れしたセシルにふふっと微笑むレオノーラはどこか楽しそうだ。

「お疲れでしょう。お茶の準備ができております」

「ありがと、レオノーラ。この子を部屋に案内してやって」

「はい。どうぞセシル様、こちらです」

セシルが案内された客間は、彼女の部屋に比べると半分もない狭さだった。だが調度品やベッド、床にも塵ひとつなく丁寧に整えられている。セシルを気づかってのことか花が飾られていた。

応接室に行くとすでにクラーラが寛いでいた。

「セシルちゃん、ここでの滞在中だけど、基本的に身の回りのことは自分でやってもらうわ」

「自分で？」

「そう。食事の管理とお風呂、掃除、ベッドメイクはこちらでするけれど、着替えなどの身支度は今の自分がどういう体なのか、確かめる意味も込めて自分でやりなさい」

日がな一日座ってお茶を飲んでいるだけでは伯爵邸にいるのと変わらない。セシルの体では動くのも一苦労だろうが、このまま動かずにいれば筋肉が衰えて自分の体重で起き上がることもできなくなってしまう。

「いきなり運動は無理。まずは日常生活から少しずつ体を動かすことに慣れましょう。お風呂の後にはストレッチとマッサージをして、体を整えていくわ」

「は、はい」

「さ、まずはお茶を飲んで。うちの料理人《コック》が育てたハーブのお茶よ。代謝を良くして不純物を取り除いていきましょうね」

いつもの紅茶とは色からして違うハーブティーにゆっくりと口をつけたセシルは、慣れない味に眉を寄せた。味も匂いもハーブは独特の癖があり、馴染みがないと飲みにくいものだ。

クラーラも同じ茶を飲みながら、伯爵家で出された濃い紅茶を思い出していた。

あれだけ渋いと菓子がなければとうてい飲めないだろう。それも砂糖をたっぷりと使ったカロリーの高い甘味だ。イザベラというあのメイドはセシルをわざと太らせるよう画策していた。誰かに頼まれたのか、彼女の悪意なのか。どちらにせよ極めてたちの悪い虐めだ。

全身に脂肪を蓄えたセシルはまず代謝を良くして汗を出すことが必要だ。伯爵家でのお嬢様生活では汗など流すことはなく、太った体を恥じて散歩もしなかったに違いない。人前に出るのが怖いというセシルは悪意を向けられることを懼《おそ》れているのだ。

「食事は三食。野菜を多めにするけど肉やお菓子は特に禁止しないわ」

「お菓子を食べてもいいんですの？」

「もちろん。いきなり好物をやめると後でものすごく食べたくなるもの。せっかく痩せても同じことの繰り返しは嫌でしょ」

強いストレスの後の誘惑は強烈だ。一時の甘味断ちに成功したところで反動で食べ過ぎ、元の体に戻ってしまっては元も子もない。セシルもうなずいた。

「それだけ太ってたら普通の生活をしていれば一カ月でかなり痩せるわ」

「ほ、本当ですか……」

「ええ。でも本番はその後。普通の生活では体重は落ちなくなってくる。蓄えた脂肪を使う、つまり運動が必要になるの。一カ月間で体を動かすことを覚えて、次に運動を開始するからね」

運動。太って以来碌《ろく》に外にも出ずにいたセシルには高いハードルである。一カ月で痩せるという言葉に喜んだセシルは、運動するというクラーラに気後れした。

「大丈夫よ、このクラーラがついてるわ。疲れた時には休んでいいし、怠けたい時は怠けてもいいの。でも、くじけるのはダメ。セシルちゃん、自分との戦いには根性が必要よ。勝つことだけを考えるの」

「勝つこと……」

「そう。痩せて綺麗になったあなたはお婆様の呪縛から解き放たれて自由になるのよ」

この日からセシルの戦いがはじまった。

朝昼晩の食事は野菜中心のダイエットメニュー。とはいえパンはマシューが腕によりをかけた自家製だし、飽きがこないよう工夫されていた。肉やチーズ、卵を使ったメニューは栄養バランスが考えられ、クラーラ監修の菓子はひとつで満足するように甘さが調節されている。

「よく噛んで食べなさいね。顎と頬の筋肉を鍛えてほっぺたの丸みを取りましょ」

「お野菜がこんなに美味しいなんて。クラーラ様の料理人はうちより腕が上ですわ」

「あら、ありがとう。マシューが喜ぶわぁ」

風呂はあらかじめ浴室を蒸気で満たして蒸し風呂《サウナ》にし、汗をかいた後でゆっくりと湯船に浸かる。

こればかりは同性のレオノーラの出番だ。

「お顔のニキビは潰《つぶ》さないようにして下さいませ。肌が荒れるもとです」

「わかりました。気を付けます」

風呂が終わるとストレッチとレオノーラによるマッサージを受ける。長時間の風呂でほどよく疲れた体に、オイルマッサージは天国だった。

だがやはり裸にタオルをのせただけの体を、女性とはいえ他人に触られるのは恥ずかしい。腹の肉を揉まれるといかに自分が太っているか、否応なく自覚させられた。

「お腹のあたりが固くなっています。セシル様はお通じが悪かったのではないでしょうか」

「お菓子ばっかりの生活で運動もしなければ出るものも出ないわ。お腹の中で固まっているんでしょうね」

食物繊維と水分、脂質で便通を良くすれば肌の調子もよくなる。ニキビに手が行かないよう、刺繍やレース編みに集中させ、気を反らした。

そして、ことあるごとにハーブティーを出された。日替わりで飲むうちに、セシルは不思議とあれだけ食べたかった菓子への欲求が薄れていくのを感じていた。

「味覚が変わっていってるのよ。あんなに濃いお茶を飲んだらそりゃお菓子が食べたくなるわ。味覚を元に戻して、お家に帰ってからもこの生活が続けられるようになりましょう」

「…………」

クラーラの家に来て身の回りのことをやるようになり、セシルは自分が甘えていたことを痛感した。自分の運命を嘆くばかりで抗いもせずに流され、我儘と癇癪で周囲を困らせるだけだった。

だが、クラーラたちは違った。彼らはセシルに何がしたいのか、まずその意思を確信してきた。何がしたいのか、何をすべきなのかわからなければ、目の前にある問題点を指摘してくれる。痩せること、そのためにはどうすればいいのか教えてくれた。クラーラの気さくな物言いはセシルを伯爵令嬢ではなくひとりの友人として扱っている証拠だった。

セシルは伯爵令嬢として大切にされることに慣れていた。それが当然と思っていたが、違うのだ。本当に大切に思うのなら、ただ守るのではなく何事にも負けないよう心を鍛えるべきだった。クラーラはセシルがくじけないように励ましてくれる。本物の友情とはこういうものなのだ。クラーラを見る眼差しに尊敬が籠り、セシルは決意を固くした。

「ほぉらセシルちゃん。こんなドレスはどうかしら？」

「こ、こんな体つきがわかるようなドレスは……」

「痩せると自分を見せびらかしたくなるわよぉ。うふふ、楽しみねぇ」

努力には根気の他にご褒美と楽しみが必要だ。

スケッチにはセシルのためのデザイン画が描かれていた。セシルが家から持ってきたドレスもクラーラが手を加えて動きやすいものになっている。まだまだセシルの体にはきついが、腰に結んだリボンでどれくらい痩せたのかが一目でわかり、やる気を引き出した。

クラーラは仕立て屋の店があり、セシルにばかりかまっていられない。店に行くとお嬢様たちにさりげなく話を振った。

「アレック・ハリス様ですか？　ええ、もちろん存じておりますわ」

「悲恋の主人公だと自分から言いふらしていますわよね」

「不運な身の上話で同情を引いて奥様方にたいそう可愛がられているとか」

クラーラの店に集まるお嬢様たちは情報通だ。クラーラが探りを入れると上品に眉を寄せ、上流階級での噂話を喋り出す。どうやらアレック・ハリスはあまり良い噂は聞かないらしい。

「生まれた時から結婚相手を決められているのはお気の毒ですけれど、それはセシル様も同じですわよ」

「そうですわ。セシル様は嫌がって気鬱になってしまわれたとか。お可哀想に」

「婚約者であるならばせめて花や手紙を贈って慰めるべきですわね」

お嬢様たちは少女らしく、セシルに同情している。好き勝手に言い合う彼女たちにクラーラも眉を寄せ、声を潜めた。

「あなたたちは、セシル嬢とおつきあいがあるの？」

「いいえ。セシル様がわたくしたちのお茶会にいらしたことは一度もありませんの」

「アルヴァマー伯爵のお茶会はクラウディア様が選別した方しか呼ばれないそうですわ」

「わたくし一度だけお見かけしたことがありますけれど、おひとりで寂しそうにしてらしたわ」

祖母が選んだ友人は、はたして本当に友人なのだろうか。社交デビュー前の娘は友人を茶会などで得るものだが、家柄を盾に呼ばれて取り巻きよろしく侍ることを強要されたら、なるほどセシルへの悪意を抱きそうである。たまに母に連れられて茶会に行ってもクラウディアの話を持ち出され、他にどんな会話をすればいいかもわからなかったのだろう。

「ハリス様もセシル様のお噂はご存知でしょうに、お会いすることもないなんて」

「そのくせご自分は悲恋の話を吹聴して女性を口説いて」

「セシル様も思い切って破棄なされればよろしいのに」

アレック・ハリスの手口は自分の不幸自慢だった。アルヴァマー家とハリス家にまつわる悲恋の当事者として年上の奥様方の同情を誘い、火遊びを繰り返しているらしい。セシルと同年代の少女たちからの評判はすこぶる悪かった。

お嬢様たちの言う通り、たとえ口約束であろうと婚約したと認識したのであれば、直接会わずとも手紙や肖像画などのやりとりで交流するものだ。こうした場合は男側、つまりアレックから始めるのが礼儀とされている。女側からではいかにも乗り気、安っぽいと見做《みな》されて評価が下がるためだ。

相手の好きな物、交友関係を知っておけば、いざ体面した時も話が弾む。セシルやアレックのように本人たちに結婚の意志がないのなら最初にそう示して、この話はなかったことにすればいい。

婚約破棄もせず、セシルにはっきり言うでもなく、むしろそれを餌にして遊んでいる。噂はとかく大げさに伝わるものだが、噂になるだけの根拠があるはずだ。これは実際に確かめなければなるまい。アレックの在りようにクラーラはますます眉間の皺を深くした。

一カ月も経つと、セシルの体は目に見えて細くなった。同年代と比べるとまだまだ太っているが、それでも目鼻立ちがはっきりとわかる。顔もニキビが消え、本来の肌艶を取り戻していた。黒髪は丁寧に整えられて指通りも滑らかだった。

「どう？　自分でも軽くなったのを実感するでしょ？」

「はい……っ。わたくし、やればできるんですね」

「そうよ、その意気」

クラーラがセシルの腰に腕を回し、先月までのウエストサイズと比べて見せた。一番わかりやすい胴回りが減ったことで、セシルも鏡を見るのに抵抗がなくなってきている。

「よし。じゃあ次の段階に進みましょうか。……セシルちゃん？」

鏡の自分と実際の肌を触って確かめていたセシルがふっとため息を吐いた。どこか影のあるそれに、クラーラがそっと寄り添う。

「どうしたの？　疲れちゃったかしら？」

「いいえ……。大丈夫ですわ」

セシルは微笑んだが、やはりおかしい。昼間の様子を知っているレオノーラに訊ねると、心当たりがあるようだった。

「そういえば、最近は食欲が落ちていますわ。てっきり量が入らなくなっていたのかと思っていましたが……。あとは、部屋で刺繍をする時間も増えました」

「気鬱が復活したのかしら。泣いている様子はある？」

「いいえ。元気ですが、空元気とでもいいますか、少し無理をなさっているようですわ」

「なるほど」

セシルは年齢的にも精神的にもまだ子供なのだ。長期間親元を離れて見知らぬ家での暮らしは自覚するより寂しいのだろう。ホームシックである。

「セシルちゃん。今度お母様を呼んでピクニックに行きましょう」

「い、いいんですの？」

「もちろんよ。セシルちゃんの頑張りを見てもらいましょうね」

母に会えると知ったセシルが頬を染めて喜んだ。クラーラもレオノーラも良き友人だがやはり他人だ。素直に甘えられる人に会って励ましてもらい、気持ちを新たにして次の段階に進んだほうが良いだろう。

ピクニック当日は青空が晴れ渡った絶好の外出日和だった。

「お母様!!」

「セシル！　まあ、見違えて。綺麗になったこと！」

アルヴァマー伯爵夫人は娘を抱きしめると上から下まで眺めて感動に目を潤ませた。ひと月前のセシルと比べるとずいぶん引き締まっている。

馬車から降り、母に駆け寄ったセシルは少しの距離でも息切れするが、嬉しそうに笑う母に満面の笑みで応えた。

「クラーラ様やレオノーラさんがとても良くしてくださるの。それにね、マシューさんのご飯はとっても美味しいのよ」

ピクニックの場所として選んだのは王宮の郊外にある森だ。釣りや乗馬、野外遊びなどに貴族がよく訪れる。季節もあって他の集団もいるが、セシルが人の目を気にするだろうとあまり人気のない場所へと向かった。

セシルはこの一カ月にあったことを母に話している。時折ステップを踏むようなはしゃぎぶりは年相応で、クラーラも目を細めた。

昼食の入ったバスケットをレオノーラが持ち、護衛兼荷物持ちにはアーネストが付いている。邪魔にならぬよう、少し離れて歩いていたアーネストがクラーラに寄った。

「アレック・ハリスについて報告します」

「どうだった?」

「おおむね噂通りでした。貴族夫人の間ではずいぶんと可愛がられています。例のメイドはその関係でアルヴァマー伯爵家に来たそうです」

「罠だったというわけ」

アーネストはうなずいた。セシルは母の腕を取り、楽しそうに笑っている。太りすぎた腹が揺れるが、初対面時に比べると揺れはちいさくなっていた。

あの年頃の娘の狭い世界で、身近なメイドに悪意を持たれたら病むのは当然である。セシルには決められた結婚相手という下地があった。母親があれほど心配しているからにはアルヴァマー伯爵本人もクラウディアを説得しているのだろうが、周りを囲いこまれたら逃げられないと絶望する。

「なるほどねぇ。セシルちゃんを病気か醜女《しこめ》に追い詰めて、結婚してからも好き勝手にするつもりなわけか」

「その通りでしょう。アレック本人は特に美男子というほどでもなく、悲恋の続編を語るくらいしか取柄がありません」

それがアレックの処世術なのだろう。婚約破棄をしない理由は今の生活を止めたくないからだ。

「気に入らないわ。セシルちゃんもたいがいだけど、人の人生を何だと思っているのかしら。アーネスト、ありがとう。ご苦労様」

「はい」

人のいない丘まで来て、レオノーラが休憩にしようと敷物を広げた。セシルがクラーラを呼ぶ。手を振って応じながら、クラーラとアーネストは足早に向かった。

「奥様、セシルちゃんの武勇伝をお聞きになりました？」

「ええ、ええ。セシルがこんなに頑張るなんて。母として誇らしいですわ」

「これから運動を加えていきます。お屋敷ではどんな教育をされていましたか？」

「基礎教育はもちろんですが、詩と刺繍、声楽、ピアノとヴァイオリン。運動ですとダンスと乗馬をやらせておりました」

貴族令嬢の定番である。詩と音楽はどこに招かれても恥をかかぬよう必ず教わるものだ。ダンスは舞踏会、乗馬も狩りなどに誘われた時に必要になる。またこれらができないと招待することもできず、社交の場が減る。

「ダンスと乗馬ができるなら大丈夫ですね。セシルちゃん、運動はダンス中心にやりましょう」

「は、はい」

「声楽もいいわね。お腹に力を入れて歌うから、痩せるわよ。アーネスト、たしかヴァイオリン持ってきていたわよね」

アーネストがヴァイオリンを渡すと、クラーラが調律を確認して構えた。弦を滑らせて奏でるのは『トゥティンキーの星』だ。この国のみならず大陸中で知らぬもののない、星空の妖精を讃える歌である。音楽の基礎的な音階からなる旋律を弾きながら、クラーラがセシルに合図を送る。

立ち上がったセシルが歌いはじめた。一度目は照れもあってか細い声だったが、母とクラーラが唱和するとしだいに力が入り始めた。

何曲か歌って疲れたところで昼食になり、昼寝の時間になった。

「奥様、クラウディア様の説得はいかがです？」

アルヴァマー伯爵夫人は苦渋の顔つきで首を振った。眠っている娘の髪をそっと指で梳く。

「芳しくありませんわ。主人も一緒になんとか破棄に同意するよう言っているのですが、セシルが痩せるのはアレックのためだと言って聞かないんです」

「ずいぶん頑固なお方だこと。アレックの評判をご存知ないのかしら」

「それも伝えているのですが、ふたりを引き裂く罠だと言って……」

叶わなかった恋を孫に託す。そこまで固執するのであればなんらかの手助けをすべきだった。ふたりが恋に落ちるように画策していれば、ここまで拗《こじ》れることはなかっただろう。

「まだ時間はありますわ。それでも駄目なら、手段を変えましょう」

「クラーラ様？」

「お任せ下さい。引き受けたからにはこのクラーラ、全力でセシルちゃんを応援しますわ」

別れ際、セシルは泣いて母と握手を交わした。これが自分のためだと理解している。気を取り直した彼女はクラーラに笑ってみせた。


次の日からセシルにはダンスが追加された。パートナーを務めるのはレオノーラだ。彼女ならセシルも懐いているし、男性教師を招くより安心という判断だった。

ダンスは見た目の優雅さに比べて体力を使う。背筋を伸ばし、顔をあげて顎は引き、足元を見ずにステップを踏まなければならない。むっちりとした腕を長時間持ち上げるだけでも辛いのか、セシルは何度も音を上げた。

「でもだいぶ体力ついてきたし、二の腕なんか細くなったわよねぇ」

「はい。それに姿勢が良くなりました」

クラーラとレオノーラはひと言もセシルを責めなかった。それどころか事あるごとにセシルを褒め、自分では気づかなかった変化を教えてくれる。

「体力の限界に挑戦してるわけじゃなし、倒れてやる気なくすほうが損よ。それよりそろそろドレスにかかりましょう」

社交デビューの際に着るドレスは白と決まっている。今日からよろしくお願いしますの意味であり、周囲にひとりのレディとして認識してもらうためだ。一度に覚えるのは大変なので、まずは周囲に覚えてもらうのだ。デビューでの振る舞いが認められれば様々な招待が舞い込んでくる。

「白……ですわね」

「そうね。でも今のセシルちゃんならぽっちゃりくらいだし、むしろ十三歳なら健康的よ。貴族夫人の中にはレディを育てる趣味の方もいるから気にしなくていいわ」

白をはじめとする淡い色のドレスは体を膨張して見せる。セシルが気後れするのも無理はなかった。

「社交に出れば、必ずお婆様のお話をされるでしょう。それぞれに脚色した、ロマンスたっぷりの物語をね」

「はい」

「老人の話は長いと相場が決まっているわ。でも、どんなにつまらなくてもきちんと聞くのよ。交流を深めることで、クラウディアの孫ではなく、セシル・アルヴァマーであるとわかってもらうの」

「わたくしを？」

「そうよ。相手は年長者よ。尊敬しろとまでは言わないけど、見下さず、侮らず、きちんとお話ししましょう。あなた自身を理解してもらうことで、クラウディアの恋は終わったものであると理解してもらうのよ」

古い恋物語はすでに終わり、セシル・アルヴァマーという新たな主人公の物語がはじまるのだ。

希望に満ちた若者を自分たちの手で送り出すとなれば、古い方々も張り切るだろう。

「まずはお婆様ね。クラウディアの因縁を、セシルが断ち切ってしまいなさい」

クラーラはしっかりとセシルの瞳を見た。紫色の瞳に決意を宿し、セシルはうなずいた。

「はい」

クラウディア・アルヴァマーは最近めっきり足腰が弱り、ベッドで横になる時間が増えていた。夫に先立たれ、自身の残り時間も少ない今、心残りは叶うことのなかった若き日の恋の未練である。思いがけず孫に託すことになってしまったが、セシルは許してくれるだろうか。

セシルは先程帰ってきたようだ。クラウディアは別棟で暮らしているが、食事は家族でとっている。近頃はセシルを自由にしろと息子と嫁がうるさいのが難点だが、その席にセシルはいなかった。

クラーラという仕立て屋のところにいくのは事後承諾であったが、帰還の挨拶はするだろう。クラウディアは身嗜《みだしな》みを整えて孫娘を待った。

「お婆様、セシルです」

「お入りなさい」

やってきたのはセシルだけではなかった。クラーラという人物と、息子と嫁まで厳しい表情で入ってくる。メイドを下がらせた彼らにクラウディアは時が来たことを悟った。

「お久しぶりです。ただいま戻りました」

「お帰りなさい、セシル。そちらの方を紹介してちょうだい」

「はい。こちらはクラーラ様です。王都で仕立て屋を営んでいらして、今回わたくしに尽力してくださいました。恩人ですわ」

「はじめまして」

ベッドに半身だけ起こしているクラウディアの手にクラーラが挨拶のキスをする。その洗練された動作にクラウディアは目を細めた。

「このような姿で失礼。わたくしがクラウディア・アルヴァマーです」

「お噂は、かねがね」

「それで、仕立て屋がなぜセシルを痩せさせたのかしら？　何かお考えがあってのことだと思いますが」

　クラーラがにこりと笑ってセシルを前に出した。丸かった体はすっかり痩せ、顔立ちはクラウディアの若い頃とよく似ている。部屋用のドレスはクラーラ製だが、刺繍は滞在中に彼女が自ら刺したものだ。桃色に黄色の花々が咲き、よく見ると蝶が止まっている。袖の膨らみを留めているのは緑のリボン。華やかで可愛らしく、少女の快活な心のようだ。

　彼女は手を胸の前で組み、祈るように訴えた。

「クラーラ様はわたくしを救ってくださったのですわ……。お婆様、わたくしは自分の意志で、アレック・ハリス様との婚約をお断りいたします」

　クラウディアは一瞬こめかみを引き攣《つ》らせた。子猫が悪戯をしたかのような、仕方がないと言いたげに首を振る。

「なりません。約束とは大切なものですよ、セシル。おまえの我儘でなかったことになどできません」

「いいえ、お婆様――約束の時点でこのお話は無効ですわ。わたくしも、ハリス様も、生まれておりませんでした。互いの同意なき婚約など、何の誓約にもなりません」

「今更何を言うのですか。あちら様は婚約もせずに待っていてくださるのですよ。それに、おまえが痩せたのはアレックのためでしょう？」

クラウディアの口調はあくまでも穏やかだった。老いてなおうつくしい顔には慈悲深い笑みを浮かべ、セシルの訴えを却下している。

たまらず、伯爵夫人が口を挟んだ。

「お義母様。アレック・ハリスと結婚して本当にセシルが幸せになるとお思いですの？　ハリス殿がふさわしいと本気で考えてらっしゃいます？」

「何が言いたいの？」

「目が曇っているのではありませんか、母上」

アルヴァマー伯爵も参戦する。クラウディアの悲恋に振り回されたのは息子も同じだった。

「愛してもいない男との子であると出生を疑われ、父上がどんな思いでいらしたか。私もです。表面だけの家族よとさんざん言われました。セシルにそんな思いをさせるわけにはいかない。私はあなたの息子ですが、セシルの父だ。何を置いてもセシルを守る。父であれば娘の幸福を願うものです。母上、なぜ黙って父上と結婚したのです。それほど愛していたのなら、駆け落ちでもなされればよかったものを」

息子の批判は堪えるのか、クラウディアが顔をそらした。そこに突然笑い声が響き渡った。

クラーラだった。

「クラーラ様……？」

「すっかり形無しねぇ、クラウディア様？　もう仰ったらいかがです、後に引けない理由」

「…………」

クラウディアは苦虫を噛み潰したような顔になった。クラーラはまだ笑っている。

「あのね、アルヴァマー伯爵、奥様、セシルちゃんも。そんなことはとっくにわかってるのよ。だってこの約束の言い出しっぺはクラウディア様じゃなかったんだもの」

「え!?」

「なんですって……っ？」

クラウディアが顔を覆い、深いため息を吐いた。クラーラに促されてぽつぽつと語り出す。

「ヒースと恋人であったのは事実です。別れる時に涙を流したのは嘘ではありません。ですが、わたくしは夫を愛しておりますわ」

政略的意味合いの強い結婚だったものの、共に過ごしていれば情が芽生える。そういう意味では彼女の夫は実にできた人物であった。クラウディアのヒースへの未練を、その想いごと包んでくれたのだ。クラウディアは夫を信頼し、心を打ち明けて、愛するようになった。

むしろ未練が大きかったのはヒースのほうだった。彼は彼女を忘れず、日記に恋を綴っていた。彼も結婚し妻がいたが、それを見られたらとは考えなかったらしい。嫉妬を拗らせたハリス夫人はクラウディアを攻撃してきた。彼女も招かれた夜会にヒースと腕を組んで現れ、彼に愛されているのは自分だと訴えたのだ。

「わたくしはもう吹っ切っておりましたが、周囲がそれは憐れんで……」

こうなると女は怖い。女性陣はたちまちクラウディア派とハリス夫人派とに分かれた。互いに敵対しクラウディアを憐れみ、余波はとうとう各家の騒動にまで発展しかけた。クラウディアは自分でも止めるきっかけが掴めぬまま、渦中に引き摺りこまれたのだ。

「否定すればするほど皆様が躍起になり、社交の雰囲気は最悪。なんとか和解させようと当時の中心人物たちが両家の子供同士を娶《めあ》わせようと決めたのです」

「そ、それでは……」

「噂がここまで大きくなったということ？」

クラウディアが重くうなずいた。

悲恋の物語はこうして完成した。美談になるわけである、なにしろ周囲の夢と願望が詰め込まれた『物語』なのだから。

しかし物語は完結しても、現実は未来に続いている。セシルとアレックは昔話のとばっちりを食らったのだ。

「バッカみたいな話でしょ？　両家が噂を消そうとすればするほど盛り上がるのよ。特に悲恋はね。新聞なんか面白おかしく書き立てて、セシルちゃんとアレックが生まれた時なんか大盛り上がりだったそうよ」

クラウディアとヒースの悲願を受け継いだ運命の子だ。男女の、年齢的にも身分的にも不足は無い。当時の喧騒を知る者たちが沸きたつ様が目に見える。

「ヒースと奥様が不仲であったのはどうでもいいけれど、あの人と子供たちには申し訳なくて。わたくしも何度も手紙で婚約を否定するよう頼んだのです。でも、どうやら奥様がわたくしの贈ったエメラルドの指輪を売却してしまったようなの。今更返せないから事実にしてしまおうというつもりか、このままではアレック殿の結婚相手が見つからない焦りか、大乗り気になっているのです。もう、わたくし、どうしたらいいのか……っ」

夫の浮気相手からの贈り物など見るのも嫌だという気持ちはわからなくもない。恋の形見を売られたヒースが妻に失望するのも無理はない。しかしとっくに恋に諦めをつけたクラウディアと、妻を信頼している夫には甚だ迷惑でしかなかった。

「セシルちゃん、覚えておきなさい。これが社交界よ」

「こ、これが……」

「いかに上手く立ち回るかですべてが決まるわ。さ、まずはお婆様を助けてあげて」

セシルはこれから始まる社交という魔窟を想像し、一瞬身震いした。激流に飲まれ翻弄された祖母の手を取る。苦労を重ねた皺と骨の目立つ手は、セシルを何度も撫でてくれた。そのやさしさを、セシルは思った。

「お婆様、安心なさって。わたくし今回のことでわかったのです。友人は自分で作ること。相手の意見を呑むだけではなく、自分からも言うこと。なにより相手を思うのであれば、あえて厳しい態度で挑むことが愛情であると、わかったのです」

「セシル……」

「お婆様のお話を聞かせてください。わたくし、勝つための作戦を練らなければなりませんの。お婆様がついていてくださると心強いわ」

セシル・アルヴァマーは社交デビューと同時にアレック・ハリスとの婚約を全否定した。最低限の礼儀として金時計を返還し、同じくエメラルドの指輪の返還を求めた。売却が明らかとなってからは、一方的な破棄と陰で囁いていた噂好きの貴族夫人たちもセシル擁護に傾いた。今までアレックがさんざんセシルの悪評を吹聴していたのだからなおさらである。ついでに元メイドのイザベラもここぞとばかりにアレックの悪事を暴露した。

物語の犠牲になったとはいえ婚約者への態度ではない。アレックの評判は地に落ちた。

「セシル様、こんばんは」

「フランシーヌ様！　皆様も、こんばんは」

セシルはクラーラの紹介でフランシーヌやお嬢様三人組と仲良くなった。今ではすっかりお姉様信者である。

「セシル様、お気づきになりまして？」

「あのアレック・ハリス様もいらしてますわ」

「お気を付けあそばして。あの方はすっかりすれてしまっています」

フランシーヌたちと挨拶を交わしたセシルは、アレック・ハリスの来訪を教えられた。ついに会う元婚約者にびくりと肩が跳ねる。

そんなセシルの肩を、フランシーヌがそっと撫でた。

「滅多なことはなさらないと思いますが、ハリス様はセシル様に良い感情は抱いていないでしょう。わたくしたちからあまり離れませんように」

彼女たちの視線の先、アレックに合わせて人が避けている。セシルは複雑な思いで彼を見た。

良い感情どころではない、アレックはセシルを怨んでいるはずだ。正式なものではなかったが婚約を破棄され、計画していたすべてが暴露の末に台無しになった。夜会に招かれているので社交界から外されたわけではないのだろうが、さりげなく距離をとられている。よほど上手く立ち回らない限り挽回は難しいだろう。

「あの方が……アレック・ハリス様？」

誰からも話しかけられることなく、ふてくされた様子でグラスを取りソファに座ったアレック・ハリスに、セシルは拍子抜けした。祖母から語られたヒースと、孫のアレックがどうしても結びつかない。美化された思い出と現実は別物だと頭ではわかっていても、実際のアレックは期待外れだった。太っているわけでも頭髪が薄くなっているわけでもない。どこがどう、と上手く説明できないが、全体的にパッとしないのだ。

「はぁい、セシルちゃん。ご機嫌いかが？」

「クラーラ様！」

そこにクラーラが現れた。深緑のドレスはシャンデリアの光が当たると紺にも映り、首や袖につけられた淡いクリーム色のレースが神秘的な雰囲気を演出している。おとぎ話に出てくる、少女に魔法をかける魔女のようだった。

「こんばんは。クラーラ様もいらしていたんですね」

「アレック・ハリスが招かれたと聞いてね。でも、心配いらなかったみたいねぇ」

うふふ、と笑ったクラーラはセシルのふっくらとした頬を指先で突いた。くすぐったそうに笑うセシルに、もう暗さはない。

「はい。ご心配ありがとうございます。ですが、わたくし大丈夫ですわ」

セシルがアレックを見ると、彼もセシルを見ていた。目が合う。微笑んで会釈をしたセシルにアレックは顔を赤くして勢いよく目を反らした。つい笑ったセシルに釣られてクラーラやフランシーヌも笑いだす。

「セシルちゃんが高嶺の花になっちゃって、悔しくてたまらないのね。機会はいくらでもあったんだから自分で磨けば良かったものを」

クラーラが言った。

アレックにはセシルに会う機会も、彼女を自分好みに磨く時間も充分あった。同じ境遇だったのだから共感しやすかっただろうに、自分の不幸を利用して怠惰に流され、現状を招く結果に陥っている。こんなはずではなかったと後悔しても、過ぎた時間は戻らない。

「クラーラ様、わたくしあれからお婆様と一緒に体に良いハーブの研究をしていますの。お母様も、わたくしに負けられないとはりきっておりますわ」

「やっぱり女は強いわねぇ。セシルちゃん、体は嘘を吐かないわ。あなたの涙も、努力も何ひとつ無駄にはならない」

「はい」

高嶺の花になったセシルには、同じ場所に立つ人たちが集うだろう。流れる時を経験に変え、セシルは眼を開いて運命を見つける。

物語は、これからはじまるのだ。

書き下ろし　ジェシカ・ブッカーの結婚

The Secret Tailor

ジェシカ・ブッカーは下町によくある食堂の看板娘だ。両親の他に弟が五人、しかも一番下の弟は双子で、彼女はいつも弟の面倒に追われていた。がさつで力自慢、気が強い乱暴者。そういう評判だった。

そんな彼女に縁談が来た。相手はやはり下町では有名な家具屋の一人息子、ドラグ・ターニングである。

ジェシカは話を聞いた当初「別のジェシカと間違えてるんじゃないか」と一蹴した。しかしドラグはその後きちんと仲人を立ててきたし、一介の食堂にすぎないブッカー家からすれば格上のターニング家にすっかり恐れ入った両親が早々に結納を交わしてしまった。

ジェシカ・ブッカーはお世辞にも可愛いとはいえない娘である。男勝りの性格はもとより、顔は大きく目はちいさい、おまけに日に焼けた肌は荒れている。話をしたこともないドラグが惚れる要素がどこにもなかった。もうすぐ二十歳だというのに浮いた話のひとつもない。

対するドラグ・ターニングは生まれつき病弱な体質のせいか、線が細く色の白い、目はぱっちりとした美少女然とした男である。下町娘の間ではなんとか話しかけようとする者や、恋文を出す者も多かった。か弱い美少年に奥様たちも庇護欲をくすぐられるのか、年配の女性にも人気がある。

そんな二人の結婚に、下町はお祭り騒ぎになった。口さがない旦那衆は「初夜で腹上死するかどうか」という賭けまで行われる始末であった。

とんでもないことになった。ジェシカは恐れ戦き、現実逃避のように弟のおねしょの後始末に精を出した。

「ジェシカ、そんなのいいからあんたは風呂屋にでも行っといで！」

結婚式が迫っているというのに支度もせずに仕事をする娘を心配して、母が声を張り上げた。ジェシカはふくれっ面を上げて反論する。

「お母ちゃん、風呂屋なんて大声で言わないでよ。ご近所さんに聞こえちまうじゃないか」

「花嫁衣裳を縫いもしないいんだ、風呂に行けば少しはましになるだろうよ」

「ウエディングドレスなんかシーツでも被っとけばいいんだ」

「ジェシカ、まだそんなこと言ってんのかい」

「お母ちゃんこそいつまで夢見てんのさ。ドラグ・ターニングだよ？　結婚式でやっぱなしと言われるのが関の山さ」

事ここに至ってもジェシカは何かの間違いではないかと思っている。ドラグが幼馴染などの、幼い頃から知った仲であればまだわかるが、格が違いすぎた。ドラグのことは知っているし、美少年への憧れの念を抱いたこともある。だが、それだけだ。結納の時でさえドラグはうつむいたままでろくに話もしなかった。ジェシカ本人でさえ、こんな女と結婚するのは嫌だろうと納得してしまうのである。なぜ自分なのか、ジェシカは理解できなかった。

「そんなに不安がらなくても、おまえさんの心根を好いてくれたんだろうよ」

「そうだよ、ちょいとがさつだけど弟たちの面倒を見てくれる、自慢の娘さね。ターニングの坊ちゃんもそこに惚れたんじゃないか」

両親はそう言ってくれるが、親の欲目というやつだ。ジェシカは自分をよくわかっている。旦那衆だけではなく近所の少女たちの間でも結婚何日目で返されるか賭けになっているし、なぜジェシカなのかと嫉妬と妬みの入り交じった目で睨まれることもあった。モテる男の嫁とはこうもしんどいものか、なぜこんな目にあうのかと苛立ちすら感じてしまう。

下町の貧乏食堂の娘だ、金目当てはありえない。ドラグを脅迫しているのではという噂まであり、身に覚えはないがうっかり何かやってしまった可能性は否定できず、必死に思い出そうとするもののドラグほどの美少年相手に何かしたのなら覚えていないほうがおかしかった。なにしろターニング家だ、やらかした時点で親が出てくるはずだろう。

家を追い出されたジェシカはぶらぶらと下町を歩いた。風呂屋に行く気はないが、このまま帰ったら母がうるさく言うだろう。とにかく納得できないのだ。

ポケットの財布を探る。風呂屋の代金と、食堂の常連から貰った駄賃や祝儀が入っていた。これを持って家出してしまおうか。それか身投げでもしてやればこんな馬鹿騒ぎから解放されるだろう。

「ジェシカさん」

とりとめもない事を考えていたジェシカは呼ぶ声に足を止めた。

ドラグ・ターニングだった。

「ドラグ……」

「良かった。会いに行く所だったんですよ。ウエディングドレスのことで」

ドレス。ジェシカは体の奥から来る痺れに体を震わせた。憧憬と畏怖に震えるジェシカに気づかないのか、ドラグは嬉しそうに近づいて来た。

「クラーラの店に依頼しようと思ったら、本人を連れてこいと言われてしまって。一緒に行きましょう」

有無を言わさない強さで手を握られ、ジェシカはクラーラの店に引っ張り込まれてしまった。

「いらっしゃーい。あなたがジェシカちゃんね？　うふふ、可愛いお嫁さんだわぁ」

下町生まれ下町育ちのジェシカは、生まれてこのかた仕立て屋というものと縁がなかった。服は自分で縫うし、育ち盛りの弟たちの服だってすべてジェシカが作ってきた。噂には聞いたことがあるクラーラの迫力と、店に溢れる高級品に完全に気後れしたジェシカは促されるまま椅子に座った。

「ドラグちゃんから聞いてるわ。ずいぶんしっかりしたお嬢さんなんですってね。アタシも会うのを楽しみにしてたのよ」

ドラグちゃんたら、ジェシカちゃんを独り占めしたいらしくて中々連れてきてくれないんですもの。拗ねたように続けられた言葉に、そっと顔を上げる。

ドラグは出された紅茶を飲みながら、しかめっ面でそっぽを向いていた。

「あ、あの、クラーラさんには申し訳ないけど、ドレスなんか作ったって無駄になるだけだよ」

こんな顔に化粧をしたっておばけが出来上がるだけだ。ドレスがもったいない。ジェシカの反論にクラーラは驚いた顔をし、ドラグはますます顔を歪ませた。

「ちょっとドラグちゃん、どういうこと？　ちゃんとジェシカちゃんに伝えたんでしょうね？」

「結婚の打診を一蹴されたので、まずは外堀を埋めました。仲人、結納、式の段取りまで完璧に」

不審そうなクラーラにドラグはどうだと言わんばかりに胸を張って答えた。クラーラは頭を抱えた。

「外堀を埋めるどころか踏み固めて城壁築いたあげく旗まで立ててるじゃない！」

「シェリングの『恋愛指南書』には恋は戦争だと書かれていたから間違いではないのでは」

「そうだけど、そうだけどそうじゃないのよ！」

仲人の時点で白旗を掲げていたジェシカは、クラーラが何を言いたいのかわからず戸惑った。ドラグの目的が何であれ、この結婚はやはり彼にとって不本意なものに違いない。

「もう！　肝心なことをちゃんと伝えないからおかしな噂が立つのよ！　ここまでしたんだから察しろじゃなくて、気持ちを言葉にするのが大事なの！」

ドラグ・ターニングは家具屋の跡取り息子だ。何人もの職人を抱え、店頭での販売だけではなく、注文、修復まで請け負う、下町でも老舗である。ドラグ本人は経営よりも職人として働くほうが性に合っているのか、そちらの腕を磨いていた。

「ドラグちゃんだって、注文主の要望はしっかり聞くでしょう？　同じことよ。結婚なんて人生賭けたギャンブルみたいなものなんだから、お互いに納得していないととんでもないことになるわ」

クラーラの説教にドラグは片づけをしろと母に言われた時の弟と同じ顔になった。今やろうと思ってたの、という言い訳と、もうやる気がなくなった、と逃避したい気持ちが合わさった、なんともいえない表情である。正面からその顔を見たジェシカは気が抜けた。

「あのさ、誰かに騙されたのかもしれないけど、アタシと結婚したって良いことなんかないよ？」

馬鹿馬鹿しくなったジェシカが呆れ交じりに言った。本心である。嫁に行ったところで店の切り盛りができるとは思えないし、何かを秘密にしているドラグの気持ちを察するほど頭も良くない。

足手まといになって早々に後悔するだろう。投げやりな言葉にドラグはぎょっとし、クラーラは天を仰いだ。

「なっ、そっ」

「結納金は手をつけるなって言ってあるから今ならそっくり返せるし、婚約破棄しなよ」

「ほら見なさい、ややこしくなったじゃないの」

「ジェシカさん！」

「アタシのことはいいからさ、ちゃんとした嫁さん探しなって」

ドラグはしばらく震えていたが、勢いよくテーブルを叩くと立ち上がった。

「違う！　僕、僕はあなたが良いんだ！　ジェシカと結婚したくて頑張ったんだ！」

美少女と見紛う相貌が強い力を宿し、紛れもない男の顔になった。

「あなたは知らないかもしれないけど、僕はずっとジェシカを見てきた。弟たちを叱りつけながら家の仕事も手伝って、嫌な顔ひとつしない。自分のことは二の次で家族のことばかり考えてる、ジェシカだから結婚したいと思ったんだ」

きりっとして言い切ったがストーキングの告白である。ジェシカは心持ち引いた。思い留まるべく口を開ける。

「男勝りでがさつなだけだよ」

「しっかり者でおおらかなんだ」

「気が強くて喧嘩早いし」

「利発で正義感が強いんだよ」

「お、弟たちの面倒だって怒鳴ってばっかで」

「きちんと叱れるのは良い事だろう」

「可愛げないし、顔だってこんなだし、釣り合いがとれないよっ」

「僕が可愛いと思っているんだらいいじゃないかっ」

とうとうジェシカも立ち上がった。今まで言われたことのない評価に真っ赤になっている。ドラグは真剣な眼差しで思いの丈を訴えた。

「ジェシカ、僕の好きな人をそんな風に言わないで」

「あ、あんた、アタシのこと好きだったの⁉」

「そうだよ！　ずっと君のこと好きだったんだ！」

可愛いと言われる顔も、線の細い体つきも、ドラグにとって周囲からの評判すべてがコンプレックスだった。職人としてもっと男らしい体が欲しいと思っているし、どんなに顔が良くてもそれで腕があがるわけではない。工房に籠っている時間が長いドラグには顔の良さなど必要のないものだった。

そんなドラグにとってジェシカは憧れだった。彼女のようになりたいと見つめるうちに、ジェシカの細やかなやさしさや、意外なほどの女らしさに気づいたのだ。憧れはやがて恋になり、思い詰めた彼は交際をすっとばして一足飛びに結婚へと急いだ。

「……ドラグちゃん。それ、結婚を申し込む前に言うものよ」

クラーラがため息まじりに言った。すっかり冷めた紅茶をすすってやり過ごしている。ジェシカは水から上がった魚のように口をぱくぱくさせていたが、言葉が出てこないのか赤い顔がさらに真っ赤になっていた。

やがてゆっくりと目が潤み、返事の代わりに顔を覆って泣きだした。

＊＊＊

ウエディングドレスはその時々の流行もあるが、花嫁の清楚さを表す白で統一されている。装飾も華美なものは好まれず、頭に乗せるティアラは生花で作られ、ブーケも白い花が使われるのが常であった。

ジェシカ・ブッカーのウエディングドレスも白い絹だ。貴族はこれに金糸銀糸で刺繍を施したりもするのだが、クラーラはいっさい手を加えなかった。腰をコルセットで締め、パニエを重ねることで自然な膨らみを作っている。ヴェールはターニング家に代々伝わっているものを使った。古いが大切に保管されていたこともあり、ドレスの清楚さと良く合っていた。

下町の教会には招待客だけではなく、野次馬根性を発揮した見物人が詰めかけた。ジェシカ・ブッカーのドレスを笑いものにしてやろうと目論んでいた者たちは、初めて見るジェシカの女らしさに息を飲み、隣のドラグと比べてなんら見劣りしない優雅な様子に呆気にとられていた。あのがさつで乱暴者のジェシカが男でここまで変わるのか。彼女に対してだけではなく、ジェシカを女にしたドラグの評価も一変した。

ターニング家はジェシカをあたたかく迎え入れた。ドラグの母は嫁いびりする暇があるなら店を切り盛りしていたほうが良いという人で、舅《しゅうと》であるドラグの父も仕事が好きな働き者だった。ジェシカは五人もの弟の面倒を見ていた経験からか職人相手に気後れすることもなく、ドラグは時折妻に喝を入れられながら無事に職人として、経営者として店を盛り立てていった。いつまでも仲の良い、似合いの夫婦であったという。

晩年、ジェシカは子供たちによくこう語っていた。

「お父ちゃんはお母ちゃんをお姫様にしてくれたんだよ」

解けることのない恋の魔法をかけてくれたんだ。

書き下ろし　ヴァイオレット・ユースティティア・クラストロの冒険

The Secret Tailor

「王都、懐かしいわ。楽しい思い出ばかりね」

馬車から望む王都の風景を眺めていたヴァイオレットがぽつりと言った。

隣に座る夫、ルードヴィッヒは君はそうだろうが、と前置きして反論する。

「退屈なことばかりだ。毎日毎日飽きもせず舞踏会、晩餐会、茶会に狩猟に絵画の品評。他にすることはないのか」

「あら、それはあなたが退屈しか見ていないからだわ。社交界ほどスリリングな場所はありませんのに」

「君にかかれば些細な事柄も大事件だ。おてんばはほどほどにしてくれよ、レティ」

「うふふ、どうかしらね」

ヴァイオレットはルードヴィッヒの手に手を重ねた。互いに歳をとった。出会った時はまだ少年だった彼の手は、年輪を重ねて誰よりも頼もしい手になっている。

「ねえ、あなた。覚えていて？」

わたくしたちが出会った時のことを。ヴァイオレットの質問に、ルードヴィッヒは黒い瞳を愛おしげに細めた。

＊＊＊

あれはヴァイオレットが十八歳のことだった。貴族夫人の嗜みとされている慈善活動《チャリティー》の茶会に出席した日、ヴァイオレットはルードヴィッヒと運命の出会いをしたのだ。

名目は茶会だが、慈善活動への感謝として孤児院の人々による芸が披露されていた。歌や芝居など明らかに素人芸ではあったが、貴族はそこまで求めない。何もしないのでは体裁が悪いからと、礼として披露されているのだ。

いったん休憩となり、茶と菓子が用意された。ヴァイオレットは友人と出席していたが、早くも退屈を持て余して壁の花となり、貴族たちの噂話に耳を澄ませていた。

穏やかなざわめきの中に突如として悲鳴が響き渡った。

ヴァイオレットが好奇心満々で近づくと、ひとりの女性が取り乱していた。

悲鳴の主《ぬし》はこの慈善活動の主催者であるバートン子爵夫人だった。彼女は顔を覆って泣き伏し、友人と思われる数人の貴族夫人がおろおろと宥めていた。

ヴァイオレットは騒ぎの中心から離れ、野次馬のひとりになっていた友人に声をかけた。

「どうなさったの？」

「ああ、ヴァイオレット様。バートン子爵夫人のブローチが盗まれたのですって！」

いかにも恐ろしいとばかりに細い肩を震わせた友人は、事件に怯えて蒼ざめている。反対にヴァイオレットは瞳を輝かせた。

ヴァイオレットは好奇心旺盛で、退屈をひどく嫌う人間だった。人々の噂話から想像を膨らませ、事の成り行きを突き止めるのが趣味という、貴族令嬢にしては一風変わった少女であった。男だったら探偵か冒険家になりたかったと常々口にしては母にたしなめられている。そんなヴァイオレットが窃盗事件に張り切らないはずがなかった。

「警察を呼びましょう」

「いいえ。そこまでは……。返してくだされば結構ですわ。皆様、このように騒がせて申し訳ありません」

集まった招待客はバートン夫人のやさしさに胸打たれ、誰が盗んだのだと口々に囁いた。

夫人が着けていたブローチは結婚記念にと夫から贈られた、真珠に銀細工の高価なものだった。真珠は真円ではなく一風変わったハート型をしており、この世にふたつとないものだという。夫からの愛の形を失った女性は今にも倒れそうなほど震えていた。

ヴァイオレットが進み出た。

「皆様、落ち着いて！　まずはどこかに落ちていないか探しましょう。ブローチのピンがどこかに引っかかっているかもしれませんわ」

彼女のもっともな意見に皆が従い、あちこちを捜索しはじめた。今回の恩恵に与るはずだった孤児院の院長は、這い蹲《つくば》るようにして探していた。

窃盗となれば、もっとも貧しい自分たちに疑いの目が向けられる。彼は周囲の貴族たちの見る目が冷ややかになっていくのを肌で感じていた。

「……ありませんわね」

「もうどこかに持ち出されてしまったのでは？」

貴族たちはちらちらと院長を盗み見ていた。弱い立場を充分に理解している院長は何度も首を振って疑惑を否定した。

「ち、違います。私ではありません」

否定すればするほど怪しさは増していき、孤児院の子供たちも泣きそうな顔になっている。慌てて寄付金の入った袋をひっくり返すが銅貨や銀貨が音を立てて転がるだけでブローチは出てこなかった。

「警察沙汰にされたくなかったら早く返却しなさい！　こんな泥棒までして、夫人のご厚意をなんだと思っているのかしら！」

ひとりがヒステリックに詰め寄った。バートン夫人の友人たちがそれに続く。他の貴族たちは顔を顰めて遠巻きにしていた。

そこにヴァイオレットが割って入った。まだ犯人と判明したわけでもないのに集団で決めつけられてしまった彼への憐憫と、少女らしい正義感で否定する。

「お待ちになって！　彼が犯人とわかったわけではありませんわ。決めつけるのは早計でしょう」

「あら、他に怪しい人がいるのかしら？　まさかあなた、共犯じゃないでしょうね」

「わたくしは事実を申し上げているだけですわ。バートン子爵夫人、ブローチの紛失に気づいたのはいつですの？」

バートン夫人は泣き濡れた顔を上げ、声を震わせながら答えた。

「つい先程ですわ……。わたくし、あのブローチを撫でるのが癖ですの。主人の心に触れているようで安心しますのよ」

ハンカチを目に当て、やや芝居がかった仕草で嘆くバートン子爵夫人にヴァイオレットは思案した。

ブローチを触る癖があるというは本当だろうか。ブローチを着ける際にはドレスに穴が開かないように当て布をしてピンで留める。あまり大きな動きでもしない限り、外れることは滅多になかった。大切なものならなおさら慎重に留めるはずだ。まるで、ここにあることを周囲にアピールしていたかのように思えてくる。

「ではやはり、盗まれたのではなく紛失した可能性が高そうですわね。そういえばバートン子爵夫人はまだ調べていませんでしたわよね？　ドレスのどこかに隠れていないか確かめてみませんこと？」

「まあ……」

バートン夫人は息を飲み、目つきを鋭くした。

「わたくしを疑うんですの？」

「いえ、そうではありませんわ。ただ盗まれたと決めつけるのは早いと」

「でも、現にどこにもないではありませんか！　そんなことを仰るなんて、逆に怪しいわ！」

今度はヴァイオレットに疑惑の目が向けられた。取り乱して泣くバートン夫人にヴァイオレットが慌てて否定する。

「わたくしはただ何の証拠もなく人を疑うべきではないと言っているだけですわ。落ち着いてくださいませ」

「宝物を盗まれてどうやって落ち着けというの!?　そこまで言うのならあなたが見つけてちょうだい！」

周囲のざわめきが大きくなる。そこにひとりの男性が進み出た。

「そこまでです、バートン子爵夫人」

ルードヴィッヒ・ユースティティア・クラストロ侯爵である。兄のマクラウドの一件で彼はすでに侯爵位を得ていた。

艶やかな黒髪に知的な黒い瞳を持った青年の登場に、皆が一瞬で息を呑んだ。

「クラストロ侯爵様……」

「お久しぶりです。この度はお招きありがとうございます」

「い、いいえ。とんだことになりまして、せっかく来ていただいたのに申し訳ありません」

クラストロ家は王家との騒動以来、社交界にあまり出てこなくなっていた。ルードヴィッヒも外聞を憚《はばか》って沈黙を守っていたはずである。その彼が慈善活動とはいえ茶会に出席していることに周囲には驚きが広がった。

「いいえ。素晴らしい催しに泥がついたのは残念ですが、警察を呼ばない判断には敬意を表します」

低い穏やかな声には若者らしからぬ貫禄があり、耳に心地よく響く。自分より年下のルードヴィッヒに諭され、バートン夫人も我に返ったらしい。頬を染め、気まずそうに視線を反らした。

「……ヴァイオレット・フー・ルソー伯爵令嬢。このようなところで人を追い詰めるものではありません。バートン子爵夫人のお気持ちを考えなさい」

「は、はい。……申し訳ありません」

ヴァイオレットは素直に頭を下げた。ルードヴィッヒにそう言われては引き下がらざるをえない。

結婚式の最中に花嫁を略奪された男の弟だ、未だ癒えぬ傷跡の痛みを思い出したのだろう。身分の違いもあるが、ルードヴィッヒの後ろにいる公爵を思えばこれ以上騒ぎを大きくすることはできなかった。

「ブローチが盗まれたのだとしたら、犯人の目的は金でしょう。騒ぎになる前に逃走している可能性が高い。紛失であれば発見しだいバートン夫人に届ければよろしいでしょう」

もはや茶会を楽しむ場合ではなくなってしまった。まだ途中ではあるが主催のバートン子爵夫人が場を纏められる精神状態ではない以上ここで解散するべきだ。ヴァイオレットは残念に思ったが、ここで反対しても誰も協力してくれないだろう。

ざわざわと帰っていく貴族の中には孤児院の院長とヴァイオレットを不審そうに見ている者もいた。推理が不発に終わり、不満な顔を隠そうともしないヴァイオレットを、ルードヴィッヒが呼び止めた。

「フー・ルソー伯爵令嬢」

「クラストロ侯爵様？」

ルードヴィッヒは呆れ交じりの瞳でヴァイオレットを見た。

「好奇心旺盛なのは結構ですが、錯乱している人にあの態度はいけない。余計に酷くなるだけだ。推理ごっこがしたいのならご友人とやりたまえ」

「わたくしはただ自論を述べただけですわ」

「それが余計なお世話だというのだ。衆人環視の中、探偵気取りで人を貶めてどうする。悪戯子猫もほどほどにすることだ」

悪戯子猫は空気を読まずに場を引っ掻き回して混乱させる者のことをいう。淑女らしからぬ行為だと言いたいのだろう。ヴァイオレットは顔が赤くなるのがわかった。恥をかいたのはバートン夫人だけではない、ヴァイオレットも同じなのだ。バートン夫人は被害者として同情と憐憫を集めたが、ヴァイオレットはいきなりしゃしゃりでてきた場違いな小娘である。このことが両親にばれたらまた大目玉を食らうだろう。

「……ご忠告、痛み入ります」

「わかっていただけたのならなによりです。では」

ため息まじりに言って、ルードヴィッヒは馬車に乗りこんだ。遠巻きにやりとりを見ていた友人がヴァイオレットに駆け寄り歓声をあげる。ルードヴィッヒは若い貴族令嬢の間では結婚したい相手一番人気なのだ。

＊＊＊

あの時のことを思い出し、ヴァイオレットはくすくすと笑いだした。

「わたくし、あなたと結婚したらさぞかし堅苦しい生活になると思いましたわ」

「それは奇遇だ。僕も君と結婚したら騒がしい生活になるだろうと思っていた」

ルードヴィッヒも肩を揺らした。お互いに初対面で、結婚することを考えたのだ。名前と評判くらいは知っていたが、会ったその日にこの人だとはっきり認識したのだから。しかも印象は良くなかった。思えば不思議な縁である。

＊＊＊

王都のクラストロ邸に帰ったルードヴィッヒは、まっすぐ兄のところへ向かった。今日の茶会への出席は兄に頼まれてのことだ。領地に引きこもっていた兄も、何か気がかりなことがあるらしく、来たくもない王都に滞在している。

「おかえり、ルイ。茶会はどうだった？」

「最悪でしたよ」

兄は裁縫室でレースを編んでいた。ルードヴィッヒが手袋を脱いでテーブルに放り、ソファに腰を下ろすとちらりと顔をあげる。

窓際のテーブルに座り編み図を見ながら手を動かしているマクラウドはドレス姿だった。化粧もしている。短かった黒髪もようやく肩のあたりで揃うようになっていた。幼女がする髪形と成人男性の取り合わせは似合わず、滑稽ですらある。

マクラウドの体面に座り編み方の指導をしていたレオノーラは、素早く立ち上がって手袋を拾い上げると兄弟の邪魔をせぬよう部屋を出ていった。

しばらくはレースを編む微かな音だけが部屋に木霊《こだま》した。

「それは何を編んでいるんですか？」

「これ？　首元を隠す襟にするのよ。デコルテはもう諦めたけどこの首と喉仏は隠さなきゃ男ってもろバレよ」

「デコルテの問題ではない気がしますけど」

「うるさいわね」

マクラウドが編んでいるのはタティングレースと呼ばれる技法だ。シャトルという船型の糸巻きを使って指に糸を絡めて編んでいくもので、ボビンレースと違い一人でも簡単にできるので人気があった。ドイリーから襟飾り、袖飾りになど用途は多岐にわたる。

「バートン子爵夫人はどうだった?」

「酷いものでしたよ。宝物のブローチを盗まれたと狼狽していました。なぜあんな茶会に出ろと言ったのです」

「組合《ギルド》に頼まれたのよ。バートン子爵家の財政状況がどうなっているのか確かめてくれないかって」

指に糸を絡めたまま、マクラウドはふむと考え込んだ。

慈善活動に限らず茶会、晩餐、舞踏会などの招待は今もなおクラストロ家にはひっきりなしにやってくる。マクラウドは片っ端から断っていたが、今回は商人組合と職人組合からバートン子爵家を探ってみてくれないかと懇願されて、弟を代理で出席させたのだ。

組合が貴族の財政を確認することは不敬罪になる。しかし、子爵家の返済が滞り、つけが溜まっていく状況に限界が来たのだろう。

「夫人の慈善活動は有名だけれど、どうやらそれが原因で財政を圧迫しているらしいの。貴族の見栄もあるから社交を止めるわけにもいかないし、そうなるとドレスや宝石も必要になる。悪循環ね」

「身の丈に合わない慈善活動をまず止めるべきでは」

「それよね。夫人もはじめのうちは本当の慈善だったのでしょうけれど、気持ちよくなってきちゃったのね。大人になると他人から褒められることなんて滅多にないもの」

「食い物にされて嗤《わら》われている、の間違いでしょう」

慈善活動なんてほとんどが持ち出しだ。会場を確保し寄付金をくれる貴族を呼び集め、彼らを楽しませる食事を提供する。協賛してくれる貴族がいればいいが、今回のように名目が茶会では規模はさほど大きくない、これくらいで協賛を募ったりできないだろう。もちろん寄付金は全額孤児院に行ってしまうので赤字覚悟だ。慈善活動が成功すれば、さすがはバートン子爵夫人と人々が誉めそやしてくれる。ただし得られるのはそれだけだ、得意の絶頂に浸った後には現実が待っている。

「夫からの贈り物を盗まれたとなると、もう駄目ね。組合には取り立てを早めるように言っておきましょう」

「……やはり自作自演だと思いますか？」

「当然。節度ある貴族夫人が人前で窃盗を騒ぎ立てるだけで怪しいわ。だいたい盗まれたと最初に言ったのは誰？」

「バートン夫人です」

マクラウドはひょいと肩を竦めた。

「夫には盗まれたと釈明し、周囲からは同情を得る。その裏で売却すれば手元になくても誰も疑わないわ。お誂え向きにお金に困っている施設の人も来ている、絶好の機会だとでも思ったんでしょう」

「そこまでして慈善をしたいものですか」

「人は誰でも快楽には弱いものよ」

マクラウドがまた手を動かした。カチン、カチン、とシャトルから糸が伸びる音が規則的に聞こえてくる。

ルードヴィッヒの兄マクラウドはある時からドレスを着るようになった。まったく似合っていない上にサイズも合わなかったのだが、むきになった彼はそれなら自分で作ると言い出し実際に作りだしてしまった。以来自作したドレスを着て言葉も女のそれになり、仕草や声まで女を模倣している。黒後家蜘蛛の一員であるレオノーラが教師役になった。彼女はいずれ王宮に出仕し女官として国の裏側を探る予定だった雌蜘蛛だ、マナーも礼儀も完璧に学んでいる。

フローラとの結婚が破談になっても兄は貴族から結婚相手にと望まれている。あれだけフローラを大切にしていたのだ、愛されたならどれだけ幸福かと女性が考えるのも無理のないことである。しかしマクラウドは縁談をすべて蹴っている。

失恋の傷は大きく、深すぎた。マクラウドは痛む傷口に綺麗なもの、繊細なもの、この世の美を注ぐことでなんとか人間性を保っている。復讐心だけではいつか狂気に呑まれてしまう。クラストロの龍が理性を失い暴れたら国がひっくり返る。大惨事だ。

兄の女装を見るのは辛いが、ルードヴィッヒにとってたったひとりの兄である。母を早くに亡くしてからずっと兄がそばにいてくれた。どんな時でも兄は聡明でやさしく、ルードヴィッヒの成長を見守ってくれていた。王に思うところはあるがマクラウドが放置している以上彼も口を出すつもりはない。自分だけでも絶対の味方でいなくては、兄さんはひとりぼっちになってしまう。

「そうそう、フー・ルソー伯爵令嬢だけど、注意してあげなさいね」

「は？」

「同じ結論に辿り着いていたら、彼女のことだから自分で暴きに行くんじゃないかしら。動かぬ証拠を得るべく自ら売買の現場に乗りこみそうじゃない？」

「……フー・ルソー伯爵令嬢はレディですよ？」

「それがどうしたのよ」

何を言っているんだ、という顔をされた。

＊＊＊

「まさか本当に乗り込むとは思わなかった。しかも夜中に、レディが一人で」

「あの頃はわたくしも若かったわね。今でしたら売却先を突き止めてこっそり買い取って子爵本人に返却して差し上げるのに」

もちろん売買記録付きで。にこやかに笑うヴァイオレットはその後の始末を思い出してついには声をあげて笑い出した。どこか子供っぽいそれは出会った頃の彼女そのままでルードヴィッヒの胸をあたたかくする。

＊＊＊

いくらなんでもないだろ。そんなルードヴィッヒの期待はレオノーラのもたらした報告に無残にも崩れ去った。

「ヴァイオレット・フー・ルソー伯爵令嬢ですが、伯爵家のメイドたちによると先程屋敷を抜け出しお一人でバートン子爵家に走って向かわれたそうです」

家族は気づいていないが、彼女の性格をよく知るメイドたちが目を光らせていた。こんなこともあろうかと、こっそり護衛も尾行しているという。なんというか、慣れている。

フー・ルソー伯爵家の使用人に対し、ルードヴィッヒはなんともいえない同情を抱いた。

「……こんな夜中にか」

「さすがにランプはお持ちだそうです」

「そうじゃない。いくら王都とはいえ夜は慮外者《りょがいもの》も現れる。何かあったらどうするんだ」

「何も考えてらっしゃらないか、もしくは自分だけは大丈夫という根拠のない自信がおありなのでしょう」

ルードヴィッヒは深いため息を吐くと、一声「行くぞ」と告げて王都を駆け抜けた。


その頃ヴァイオレットは胸を弾ませながらバートン子爵家の門を陰から窺っていた。

彼女はマクラウドやルードヴィッヒと同じ結論に辿り着いていた。夫人のブローチは盗まれたのではなく、夫人が秘かに隠し持っていたに違いない。目的は金。ヴァイオレットはバートン子爵家の財政事情も小耳に挟んでいた。

バートン子爵家はけして裕福ではないが、よほどの贅沢でもしない限り困窮することもない中流の貴族である。だが夫人が慈善活動に目覚めて事情が変わってきた。使用人の給金が下がり、何人かは解雇され、慈善活動をするために秘かに借金までしているらしい。夫には秘密にしていた借金で首が回らなくなり、真珠のブローチを売り払うことを考え付いたのだろう。いかに夫といえど、結婚記念の品を売られたら怒るに決まっている。夫に軽蔑されるのを恐れた夫人は、盗まれた被害者を装えば疑いの目は他者に向くと考え、これを企んだのだ。

なるべく早く証拠品であるブローチを手放したい夫人は、店に行くのではなく呼ぶはずだ。おそらく今までもこっそり宝石を売却していただろう。ネックレスもイヤリングも、台座から外し裸石《ルース》の状態にしてしまえば出所などわからなくなる。

きっと今夜にでも夫人を慰めることを口実にして業者が訪れているはずだ。ヴァイオレットはスカーフを頭から被って顔を隠し、ランプにも覆いをかけて目立たないようにした。

緊張して見つめるヴァイオレットの視線の先で、ついにバートン子爵家の門が開き、一人の男が出てきた。

黒いコートを着た男は周囲を確認し、そっと胸元を押さえて足早に歩み去る。ヴァイオレットはすかさず後をつけた。

足音が聞こえないように距離をとっているが、隠れる場所のほとんどない貴族邸が並ぶ通りである。街灯がぽつんと点いていて夜とはいえ闇ではなかった。長く伸びる男の影を見逃さぬよう下ばかり見ていたヴァイオレットは、背後から近付いてきた者に気づかなかった。

「これはこれは、フー・ルソー伯爵令嬢でしたか」

ヴァイオレットがハッとして振り返るより早く、男の手が口を塞いで来た。もう片方の手であっという間にヴァイオレットの腕を拘束する。ヴァイオレットが持っていたランプが落ちた。

尾行者を捕まえたことに気づき、前を歩いていた男が駆け寄ってきた。

「誰だった」

「ヴァイオレット・フー・ルソー伯爵令嬢だ」

「なるほど。茶会で夫人を疑っていたお嬢さんか」

男が持っていたランプでヴァイオレットの顔を照らした。同時に男の顔も見える。見覚えはないが、商人らしい油断のない目つきをしていた。ヴァイオレットが睨みつけても痛くも痒くもないのかふんと鼻でせせら笑った。

「お嬢さん、正義感もほどほどにしたほうがいいですよ。でないとえらい目に遭いますからね」

「どうするんだ」

「そうさな。真珠の出所をごまかさなきゃならんし、このお嬢さんに盗人になってもらおうか」

夜中に貴族令嬢が伴もつけずに外出したというだけで外聞を憚る事態だ。その理由が盗品を売却するためと噂になれば伯爵家も激怒して娘を謹慎させるだろう。絶好のスケープゴートだ。

「んー!」

「そりゃあいい。ついでに夫人の借金も支払ってもらうか」

「ははは、こりゃあ良いお方に巡り合ったもんだ」

ヴァイオレットが暴れたが、男二人にかかってはどうしようもなかった。このままでは自分が窃盗犯にされ、それをネタに脅迫までされる。恐怖と悔しさで涙が滲んだ。泣き顔を見られたくなくて、きつく目を閉じた。

「だから言っただろう。好奇心もほどほどに、と」

穏やかな声がヴァイオレットの耳に届いた。怖い夢を見た夜、あるいは雷の鳴る夜に絵本を語り聞かせる父のような頼もしい声であった。この声にやさしく諭されたら誰であろうと反省して素直になる。そう思わせる声だった。

ルードヴィッヒがヴァイオレットを拘束している男の腹に蹴りを入れた。吹っ飛んだ男に釣られて倒れそうになったヴァイオレットを素早く確保する。「お嬢様！」と叫んでフー・ルソー伯爵家の護衛が飛び出してきた。

「なっ⁉　てめぇ……っ」

残された男は突然現れたルードヴィッヒに驚き、仲間を倒されたことで激昂した。コートのポケットから折り畳み式のナイフを取り出しバネを上げて突き出した。ルードヴィッヒは男の手首を捕まえ、後ろ手に捻り上げた。

「おおかた組合を通さない闇商人だろう。さて、バートン夫人から買った品を出してもらおうか」

ぎりぎりと力を強めると男が悲鳴をあげた。

「せ、正式な売買だ、やましいことはないっ」

「勘違いするな。僕がそれを買おう」

「クラストロ侯爵様？」

護衛に支えられていたヴァイオレットがルードヴィッヒの言葉に目を剥いた。ルードヴィッヒは変わらない穏やかな声で続ける。

「フー・ルソー伯爵令嬢の名誉も、ついでにバートン夫人の不名誉も丸ごと買うと言っている。で、いくらだ？」

「ほ、本当ですかい？」

ルードヴィッヒは男の懐を探ると布に包まれた真珠のブローチを取り上げた。

「本当だ。言い値で買おう」

男は蹴られて呻く仲間をちらりと見て、ルードヴィッヒを怒らせる愚を悟り夫人から買い取った金額を言った。なるほど珍しいというだけあって高値がついたようだ。

「いいだろう」

ルードヴィッヒは男を仲間に向けて放り投げると財布を取り出した。支払いを済ませ、念を押す。

「今後は阿漕《あこぎ》な商売は止めることだ。組合にも入っていない貸金業者などいつ消されてもおかしくないぞ」

含み笑いを持たせて言うと、男たちの顔が夜でもわかるほど蒼くなった。何度もうなずき、ルードヴィッヒが見えなくなるまで何度も振り返ると一目散に逃げていった。

＊＊＊

「あの時はあなたの甘さに苛立ったけれど、結局正しかったわね」

あの後ルードヴィッヒはバートン子爵家を正式に訪問し、夫妻との面会を求めた。夫人はルードヴィッヒが出したブローチに真っ青になっていたが夫の子爵はたいそう喜び、これをどこで手に入れたかを訊ねた。

窃盗騒ぎの後、売却するなら早いだろうと手を打っていたのだとルードヴィッヒはぬけぬけと答えた。質に流れていたのを買ったので、買い取ってもらえないかと言うルードヴィッヒに子爵は快諾した。つまり、同じ金額が子爵家から出ていくことになったのである。借金を返すどころかルードヴィッヒに弱みを握られたと思った夫人は怯えて社交や慈善活動もあまり活発ではなくなっていった。その後子爵が離婚したという話も聞かないので、なんとか財政を立て直したのだろう。

「あの夫人も懲りただろうし、丸く収まるのが一番だよ」

「そうね。正義の味方ってそういうものよね」

「そんなんじゃない」

ルードヴィッヒが鼻白むと、ヴァイオレットもうなずいた。

「でも、あの時のあなたはわたくしのヒーローだったわ。お義兄様に感謝しなくては」

マクラウドが言い出さなかったら、ルードヴィッヒは気にも留めなかっただろう。いや気にしてはいても、夜中に走ってくることはなかったはずだ。そうなっていたら今頃ヴァイオレットはこうしていられなかった。貴族令嬢としてあるまじき振る舞いに、謹慎どころか勘当されていた可能性もある。

ルードヴィッヒが『たまたま』外出中に、同じく『偶然』夜の冒険に出ていたヴァイオレットを発見した。そういう筋書きでフー・ルソー伯爵家に送り届けたことから交流がはじまった。ルードヴィッヒは彼女の奔放ぶりに目が離せず、ヴァイオレットもまた彼の頼もしさに惹かれていった。マクラウドのことがあったので二人は結婚を先延ばしにしていたのだが、むしろ本物のレディに会わせろと言われて決心がついた。存分にからかわれたがあれは兄なりの思いやりだった。自分を気にせずに大切な人と幸せになりなさい。そう言った彼の目は潤んでいた。

「愛してるわ。あなたはわたくしの冒険で見つけた一番素敵な宝物よ」

「僕こそ、君と出会ってから毎日が誕生日の贈り物を開けるような気持ちだ」

馬車の中、ルードヴィッヒはヴァイオレットの肩を抱いた。変わらずに頼もしい声にうっとりと聞き惚れ、ヴァイオレットは目を閉じる。

そうして、クラーラの店の前で馬車は止まった。

あとがき

はじめまして。江葉《こうよう》です。

この度は「秘密の仕立て屋さん～恋と野望とオネエの魔法～」をお手にとっていただきありがとうございます。

服を着る時、何を基準に選びますか？

色でしょうか。柄でしょうか。襟にワンポイント刺繍が入っていたり、袖がレースになっていたり。動きやすいボーイッシュなタイプでしょうか。エレガントで女性らしいものでしょうか。着ていて気持ちの良い素材で選ぶ方もいらっしゃるでしょう。どの服と合せようか、アクセサリーで決めるのも楽しいですね。

自分が身に着ける服というのは一番手っ取り早くわかりやすい表現です。

このお話のモデルとなっているのは中世ヨーロッパです。クリノリンという大きく広がったドレスからバッスルという腰の後ろを膨らませるスタイルに変わっていく時期になります。日本でいうところの鹿鳴館時代です。

この時期の紳士淑女は朝昼晩と着替えます。それどころか外出、茶会、舞踏会に晩餐会など、目的によって服をいちいち着替えていました。なんと旅行先でもこの生活をしていたそうです。

楽な時代になったものだとしみじみ感じます。

そんなドレスの流行を作るのは国のファーストレディ、つまり王妃でした。結婚式のウエディングドレスはもちろんのこと、意匠を凝らしたドレスを考え仕立てるのは王妃の重要な役目です。

このお話のファッション・リーダーは主人公のクラーラです。派手なドレスや髪飾りではなく、着る本人をもっとも輝かせるドレスを作り出す仕立て屋。しかもオネエ。オネエというだけでもアレなのに、クラーラは容赦しません。ずけずけ言います。

クラーラの根底にあるのは復讐心ですが、この作品の一番のテーマは「許し」です。顔をあげて未来に向かうために許すのは、とても勇気のいることです。憎い相手を許すこともそうですが、憎しみを抱いている自分を許容するのは並大抵ではありません。

そんな女性たちへ魔法をかけるのがクラーラのドレスです。魔法で変身したヒロインたちが愛と勇気で戦います。誰のためでもなく、自分のために。


この作品は「小説家になろう」で連載しています。ありがたいことに高評価を得てこうして書籍化の運びとなりました。「小説家になろう」で応援してくださった皆様、本当にありがとうございます。

また、声をかけてくださった編集の芦澤様、井川様、TOブックス様、素敵なイラストを描いてくださったドルチェ様、本当にありがとうございます。本を生み出す過程でひしひしと感じるプロ意識にはいつも姿勢を正す思いです。励ましてくれた家族や友人も、ありがとう。

そして、この本を読んでくれたあなたに。最大の感謝を捧げます。どれかひとつでも、心に残る魔法があれば嬉しいです。

また二巻でお会いできれば幸いです。

平成最後の春に。

江葉

秘密の仕立て屋さん
～恋と野望とオネエの魔法～

2019年5月1日　第1刷発行

著　者　江葉
編集協力　株式会社MARCOT
発行者　本田武市
発行所　TOブックス
〒150-0045
東京都渋谷区神泉町18-8　松濤ハイツ2F
TEL 03-6452-5766（編集）
0120-933-772（営業フリーダイヤル）
FAX 050-3156-0508
ホームページ　http://www.tobooks.jp
メール　info@tobooks.jp
印刷・製本　中央精版印刷株式会社

ISBN978-4-86472-795-2